Michael Ende

Jim Knopf und Lukas der Lokomotivführer

Michael Ende wurde 1929 in München geboren. Nach dem Krieg besuchte er die Schauspielschule ›Otto Falckenberg‹ und wurde nach der erfolgreich abgeschlossenen Ausbildung Schauspieler in der Provinz. Später lebte er als freier Schriftsteller in München. Sein erstes Jugendbuch ›Jim Knopf und Lukas der Lokomotivführer‹ bekam 1961 den Deutschen Jugendbuchpreis und machte Michael Ende mit einem Schlag bekannt. Er schrieb zu diesem Buch den zweiten Band, ›Jim Knopf und die Wilde 13‹, der in die Auswahlliste zum Deutschen Jugendbuchpreis kam. 1965 hat Michael Ende geheiratet und lebt nun seit vielen Jahren in Rom; dort entstand auch sein erfolgreiches Buch ›Momo‹ (Deutscher Jugendbuchpreis 1974).

Michael Ende

Jim Knopf
und Lukas der Lokomotivführer

Mit Zeichnungen von F. J. Tripp

Deutscher
Taschenbuch
Verlag

dtv

Ungekürzte Ausgabe
1. Auflage März 1977
3. Auflage Mai 1978: 36. bis 50. Tausend
Deutscher Taschenbuch Verlag GmbH & Co. KG, München

ISBN 3 522 10190 1
Umschlaggestaltung: Celestino Piatti
Umschlagbild: F. J. Tripp
Gesamtherstellung: Kösel, Kempten
Printed in Germany · ISBN 3-423-07253-9

ERSTES KAPITEL

in dem die Geschichte anfängt

Das Land, in dem Lukas der Lokomotivführer lebte, hieß Lummerland und war nur sehr klein.

Es war sogar ganz außerordentlich klein im Vergleich zu anderen Ländern, wie zum Beispiel Deutschland oder Afrika oder China. Es war ungefähr doppelt so groß wie unsere Wohnung und bestand zum größten Teil aus einem Berg mit zwei Gipfeln, einem hohen und einem, der etwas niedriger war.

Um den Berg herum schlängelten sich verschiedene Wege mit kleinen Brücken und Durchfahrten. Außerdem gab es auch noch ein kurvenreiches Eisenbahngleis. Es lief durch fünf Tunnels, die kreuz und quer durch den Berg und seine beiden Gipfel führten.

Häuser gab es natürlich auch in Lummerland, und zwar ein ganz gewöhnliches und ein anderes mit einem Kaufladen drin. Dazu kam noch eine kleine Bahnstation, die am Fuße des Berges lag. Dort wohnte Lukas der Lokomotivführer. Und oben auf dem Berg zwischen den beiden Gipfeln stand ein Schloß.

Man sieht also, das Land war ziemlich voll. Es paßte nicht mehr viel hinein.

Wichtig ist vielleicht noch, daß man sich sehr vorsehen mußte, die Landesgrenzen nicht zu überschreiten, weil man dann sofort nasse Füße bekam. Das Land war nämlich eine Insel.

Diese Insel lag mitten im weiten, endlosen Ozean, und die großen und kleinen Wellen rauschten Tag und Nacht an den Landesgrenzen.

Manchmal allerdings war das Meer auch still und glatt, so daß nachts der Mond und tags die Sonne sich darin spiegelten. Das war jedesmal besonders schön und feierlich, und Lukas der Lokomotivführer setzte sich dann immer an den Strand und freute sich.

Warum die Insel übrigens Lummerland hieß und nicht irgendwie anders, wußte kein Mensch. Aber sicherlich wird das eines Tages erforscht werden.

Hier also lebte Lukas der Lokomotivführer mit seiner Lokomotive. Die Lokomotive hieß Emma und war eine sehr gute, wenn auch vielleicht etwas altmodische Tender-Lokomotive.*) Vor allem war sie ein bißchen dick.

Jetzt könnte natürlich leicht jemand fragen: Wozu ist denn in einem so kleinen Land eine Lokomotive notwendig?

Nun, ein Lokomotivführer braucht eben eine Lokomotive, denn was sollte er sonst führen? Vielleicht einen Fahrstuhl? Aber dann wäre er ein Fahrstuhlführer. Und ein richtiger Lokomotivführer will Lokomotivführer sein und sonst gar nichts. Außerdem gab es auf Lummerland auch gar keinen Fahrstuhl.

Lukas der Lokomotivführer war ein kleiner, etwas rundlicher Mann, der sich nicht im geringsten darum kümmerte, ob jemand eine Lokomotive notwendig fand oder nicht. Er trug eine Schirmmütze und einen Arbeitsanzug. Seine Augen waren so blau wie der Himmel über Lummerland bei Schönwetter. Aber sein Gesicht und seine Hände waren fast ganz schwarz von Öl und Ruß. Und obwohl er sich jeden Tag mit einer besonderen Lokomotivführer-Seife wusch, ging der Ruß doch nicht mehr ab. Er war ganz tief in die Haut eingedrungen, weil Lukas sich eben seit vielen Jahren jeden Tag bei seiner Arbeit wieder schwarz machen mußte. Wenn er lachte – und das tat er oft –, sah man in seinem

---

*) „Tender-Lokomotive" bedeutet, daß der Kohlentender nicht extra angehängt werden mußte, sondern von vornherein fest angebaut war und gleich dazu gehörte.

Hier sieht man Lukas den Lokomotivführer am Feiertag (nach Gebrauch der Lokomotivführerseife)

Mund prächtige weiße Zähne blitzen, mit denen er jede Nuß aufknacken konnte. Außerdem trug er im linken Ohrläppchen einen kleinen goldenen Ring und rauchte aus einer dicken Stummelpfeife.

Obwohl Lukas nicht besonders groß war, verfügte er doch über erstaunliche Körperkräfte. Zum Beispiel konnte er eine Eisenstange zu einer Schleife binden, wenn er wollte. Aber niemand wußte genau, wie stark er war, weil er Ruhe und Frieden liebte und seine Kraft nie hatte beweisen müssen.

Nebenbei war er übrigens auch noch ein Künstler. Und zwar im Spucken. Er zielte so genau, daß er ein brennendes Streichholz auf dreieinhalb Meter Entfernung auslöschte. Aber das war noch nicht alles. Er konnte noch etwas, und d a s machte ihm auf der ganzen Welt so leicht keiner nach: Er konnte nämlich einen L o o p i n g spucken.

Jeden Tag fuhr Lukas viele Male über das geschlängelte Gleis durch die fünf Tunnels von einem Ende der Insel zum anderen und wieder zurück, ohne daß sich jemals etwas Nennenswertes ereignete. Emma schnaufte und pfiff vor Vergnügen. Und manchmal pfiff auch Lukas ein Liedchen vor sich hin, und dann pfiffen sie zweistimmig, was sich sehr lustig anhörte. Besonders in den Tunnels, weil es da so schön hallte.

Außer Lukas und Emma gab es auf Lummerland noch ein paar Leute. Da war zum Beispiel der König, der über das Land regierte und in dem Schloß zwischen den beiden Gipfeln wohnte. Er hieß Alfons der Viertel-vor-Zwölfte, weil er um Viertel vor zwölf geboren worden war. Er war ein ziemlich guter Herrscher. Jedenfalls konnte niemand etwas Nachteiliges von ihm sagen, weil man eigentlich überhaupt nichts von ihm sagen konnte. Meistens saß er mit seiner Krone auf dem Kopf in einem Schlafrock aus rotem Samt und mit schottisch karierten Pantoffeln an den Füßen in seinem Schloß und telefonierte. Zu diesem Zweck hatte er ein großes, goldenes Telefon.

Das hier sind der

König

und seine beiden

Untertanen

König Alfons der Viertel-vor-Zwölfte hatte zwei Untertanen – wenn man einmal von Lukas absieht, der eigentlich kein Untertan war, sondern Lokomotivführer.

Der eine Untertan war ein Mann namens Herr Ärmel. Herr Ärmel ging meistens mit einem steifen Hut auf dem Kopf und einem zusammengeklappten Regenschirm unter dem Arm spazieren. Er wohnte in dem ganz gewöhnlichen Haus und hatte keinen bestimmten Beruf. Er ging nur spazieren und war eben da. Er war hauptsächlich Untertan und wurde regiert. Manchmal klappte er den Schirm auch auf, meistens wenn es regnete. Mehr ist von Herrn Ärmel nicht zu erzählen.

Der andere Untertan war eine Frau, und zwar eine ganz besonders nette. Sie war rund und dick, wenn auch nicht ganz so dick wie Emma, die Lokomotive. Sie hatte rote Apfelbäckchen und hieß Frau Waas, mit zwei a. Wahrscheinlich war einer ihrer Vorfahren mal schwerhörig gewesen, und da hatten ihn die Leute einfach so genannt, wie er immer gefragt hatte, wenn er etwas nicht verstand. Und dabei war es dann geblieben.

Frau Waas wohnte in dem Haus mit dem Kaufladen, wo man alles besorgen konnte, was man so braucht: Kaugummi, Zeitungen, Schuhbänder, Milch, Schuheinlagen, Butter, Spinat, Laubsägen, Zucker, Salz, Taschenlampenbatterien, Bleistiftspitzer, Portemonnaies in Form von kleinen Lederhosen, Liebesperlen, Reiseandenken, Alleskleber – kurz: alles.

Reiseandenken wurden allerdings fast nie gekauft, weil keine Reisenden nach Lummerland kamen. Nur Herr Ärmel kaufte hin und wieder eines, mehr aus Gefälligkeit und weil es so billig war, nicht weil er es wirklich brauchte. Außerdem schwatzte er gern ein bißchen mit Frau Waas.

Ach, übrigens, um es nicht zu vergessen: Den König konnte man nur an Feiertagen sehen, weil er die meiste Zeit regieren mußte. Aber an Feiertagen trat er genau um Viertel vor zwölf ans Fenster und winkte freundlich mit der Hand. Dann jubelten seine Untertanen und warfen ihre Hüte in die Luft, und Lukas ließ Emma fröhlich pfeifen. Nachher gab es für alle Vanilleeis und an besonders hohen Feiertagen Erdbeereis. Das Eis bestellte der König bei Frau Waas, die eine Meisterin im Eismachen war.

Es war ein friedliches Leben auf Lummerland, bis eines Tages – ja, und damit beginnt nun unsere eigentliche Geschichte.

ZWEITES KAPITEL

in dem ein geheimnisvolles Paket ankommt

Eines schönen Tages legte das Postschiff am Strand von Lummerland an, und der Briefträger sprang mit einem großen Paket unter dem Arm an Land.

„Wohnt hier eine gewisse Frau Malzaan oder so ähnlich?" fragte er und machte ein ganz dienstliches Gesicht, was er sonst nie tat, wenn er die Post brachte.

Lukas schaute Emma an, Emma schaute die beiden Untertanen an, die beiden Untertanen schauten einander an, und sogar der König schaute zum Fenster heraus, obwohl es weder ein Feiertag noch Viertel vor zwölf war.

„Lieber Herr Briefträger", sagte der König ein wenig vorwurfsvoll, „seit Jahren bringen Sie uns nun die Post. Sie kennen mich und meine Untertanen genau, und da fragen Sie plötzlich, ob hier eine Frau Malzaan oder so ähnlich wohnt!"

„Aber bitte, Majestät", antwortete der Briefträger, „lesen Sie doch selbst, Majestät!"

Und er stieg schnell den Berg hinauf und reichte dem König das Paket durchs Fenster hinein.

Folgende Adresse stand auf dem Paket:

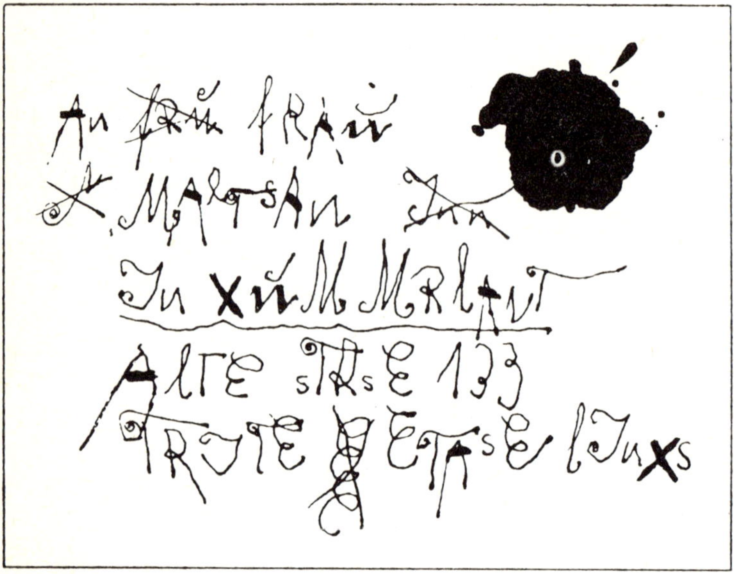

Der König las die Adresse, dann zog er seine Brille hervor und las die Adresse zum zweitenmal. Da sich aber dadurch nichts änderte, schüttelte er ratlos den Kopf und sprach zu seinen Untertanen:

„Fürwahr, es ist mir einfach unerklärlich, aber hier steht es schwarz auf weiß."

„Was denn?" fragte Lukas.

Der König, der ganz verwirrt war, setzte von neuem seine Brille auf und sagte:

„Also hört, meine Untertanen, wie die Adresse lautet!"

Und er las sie vor, so gut es eben ging.

„Eine kuriose Adresse!" meinte Herr Ärmel, als der König fertig gelesen hatte.

„Ja", rief der Briefträger entrüstet, „man kann sie kaum entziffern, so viele Fehler sind darin. So etwas ist äußerst unangenehm für uns Postboten. Wenn man bloß wüßte, wer das geschrieben hat!"

Der König drehte das Paket um und suchte nach dem Absender.

„Hier steht nur eine große 13", sagte er und blickte ratlos den Briefträger und seine Untertanen an.

„Sehr sonderbar!" ließ sich wieder Herr Ärmel vernehmen.

„Nun denn", sagte der König entschlossen, „sonderbar oder nicht, XUmmrLanT kann doch nur Lummerland heißen! Es bleibt uns also nichts anderes übrig, jemand von uns muß Frau Malzaan oder so ähnlich sein."

Und befriedigt nahm er seine Brille wieder ab und tupfte sich mit seinem seidenen Taschentuch die Schweißperlen von der Stirn.

„Ja, aber", rief Frau Waas, „es gibt doch auf unserer ganzen Insel keine dritte Etage."

„Das ist allerdings richtig", sagte der König.

„Und eine alte Straße haben wir auch nicht", meinte Herr Ärmel.

„Auch das ist leider richtig", seufzte der König bekümmert.

„Und eine Nummer 133 haben wir schon gar nicht", fügte Lukas hinzu und schob seine Schirmmütze ins Genick. „Ich müßte das doch wissen, denn schließlich komme ich ja ziemlich viel auf der Insel herum."

„Eigenartig!" murmelte der König und schüttelte versonnen den Kopf. Und alle Untertanen schüttelten die Köpfe und murmelten: „Eigenartig!"

„Es könnte ja auch einfach ein Irrtum sein", meinte Lukas nach einer Weile. Aber der König antwortete:

„Vielleicht ist es ein Irrtum, vielleicht ist es aber auch kein Irrtum. Wenn es kein Irrtum ist, dann habe ich ja noch einen Untertan! Einen Untertan, von dem ich gar nichts weiß! Das ist sehr, sehr aufregend!"

Und er lief an sein Telefon und telefonierte vor Aufregung drei Stunden lang ohne Unterbrechung.

Inzwischen beschlossen die Untertanen und der Briefträger, die ganze

Insel mit Lukas zusammen noch einmal gründlich abzusuchen. Sie stiegen auf die Lokomotive Emma und fuhren los, und bei jeder Haltestelle pfiff Emma laut, die Passagiere stiegen ab und riefen nach allen Richtungen:

„Frau Maaaaaalzaaaaan! Hier ist ein Pakeeeeet für Sie!"

Aber niemand meldete sich.

„Na gut", sagte der Briefträger endlich, „ich habe jetzt keine Zeit mehr weiterzusuchen, weil ich noch mehr Post austragen muß. Ich lasse Ihnen das Paket einfach mal da. Vielleicht finden Sie Frau Malzaan oder so ähnlich doch noch. Ich komme dann nächste Woche wieder vorbei, und wenn sich niemand gemeldet hat, dann nehme ich das Paket wieder mit."

Damit sprang er auf sein Postschiff und fuhr davon.

Was sollte nun mit dem Paket geschehen?

Die Untertanen und Lukas berieten lange hin und her. Dann erschien der König wieder am Fenster und sagte, er habe inzwischen nachgedacht und telefoniert und sei zu folgendem Entschluß gelangt: Frau Malzaan oder so ähnlich sei ohne Zweifel eine Frau. Die einzige Frau auf Lummerland, aber sei, soweit ihm bekannt wäre, Frau Waas. Also wäre das Paket vielleicht für sie. Jedenfalls gäbe er ihr hiermit die königliche Erlaubnis, das Paket zu öffnen, dann würde man ja wohl bald klarer sehen.

Die Untertanen fanden diese Anordnung des Königs weise, und Frau Waas ging sofort ans Aufmachen.

Sie knüpfte die Schnur auf und faltete das Packpapier auseinander. Da wurde eine große Schachtel sichtbar, die rundherum Luftlöcher hatte wie eine Maikäferschachtel. Frau Waas öffnete die Schachtel und fand darin eine etwas kleinere Schachtel. Die war ebenfalls mit Luftlöchern versehen und gut gepolstert mit Stroh und Holzwolle. Offenbar war etwas Zerbrechliches darin, vielleicht Glas oder ein Radio. Aber wozu dann die Luftlöcher? Schnell hob Frau Waas den Deckel auf und fand darin – wieder eine Schachtel mit Luftlöchern, die war ungefähr so groß

wie ein Schuhkarton. Frau Waas öffnete sie, und da lag in der Schachtel – ein kleines schwarzes Baby! Es schaute alle Umstehenden mit großen glänzenden Augen an und schien ziemlich froh zu sein, daß es aus dem ungemütlichen Karton herauskam.

„Ein Baby!" riefen alle überrascht, „ein schwarzes Baby!"

„Das dürfte vermutlich ein kleiner Neger sein", bemerkte Herr Ärmel und machte ein sehr gescheites Gesicht.

„Fürwahr", sprach der König und setzte seine Brille auf, „das ist erstaunlich, sehr erstaunlich!"

Und er nahm seine Brille wieder ab.

Lukas hatte bis jetzt noch nichts gesagt, aber seine Miene hatte sich zusehends verdüstert.

„So eine Gemeinheit ist mir in meinem ganzen Leben noch nicht vorgekommen!“ polterte er nun los. „So ein kleines Kerlchen in einen Karton zu packen! Was da alles hätte passieren können, wenn wir nicht aufgemacht hätten! Na, wenn ich den Burschen, der das gemacht hat, jemals erwische, der bekommt von mir eine Tracht Prügel, an die er sich sein Lebtag lang erinnern wird, so wahr ich Lukas der Lokomotivführer bin!“

Als das Baby hörte, wie Lukas vor sich hin grollte, begann es zu weinen. Es war ja noch viel zu klein, um irgend etwas zu verstehen und glaubte, es würde ausgeschimpft. Außerdem war es auch erschrocken vor dem großen schwarzen Gesicht von Lukas, denn es wußte ja noch nicht, daß es selber auch ein schwarzes Gesicht hatte.

Frau Waas nahm das Kind schnell auf den Arm und tröstete es. Und Lukas stand dabei und machte ein ganz bekümmertes Gesicht, weil er doch das Baby gar nicht hatte erschrecken wollen.

Frau Waas war unbeschreiblich glücklich, denn sie hatte sich schon immer ein Kind gewünscht, für das sie abends kleine Jacken und Hosen nähen konnte. Sie schneiderte nämlich für ihr Leben gern. Und daß das Baby schwarz war, fand sie ganz besonders nett, weil das zu rosa Stoff so hübsch aussah, und Rosa war ihre Lieblingsfarbe.

„Wie soll es denn heißen?“ fragte der König plötzlich. „Das Kind muß doch einen Namen haben.“

Das war richtig, also begannen alle, angestrengt zu überlegen. Endlich sagte Lukas:

„Ich würde es Jim nennen, denn es wird ein Junge werden.“

Dann wandte er sich zu dem Baby und sagte mit einer ganz vorsichtigen Stimme, um es nicht wieder zu erschrecken:

„Na, Jim, wollen wir Freunde sein?“

Da streckte das Baby seine kleine schwarze Hand mit den rosa Handballen nach ihm aus, und Lukas ergriff sie behutsam mit seiner großen schwarzen Hand und sagte:

„Hallo, Jim!"

Und Jim lachte.

Von diesem Tag an waren sie Freunde.

Eine Woche später kam der Briefträger wieder. Frau Waas ging zum Ufer und rief ihm schon von weitem zu, er solle ruhig weiterfahren und gar nicht erst an Land kommen. Es sei alles in bester Ordnung. Das Paket sei für sie gewesen. Der Name auf der Adresse wäre nur so unleserlich geschrieben gewesen.

Während sie das sagte, klopfte ihr das Herz bis zum Hals, weil es ja geschwindelt war. Aber sie hatte so große Angst, daß der Briefträger ihr das Kind wieder wegnehmen würde. Und sie wollte Jim auf keinen Fall mehr hergeben, so gern hatte sie ihn jetzt schon.

Der Postbote rief aber nur: „Na, dann ist ja alles gut. Guten Morgen, Frau Waas!" und fuhr wieder davon.

Frau Waas atmete auf, lief schnell in ihr Haus mit dem Kaufladen und tanzte mit Jim auf dem Arm in der Stube herum. Aber auf einmal mußte sie daran denken, daß Jim in Wirklichkeit eben doch nicht ihr gehörte und sie vielleicht etwas ziemlich Schlimmes angestellt hatte. Und dieser Gedanke machte sie sehr traurig.

Auch später, als Jim schon größer war, kam es zuweilen vor, daß Frau Waas plötzlich ernst wurde, die Hände in den Schoß legte und Jim kummervoll ansah. Dann ging ihr durch den Kopf, wer wohl die wirkliche Mutter von Jim sein mochte . . .

„Ich werde ihm wohl bald einmal die Wahrheit sagen müssen", seufzte sie, wenn sie dem König oder Herrn Ärmel oder Lukas ihr Herz ausschüttete. Dann nickten die anderen meistens ernst und fanden auch, daß sie es tun sollte. Aber Frau Waas schob es immer wieder hinaus.

Freilich ahnte sie da noch nicht, daß der Tag nicht mehr fern war, an dem Jim alles erfahren würde, allerdings nicht von Frau Waas, sondern auf eine ganz andere und sehr seltsame Art.

Nun hatte Lummerland also einen König, einen Lokomotivführer, eine Lokomotive und zweieinviertel Untertanen, denn Jim war natürlich vorläufig viel zu klein, um schon als ganzer Untertan gerechnet zu werden.

Aber im Lauf der Jahre wuchs er heran und wurde ein richtiger Junge, der Streiche machte, Herrn Ärmel ärgerte und sich nicht besonders gerne waschen mochte – eben wie alle kleinen Buben. Das Waschen fand er besonders überflüssig, weil er ja sowieso schwarz war, und man gar nicht sehen konnte, ob sein Hals sauber war oder nicht. Aber Frau Waas ließ das nicht gelten, und Jim sah es schließlich auch ein.

Frau Waas war sehr stolz auf ihn, obgleich sie sich beständig wegen irgend etwas Sorgen um ihn machte – eben wie alle Mütter. Sie machte sich auch dann Sorgen, wenn eigentlich gar kein Grund dazu da war. Oder nur ein ganz kleiner Grund, wie zum Beispiel der, daß Jim die Zahnpasta lieber aufaß, statt sich damit die Zähne zu putzen. Er fand nämlich, daß sie gut schmeckte.

Andererseits machte Jim sich natürlich auch oft sehr nützlich. Zum Beispiel bediente er im Kaufladen, wenn der König oder Lukas oder Herr Ärmel etwas kaufen wollten und Frau Waas gerade keine Zeit hatte.

Jims bester Freund war und blieb Lukas der Lokomotivführer. Sie verstanden sich ohne viele Worte, schon allein deshalb, weil Lukas ja ebenfalls fast ganz schwarz war. Oft fuhr Jim auf der Emma mit, und Lukas zeigte und erklärte ihm alles. Manchmal durfte Jim unter Lukas' Aufsicht sogar schon ein Stück weit selbst fahren.

Jims größter Wunsch war nämlich, später auch Lokomotivführer zu werden, weil dieser Beruf so gut zu seiner Haut paßte. Aber dazu brauchte er erst einmal eine eigene Lokomotive. Und Lokomotiven sind bekanntlich ziemlich schwer zu bekommen, besonders in Lummerland.

So, jetzt wissen wir eigentlich alles Wichtige über Jim, und es bleibt nur noch zu erzählen, wie er zu seinem Nachnamen kam. Das war so:

Jim hatte immer ein Loch in seiner Hose und ausgerechnet immer an genau der gleichen Stelle. Frau Waas hatte es schon hundertmal geflickt, aber es war jedesmal nach ein paar Stunden wieder da. Dabei gab Jim sich wirklich die allergrößte Mühe, vorsichtig zu sein. Aber wenn er nur rasch einmal auf einen Baum klettern mußte oder von dem hohen Gipfel herunterrutschte – ratsch –, schon war das Loch wieder da.

Schließlich fand Frau Waas die Lösung, indem sie einfach die Ränder des Loches einsäumte und einen großen Knopf zum Zuknöpfen drannähte. Jetzt konnte man das Loch, statt es zu reißen, einfach aufknöpfen, dann war es da. Und statt es zu flicken, brauchte man es nur wieder zuzuknöpfen.

Von diesem Tag an wurde Jim von allen Leuten auf der Insel nur noch Jim Knopf genannt.

DRITTES KAPITEL

in dem beinahe ein trauriger Entschluß gefaßt wird, mit dem Jim nicht einverstanden ist

Die Jahre vergingen, und Jim Knopf war nun schon fast ein halber Untertan. In einem anderen Land hätte er sicher bereits auf einer Schulbank sitzen müssen, um lesen, schreiben und rechnen zu lernen, aber in Lummerland gab es keine Schule. Und weil es keine Schule gab, fiel es einfach niemand ein, daß der Junge alt genug war, um lesen, schreiben und rechnen zu lernen. Jim selbst machte sich natürlich darüber keine Gedanken und lebte fröhlich in den Tag hinein.

Jeden Monat einmal wurde er von Frau Waas gemessen. Er mußte sich barfuß an den Türpfosten der kleinen Küche stellen, und Frau Waas kontrollierte mit einem Buch, das sie ihm auf den Kopf legte, wieviel er wieder gewachsen war. Dann machte sie einen Bleistiftstrich an den Türpfosten, und jedesmal war der Strich ein kleines Stückchen höher.

Frau Waas freute sich sehr über Jims Größerwerden. Aber jemand andrer machte sich schwere Sorgen darüber: der König, der das Land regieren mußte und der die Verantwortung für das Wohl seiner Untertanen trug.

Eines Abends rief er Lukas den Lokomotivführer zu sich in seinen Palast zwischen den beiden Gipfeln. Lukas trat ein, nahm seine Mütze ab und seine Pfeife aus dem Mund und sagte höflich:

„Guten Abend, Herr König!"

„Guten Abend, mein lieber Lukas der Lokomotivführer", erwiderte der König, der neben seinem goldenen Telefon saß, und wies mit der Hand auf einen leeren Stuhl, „bitte, nimm doch Platz!"

Lukas setzte sich hin.

„Nun denn", begann der König und räusperte sich ein paarmal, „fürwahr, lieber Lukas, ich weiß nicht recht, wie ich es dir sagen soll. Aber ich hoffe, daß du es trotzdem verstehen wirst."

Lukas antwortete nichts. Das bedrückte Aussehen des Königs hatte ihn stutzig gemacht.

Der König räusperte sich noch einmal, blickte Lukas mit ratlosen und bekümmerten Augen an und begann von neuem:

„Du warst doch immer ein verständiger Mann, Lukas."

„Worum dreht sich's denn?" fragte Lukas vorsichtig.

Der König nahm seine Krone ab, hauchte darauf und putzte sie mit dem Ärmel seines Schlafrockes blank. Er tat das, um Zeit zu gewinnen, denn er war sichtlich verwirrt. Dann setzte er die Krone mit einem entschlossenen Ruck wieder auf seinen Kopf, räusperte sich noch einmal und sagte:

„Mein lieber Lukas, ich habe lange nachgedacht, aber endlich bin ich zu dem Ergebnis gekommen, daß es nicht anders geht. Wir müssen es tun."

„Was müssen wir tun, Majestät?" fragte Lukas.

„Habe ich das nicht eben gesagt?" murmelte der König enttäuscht. „Ich dachte schon, ich hätte es eben gesagt."

„Nein", antwortete Lukas, „Sie haben nur gesagt, daß wir etwas tun müssen."

Der König blickte versonnen vor sich hin. Nach einer Weile schüttelte er verwundert den Kopf und sagte:

„Seltsam, ich hätte wetten können, daß ich eben gesagt habe, wir müßten die alte Emma abschaffen."

Lukas dachte, er hätte nicht recht gehört, darum fragte er:

„Was müssen wir Emma?"

„Abschaffen", antwortete der König und nickte ernst. „Es muß natürlich nicht sofort sein, aber doch so bald wie möglich. Ich weiß wohl, es ist für uns alle ein schwerer Entschluß, uns von Emma zu trennen. Aber wir müssen es tun."

„Niemals, Majestät!" sagte Lukas entschlossen. „Und außerdem: wieso überhaupt?"

„Sieh mal", meinte der König begütigend, „Lummerland ist ein kleines Land. Ein ganz außerordentlich kleines Land sogar im Vergleich zu anderen Ländern wie Deutschland oder Afrika oder China. Für einen König, eine Lokomotive, einen Lokomotivführer und zwei Untertanen reicht es gerade. Aber wenn nun noch ein Untertan dazukommt . . ."

„Es ist aber doch nur ein halber!" warf Lukas ein.

„O gewiß, gewiß", gab der König kummervoll zu, „aber wie lange noch? Er wird von Tag zu Tag größer. Ich muß an die Zukunft unseres Landes denken, dafür bin ich der König. Es wird gar nicht mehr lange dauern, dann ist Jim Knopf ein ganzer Untertan. Und dann will er sich doch ein eigenes Haus bauen. Nun sage mir bitte, wo sollen wir noch ein Haus hinstellen? Es ist doch überhaupt kein Platz mehr da, weil jede freie Stelle voller Gleise ist. Wir müssen uns einschränken. Es hilft nichts."

„Verflixt!“ brummte Lukas und kratzte sich hinter dem Ohr.

„Siehst du“, fuhr der König eifrig fort, „unser Land leidet jetzt einfach an Übervölkerung. Fast alle Länder der Welt leiden daran, aber Lummerland besonders. Ich mache mir schreckliche Sorgen. Was sollen wir tun?“

„Ja, ich weiß es auch nicht“, sagte Lukas.

„Entweder müssen wir Emma, die Lokomotive, abschaffen, oder einer von uns muß auswandern, sobald Jim Knopf ein ganzer Untertan ist. Du bist doch Jims Freund, lieber Lukas. Willst du, daß der Junge von Lummerland weggehen muß, sobald er groß geworden ist?“

„Nein“, sagte Lukas traurig, „das sehe ich schon ein.“

Und nach einer kleinen Weile fügte er hinzu: „Aber von Emma kann ich mich auch nicht trennen. Was ist denn ein Lokomotivführer ohne eine Lokomotive?“

„Nun denn“, meinte der König, „denke einmal darüber nach. Ich weiß, daß du ein vernünftiger Mann bist. Du hast ja noch etwas Zeit, dich zu entscheiden. Aber ein Entschluß muß gefaßt werden.“

Und er gab Lukas die Hand, zum Zeichen, daß die Audienz beendet war.

Lukas erhob sich, setzte seine Mütze auf und verließ mit gesenktem Kopf den Palast. Der König sank seufzend in seinen Sessel zurück und wischte sich mit seinem seidenen Taschentuch den Schweiß von der Stirn. Das Gespräch hatte ihn sehr angegriffen.

Lukas ging langsam zu seiner kleinen Station hinunter, wo Emma, die Lokomotive, stand und auf ihn wartete. Er klopfte ihr den dicken Leib und gab ihr etwas Öl, weil sie das besonders gerne mochte. Dann setzte er sich an die Landesgrenze und stützte den Kopf in die Hände.

Es war einer von den Abenden, an denen das Meer glatt und still dalag. Die untergehende Sonne spiegelte sich im endlosen Ozean und baute mit ihrem Licht eine goldene, glitzernde Straße vom Horizont bis vor die Füße des Lokomotivführers Lukas.

Lukas schaute auf diese Straße, die in weite Fernen führte, in unbekannte Länder und Erdteile, niemand konnte sagen, wohin. Er sah zu, wie die Sonne langsam unterging und wie die Straße aus Licht immer schmaler und schmaler wurde und zuletzt verschwunden war. Er nickte traurig und sagte leise:

„Gut. Wir werden gehen. Alle beide."

Ein leichter Wind wehte vom Meer herüber, und es wurde ein wenig kühl. Lukas erhob sich, ging zu Emma und betrachtete sie lange. Emma merkte wohl, daß irgend etwas geschehen war. Lokomotiven haben zwar keinen großen Verstand – deshalb brauchen sie ja auch immer einen Führer –, aber sie haben ein sehr empfindbares Gemüt. Und als Lukas nun leise und traurig „Meine gute alte Emma!" murmelte, da wurde ihr so weh zumut, daß sie aufhörte zu schnaufen und den Atem anhielt.

„Emma", sagte Lukas leise und mit einer ganz unbekannten Stimme, „ich kann mich nicht von dir trennen. Nein, wir beide bleiben zusammen. Wo es auch immer sein mag, auf der Erde oder im Himmel – falls wir da überhaupt hinkommen."

Emma begriff zwar nichts von dem, was Lukas sagte. Aber sie hatte ihn sehr lieb, und sie konnte es einfach nicht aushalten, ihn so traurig zu sehen. Sie fing herzzerbrechend zu heulen an.

Lukas gelang es nur mühsam, sie zu beruhigen. „Es ist wegen Jim Knopf, verstehst du?" sagte er begütigend. „Er wird bald ein ganzer Untertan sein, und dann ist hier für einen von uns kein Platz mehr. Und weil ein Untertan für ein Land wichtiger ist als eine dicke alte Lokomotive, hat der König entschieden, daß du weg mußt. Aber wenn du weg mußt, dann gehe ich mit, das ist doch klar. Was soll ich denn ohne dich anfangen?"

Emma holte tief Luft und wollte eben wieder losheulen, als plötzlich eine helle Stimme fragte:

„Was is' los?"

Es war Jim Knopf, der auf Lukas gewartet hatte und dabei schließlich im Kohlentender eingeschlafen war. Als Lukas angefangen hatte, mit Emma zu reden, war er aufgewacht und hatte, ohne es zu wollen, alles mit angehört.

„Hallo, Jim!“ rief Lukas überrascht. „Das war eigentlich nicht für dich bestimmt. Aber meinetwegen, warum sollst du's nicht wissen? Ja, Emma und ich, wir beide gehen weg. Für immer. Es muß wohl sein.“

„Wegen mir?“ fragte Jim erschrocken.

„Wenn man es bei Licht betrachtet“, sagte Lukas, „dann hat der König nicht so unrecht. Lummerland ist einfach zu klein für uns alle.“

„Und wann wollt ihr fort?“ stammelte Jim.

„Am besten ist es, den Abschied nicht lange hinauszuziehen, wenn es schon einmal sein muß“, antwortete Lukas ernst. „Ich denke, wir fahren gleich heute nacht.“

Jim überlegte eine Weile. Dann sagte er plötzlich entschlossen:

„Ich fahr' mit.“

„Aber Jim!“ rief Lukas. „Das geht auf gar keinen Fall. Was würde Frau Waas dazu sagen? Sie würde es niemals erlauben.“

„Am besten fragen wir sie erst gar nicht“, entgegnete Jim bestimmt. „Ich werd' ihr einen Brief auf den Küchentisch legen, in dem ich ihr alles erkläre. Wenn sie weiß, daß ich mit dir gefahren bin, dann wird sie sich schon keine zu großen Sorgen machen.“

„Das glaub' ich aber doch“, sagte Lukas und machte ein bedenkliches Gesicht. „Außerdem kannst du doch gar nicht schreiben.“

„Ich werd' eben einen Brief zeichnen“, erklärte Jim.

Aber Lukas schüttelte ernst den Kopf. „Nein, mein Junge, ich kann dich nicht mitnehmen. Es ist zwar sehr nett von dir, und ich würde es auch gerne tun. Aber es geht nicht. Du bist schließlich noch ein ziemlich kleiner Junge, und du würdest uns nur . . .“

Er hielt inne, weil Jim ihm plötzlich sein Gesicht zuwandte, und dieses Gesicht war sehr entschlossen und sehr unglücklich.

„Lukas", sagte Jim leise, „warum redest du solche Sachen? Du würdest schon sehen, wie gut ihr mich gebrauchen könntet."

„Na ja", antwortete Lukas ein wenig verlegen, „natürlich, du bist ja ein brauchbarer kleiner Bursche, und in manchen Lagen ist es sogar von Vorteil, wenn man klein ist. Das ist schon richtig . . ."

Er zündete seine Pfeife an und paffte eine Weile schweigend vor sich hin. Er war schon nahe daran, zuzustimmen; aber er wollte den Jungen prüfen. Darum begann er wieder:

„Denk doch mal nach, Jim! Emma soll ja gerade weg, damit du in Zukunft genügend Platz hast. Wenn du jetzt gehst, dann könnte Emma ja ruhig bleiben. Und ich auch."

„Nein", sagte Jim mit trotzigem Gesicht, „ich werd' doch meinen besten Freund nicht verlassen. Entweder wir bleiben alle drei hier, oder wir gehen alle drei weg. Hier bleiben können wir nicht. Dann gehn wir eben – alle drei."

Lukas lächelte.

„Das ist wirklich nett von dir, alter Jim", sagte er und legte seinem Freund die Hand auf die Schulter. „Ich fürchte nur, das wird dem König gar nicht recht sein. So hat er sich das sicher nicht vorgestellt."

„Das is' mir gleich", erklärte Jim. „Ich fahr' jedenfalls mit dir."

Lukas überlegte wieder eine ganze Weile und hüllte sich in den Rauch seiner Pfeife. Das tat er immer, wenn er gerührt war. Er wollte nicht, daß jemand es sehen sollte, aber Jim kannte ihn.

„Gut!" kam schließlich Lukas' Stimme aus der Rauchwolke. „Ich erwarte dich also um Mitternacht hier."

„In Ordnung", antwortete Jim.

Sie gaben sich die Hand, und Jim war schon im Weggehen, als Lukas ihn noch einmal zurückrief.

„Jim Knopf", sagte Lukas, und es klang beinahe feierlich, „du bist wirklich der feinste kleine Kerl, den ich in meinem Leben gesehen habe."

Damit drehte er sich um und ging schnell davon. Jim schaute ihm gedankenvoll nach, dann lief auch er nach Hause. Lukas' Worte klangen noch in seinem Ohr, und zugleich mußte er an Frau Waas denken, die immer so gut und lieb zu ihm gewesen war.

Und ihm war ganz glücklich und elend zugleich zumut.

VIERTES KAPITEL

in welchem ein höchst sonderbares Schiff in See sticht und Lukas erkennt, daß er sich auf Jim Knopf verlassen kann

Das Abendessen war vorüber. Jim gähnte, als sei er schrecklich müde, und sagte, er wolle gleich ins Bett gehen. Darüber war Frau Waas einigermaßen erstaunt. Für gewöhnlich hatte sie nämlich ziemliche Mühe, Jim zum Schlafengehen zu überreden, aber sie dachte, er würde vielleicht langsam vernünftig. Als er schon im Bett war, kam sie noch einmal zu ihm, wie jeden Abend, deckte ihn gut zu, gab ihm einen Gute-Nacht-Kuß und verließ seine Kammer, nachdem sie das Licht gelöscht hatte. Dann ging sie in die Küche zurück, um noch eine Weile an einem neuen Pullover für den Jungen zu stricken.

Jim lag in seinem Bett und wartete. Der Mond schien zum Fenster herein. Es war sehr still. Nur das Meer rauschte friedlich an den Landesgrenzen, und ab und zu war von der Küche herüber leise das Klappern der Stricknadeln zu hören.

Jim mußte plötzlich daran denken, daß er den Pullover, an dem Frau Waas da arbeitete, niemals tragen würde, und was sie wohl täte, wenn sie das wüßte . . .

Und als er das überlegt hatte, wurde es ihm so furchtbar wehmütig ums Herz, daß er am liebsten geweint hätte oder in die Küche gelaufen wäre, um Frau Waas alles zu erzählen. Doch dann dachte er wieder an die Worte, die Lukas ihm zum Abschied gesagt hatte, und da wußte er, daß er schweigen mußte. Aber es war schwer, beinahe zu schwer für jemand, der erst ein halber Untertan war.

Und dazu kam noch etwas, womit Jim nicht gerechnet hatte: die Müdigkeit. Er war noch nie so lange aufgeblieben, und nun konnte er die Augen kaum offenhalten. Wenn er wenigstens hin und her gehen oder irgend etwas hätte spielen können! Aber da lag er im warmen Bett, und dauernd fielen ihm die Augen zu.

Er mußte sich immerzu vorstellen, wie wundervoll es wäre, wenn er jetzt einfach einschlafen dürfte. Er rieb sich die Augen und kniff sich in die Arme, um wach zu bleiben. Er kämpfte gegen den Schlaf. Aber plötzlich war er doch eingeschlummert.

Ihm war, als stünde er an der Landesgrenze, und weit draußen auf dem nächtlichen Meer fuhr die Lokomotive Emma. Sie rollte über die Wellen, als ob Wasser etwas Festes wäre. Und im Führerhaus, vom Feuerschein beleuchtet, sah Jim seinen Freund Lukas, der mit einem großen roten Taschentuch winkte und rief:

„Warum bist du nicht gekommen? – Leb wohl, Jim! – Leb wohl, Jim! – Leb wohl, Jim!"

Seine Stimme klang fremd und hallte durch die Nacht. Und jetzt fing es plötzlich zu blitzen und zu donnern an, und ein peitschender, eiskalter Wind wehte vom Meer her. Und im Sausen des Windes ertönte noch einmal Lukas' Stimme:

„Warum bist du nicht gekommen? – Leb wohl! – Leb wohl, Jim!"

Die Lokomotive wurde immer kleiner und kleiner. Noch ein letztes Mal war sie im grellen Schein eines Blitzes sichtbar, dann verschwand sie fern am dunklen Horizont.

Jim bemühte sich verzweifelt, über das Wasser hinterherzulaufen, aber seine Beine waren am Boden wie festgewachsen. Und von der Anstrengung, sie loszureißen, erwachte er und fuhr erschrocken in die Höhe.

Die Kammer war hell vom Mond erleuchtet. Wie spät mochte es sein? War Frau Waas schon schlafen gegangen? War Mitternacht am Ende schon vorüber und der Traum Wirklichkeit?

In diesem Augenblick schlug die Turmuhr auf dem königlichen Palast zwölfmal.

Jim fuhr aus dem Bett, schlüpfte in seine Kleider und wollte aus dem Fenster klettern – da fiel ihm der Brief ein. Den Brief an Frau Waas mußte er unbedingt noch zeichnen, sonst würde sie sich schrecklichen Kummer machen. Und das sollte sie doch nicht. Mit zitternden Händen riß Jim ein Blatt aus seinem Heft und malte folgendes darauf:

Das hieß: Ich bin mit Lukas dem Lokomotivführer auf Emma weggefahren.

Und dann zeichnete er noch schnell darunter:

Das hieß: Mach dir keinen Kummer, sondern sei unbesorgt.

Und zuletzt zeichnete er noch ganz schnell dies hier:

Das sollte heißen: Es küßt dich dein Jim.

Dann legte er das Blatt auf sein Kopfkissen und stieg schnell und leise zum Fenster hinaus.

Als er am verabredeten Ort ankam, war Emma, die Lokomotive, nicht mehr da. Auch Lukas war nirgends zu erblicken. Schnell lief Jim zur Landesgrenze hinunter. Da sah er Emma, die bereits im Wasser schwamm. Rittlings auf ihr saß Lukas der Lokomotivführer. Er hißte gerade ein Segel, dessen Mast er am Führerhäuschen befestigt hatte.

„Lukas!" rief Jim atemlos, „warte doch, Lukas! Ich bin doch da!"

Lukas drehte sich erstaunt um, und ein freudiges Lächeln glitt über sein breites Gesicht.

„Weiß Gott!" sagte er, „das ist Jim Knopf. Ich dachte schon, du wolltest lieber nicht mitkommen. Es hat schon vor einer ganzen Weile zwölf geschlagen."

„Ich weiß schon", antwortete Jim. Er watete hinüber, ergriff Lukas' Hand und schwang sich auf Emma hinauf. „Ich hatte nämlich den Brief vergessen, verstehst du? Darum mußte ich nochmal zurück."

„Und ich fürchtete schon, du hättest verschlafen", sagte Lukas und stieß dicke Rauchwolken aus seiner Pfeife.

„Ich hab' überhaupt nicht geschlafen!" beteuerte Jim. Das war ja zwar gelogen, aber er wollte vor seinem Freund nicht gern unzuverlässig erscheinen.

„Wärst du wirklich einfach ohne mich abgefahren?"

„Na ja“, meinte Lukas, „eine Weile hätte ich natürlich schon noch gewartet, aber dann... Ich konnte ja nicht wissen, ob du dir's inzwischen nicht anders überlegt hast. Wäre ja möglich gewesen, nicht wahr?“

„Aber wir hatten's doch abgemacht!“ sagte Jim vorwurfsvoll.

„Ja“, gab Lukas zu. „Bin ja auch mächtig froh, daß du dich an unsere Abmachung gehalten hast. Jetzt weiß ich, daß ich mich auf dich verlassen kann. Übrigens, wie gefällt dir unser Schiff?“

„Famos!“ sagte Jim. „Ich dacht' immer, Lokomotiven gingen im Wasser unter?“

Lukas schmunzelte.

„Nicht, wenn man vorher das Wasser aus dem Kessel herausläßt, den Kohlentender leer macht und die Türen kalfatert“, erklärte er und paffte kleine Wölkchen. „Das ist ein Trick, den nicht jeder kennt.“

„Was muß man die Türen?“ erkundigte sich Jim, der das Wort noch nie gehört hatte.

„Kalfatern“, wiederholte Lukas. „Das bedeutet, man muß alle Ritzen gründlich mit Werg und Teer abdichten, damit kein Tropfen Wasser durchsickert. Das ist sehr wichtig, weil durch das wasserdichte Führerhäuschen, den hohlen Kessel und den leeren Tender Emma nicht untergehen kann. Außerdem haben wir dadurch eine hübsche kleine Kajüte, falls es mal regnen sollte.“

„Aber wie kommen wir denn hinein?“ wollte Jim wissen. „Wenn doch die Türen so fest zu sein müssen?“

„Wir können durch den Tender hinunterkriechen“, sagte Lukas. „Du siehst, wenn man nur weiß, wie's gemacht wird, dann schwimmt sogar eine Lokomotive wie eine Ente.“

„Ach!“ sagte Jim bewundernd. „Aber sie ist doch ganz aus Eisen?“

„Macht nichts“, antwortete Lukas und spuckte vergnügt einen Looping ins Wasser. „Es gibt Schiffe, die auch ganz aus Eisen sind. Ein leerer Kanister zum Beispiel ist auch aus Eisen und geht trotzdem nicht unter, solange kein Wasser 'reinläuft.“

„Aha!" sagte Jim, als hätte er begriffen. Er fand, daß Lukas ein sehr kluger Mann war. Mit so einem Freund konnte eigentlich nicht viel schiefgehen.

Er war jetzt sehr froh, daß er sein Versprechen gehalten hatte.

„Wenn du nichts dagegen hast", sagte Lukas, „dann fahren wir jetzt ab."

„In Ordnung", antwortete Jim.

Sie warfen das Tau los, mit dem Emma am Ufer festgemacht war. Der Wind bauschte das Segel. Der Mast ächzte leise, und das seltsame Schiff setzte sich in Bewegung.

Kein Laut war zu hören außer dem Summen des Windes und dem Plätschern der kleinen Wellen am Bug der Emma.

Lukas hatte seinen Arm um Jims Schulter gelegt, und beide schauten schweigend zu, wie Lummerland mit dem Haus von Frau Waas und dem Haus von Herrn Ärmel, mit der kleinen Bahnstation und dem Schloß des Königs zwischen den beiden ungleichen Gipfeln immer weiter zurückblieb, still und mondbeschienen.

Über Jims schwarze Backe rollte eine dicke Träne.

„Traurig?" fragte Lukas leise. Auch in seinen Augen blinkte es verdächtig. – Jim zog den Inhalt seiner Nase geräuschvoll hoch, fuhr sich mit dem Handrücken über die Augen und lächelte tapfer.

„Is' schon vorbei."

„Am besten, wir schauen nicht länger zurück", meinte Lukas und gab Jim einen freundschaftlichen Klaps auf die Schulter. Sie drehten sich um, so daß sie nun nach vorne blickten.

„So!" sagte Lukas, „jetzt stopf' ich mir erst mal eine neue Pfeife, und dann wollen wir uns ein bißchen unterhalten."

Er stopfte sich seine Pfeife, zündete sie an, stieß ein paar Rauchkringel aus, und dann fingen sie an, sich zu unterhalten. Und nach kurzer Zeit waren sie beide wieder ganz vergnügt und lachten.

So segelten sie hinaus auf das mondbeglänzte Meer.

FÜNFTES KAPITEL

in dem die Seereise beendet wird und Jim durchsichtige Bäume sieht

Die Reise verlief ohne besondere Zwischenfälle. Zum Glück blieb das Wetter weiterhin freundlich. Eine leichte, anhaltende Brise schwellte Tag und Nacht das Segel und ließ die Emma gut vorwärts kommen.

„Ich möcht' nur wissen", meinte Jim manchmal nachdenklich, „wo wir eigentlich hinfahren."

„Keine Ahnung", erwiderte Lukas dann zuversichtlich. „Wir werden uns einfach überraschen lassen."

Einige Tage lang wurden sie von einem Schwarm fliegender Fische begleitet, der den beiden Freunden viel Vergnügen bereitete. Fliegende Fische sind nämlich sehr fröhliche Leute. Sie schwirrten um Jims Kopf und spielten Haschen mit ihm. Er erwischte allerdings nie einen, weil sie unglaublich flink waren, aber vor Eifer plumpste er ein paarmal ins Wasser. Zum Glück konnte er gut schwimmen, das hatte er am Strand von Lummerland schon gelernt, als er noch ganz klein war. Wenn Lukas ihn dann herauszog und er tropfnaß auf dem Dach des Führerhäuschens stand, streckten alle fliegenden Fische ihre Köpfe aus dem Wasser und sperrten die Münder weit auf, als ob sie lachten. Hören konnte man natürlich nichts, weil Fische bekanntlich stumm sind.

Wenn die Reisenden hungrig waren, dann fischten sie sich einfach ein paar Meerbirnen oder Seegurken von den hohen Korallenbäumen. Diese Bäume wachsen nämlich oft so hoch, daß sie vom Meeresgrund bis hinauf an die Wasseroberfläche reichen. Die Meeresfrüchte waren nahrhaft und vitaminreich und außerdem so saftig, daß die beiden Freunde niemals Durst zu leiden brauchten. (Das Meerwasser kann man ja nicht trinken, weil es ganz salzig schmeckt.)

Tagsüber erzählten sie sich gegenseitig Geschichten oder sie pfiffen Lieder oder spielten Mensch-ärgere-dich-nicht. Eine Schachtel mit Gesellschaftsspielen hatte Lukas nämlich vorsichtshalber mitgenommen, weil er schon damit gerechnet hatte, daß es eine ziemlich lange Fahrt werden würde.

Nachts, wenn sie schlafen wollten, öffneten sie den Deckel des Tenders, der sonst immer geschlossen blieb, damit kein Wasser hineinspritzte, und schlüpften durch das Kohlen-Nachschub-Loch in das Führerhäuschen hinunter. Von innen zog Lukas den Tenderdeckel wieder sorgfältig zu. Dann wickelten sie sich in warme Decken und machten es sich bequem. Natürlich war es ziemlich eng in der Kajüte, aber auch sehr gemütlich, besonders wenn das Wasser von außen gegen die kalfaterten Türen gluckste und Emma wie eine große Wiege auf und nieder schaukelte.

Eines Morgens – genauer gesagt am dritten Tag der vierten Woche ihrer Reise – wachte Jim sehr früh auf. Im war so, als habe er einen deutlichen Ruck gespürt.

„Was is' denn das?" dachte er. „Und warum schaukelt Emma nicht mehr, sondern steht ganz ruhig?"

Da Lukas noch fest schlief, beschloß Jim, selbst nachzusehen. Vorsichtig, um seinen Freund nicht zu wecken, stand er auf, stellte sich auf die Zehen und guckte durch eines der Fenster hinaus.

In der rosigen Morgendämmerung erblickte er eine Landschaft von wundervoller Schönheit und Zartheit. Etwas ähnlich Herrliches hatte er noch nie gesehen. Nicht einmal auf Abbildungen.

„Nein", sagte er sich nach einer Weile, „das is' wahrscheinlich gar nicht Wirklichkeit. Bestimmt träum' ich nur, daß ich hier steh' und das alles seh'."

Und rasch legte er sich wieder hin und machte die Augen zu, um weiterzuträumen. Aber mit geschlossenen Augen sah er gar nichts mehr.

Also konnte es wohl doch kein Traum sein. Er stand noch einmal auf und guckte hinaus, und da war die Landschaft wieder.

Wunderbare Bäume und Blumen in den seltsamsten Farben und Formen gab es da draußen, aber sonderbarerweise schienen sie alle durchsichtig zu sein, durchsichtig wie buntes Glas. Vor dem Fenster, durch das Jim hinausblickte, stand ein sehr dicker, sehr alter Baum, so mächtig, daß drei Männer seinen Stamm nicht hätten umspannen können. Aber man konnte alles, was dahinter lag, durch ihn hindurchsehen, wie durch ein Aquarium. Der Baum war von zartvioletter Farbe, und deshalb sah alles dahinter zartviolett aus.

Duftige Nebelschleier schwebten über den Wiesen, und da und dort schlängelten sich Flüsse, über die sich zierliche, schmale Brücken aus Porzellan schwangen. Manche dieser Brücken hatten seltsame Dächer, daran hingen Tausende von kleinen Glocken aus Silber, die im Morgenlicht glitzerten. An vielen Bäumen und Blumen hingen ebenfalls silberne Glöckchen, und wenn ein leichter Wind über das Land strich, dann erscholl bald hier, bald dort ein ganz überirdisch feines, vielstimmiges Klingen.

Große Schmetterlinge mit schimmernden Flügeln schwebten zwischen den Blüten hin und her, und winzige Vögelchen mit langen gebogenen Schnäbeln saugten Honig und Tautropfen aus den Kelchen. Diese Vögel waren nicht größer als Hummeln. (Man nennt sie Kolibris. Sie sind die kleinsten Vögel, die es überhaupt auf der Welt gibt, und sie sehen aus, als wären sie aus purem Gold und Edelsteinen.)

Ganz in der Ferne, am Horizont, erhob ein gewaltiges Gebirge seine Gipfel hoch in die Wolken. Es war rot und weiß gemustert. Aus dieser Entfernung sah es aus wie eine wunderschöne Zierleiste aus dem Schulheft eines Riesenkindes.

Jim schaute und schaute, und vor lauter Staunen vergaß er, den Mund zuzumachen.

„Na", hörte er plötzlich Lukas sagen, „du machst ja nicht gerade ein sehr geistreiches Gesicht, alter Junge. Übrigens, guten Morgen, Jim!"

Und er gähnte herzhaft.

„Oh, Lukas!" stammelte Jim, ohne den Blick von der Landschaft zu wenden. „Da draußen . . . wie das alles durchsichtig is' und . . . und . . . und . . ."

„Wieso durchsichtig?" fragte Lukas und gähnte noch einmal. „Wasser ist, soviel ich weiß, immer durchsichtig. Mir wird das viele Wasser allmählich ein bißchen langweilig. Möchte wissen, wann wir endlich irgendwo ankommen."

„Wieso denn Wasser?" Jim schrie beinahe vor Aufregung. „Ich mein' doch die Bäume!"

„Bäume?" fragte Lukas und streckte sich, daß es knackte. „Du träumst wohl noch, Jim. Auf dem Meer wachsen keine Bäume, und schon gar keine, die durchsichtig sind."

„Doch nicht auf dem Meer!" rief Jim. Er wurde langsam ungeduldig. „Da draußen is' Land und Bäume und Blumen und Brücken und Berge . . ."

Er faßte Lukas an der Hand und versuchte aufgeregt, ihn hochzuziehen.

„Na, na, na!" brummte Lukas, während er aufstand. Und dann schaute er durch das Fenster hinaus und sah die märchenhafte Landschaft, und da sagte auch er erst einmal eine ganze Weile gar nichts mehr. Schließlich stieß er hervor:

„Donnerwetter!"

Und dann sagte er wieder eine ganze Weile nichts. Der Anblick überwältigte ihn.

„Was für ein Land kann das nur sein?" unterbrach Jim endlich das Schweigen.

„Diese merkwürdigen Bäume . . . ?" murmelte Lukas gedankenvoll, „diese Silberglöckchen überall, diese geschwungenen, schmalen Brücken aus Porzellan . . . ?" Und plötzlich rief er: „Ich will nicht Lukas der Lokomotivführer heißen, wenn das nicht das Land China ist! Komm, Jim, hilf mir! Wir müssen Emma ganz auf den Strand schieben."

Sie kletterten hinaus und schoben Emma aufs Trockene. Und als das geschehen war, setzten sie sich erst mal hin und frühstückten in aller Ruhe. Sie aßen die letzten Seegurken aus ihrem Vorrat auf. Dann zündete Lukas sich seine Pfeife an.

„Und wohin fahren wir jetzt?" wollte Jim wissen.

„Das beste wird sein", überlegte Lukas, „wir fahren erst mal nach Ping. So heißt, soviel ich weiß, die Hauptstadt von China. Wollen mal sehen, ob wir nicht vielleicht seine Majestät den Kaiser sprechen können."

„Was willst du denn von ihm?" erkundigte sich Jim bewundernd.

„Ich will ihn fragen, ob er nicht eine Lokomotive und zwei Lokomotivführer brauchen kann. Vielleicht hat er so was gerade nötig. Dann könnten wir hier bleiben, verstehst du? Das Land scheint ja nicht übel zu sein."

Also gingen sie an die Arbeit und machten Emma wieder landtüchtig. Zuerst montierten sie den Mast und das Segel ab. Dann öffneten sie die kalfaterten Türen wieder, indem sie den Teer und das Werg sorgfältig aus allen Ritzen entfernten, und zuletzt füllten sie Emmas Kessel wieder mit Wasser und den Tender mit trockenem Treibholz, das massenhaft am Strand herumlag.

Als das geschehen war, machten sie Feuer unter dem Kessel. Dabei zeigte sich übrigens, daß das durchsichtige Holz fast ebenso ausgezeichnet brannte wie Kohle. Als das Wasser im Kessel ordentlich kochte, dampften sie los. Die gute alte Emma fühlte sich jetzt wieder viel wohler als auf dem Meer, denn das Wasser war natürlich doch nicht so ganz ihr Element.

Nach kurzer Zeit hatten sie eine breite Straße erreicht, auf der sie bequem und schnell dahinrollen konnten. Selbstverständlich hüteten sie sich, über eine der kleinen Brücken aus Porzellan zu fahren, weil Porzellan, wie jeder weiß, sehr zerbrechlich ist und es nicht besonders gut verträgt, wenn man mit einer Lokomotive drüber fährt.

Und es war ihr Glück, daß sie nicht nach rechts oder links abbogen, denn die Straße führte direkt nach Ping, der Hauptstadt von China.

Erst fuhren sie nur immer auf den Horizont zu, über dem sich das rot und weiß gestreifte Gebirge erhob. Aber ungefähr nach fünfeinhalb Stunden Fahrt erblickte Jim, der auf das Dach der Lokomotive geklettert war, um Ausschau zu halten, in der Ferne etwas, was aussah wie Tausende und aber Tausende von großen Zelten. Alle diese Zelte glänzten in der Sonne wie Metall.

Jim rief zu Lukas hinunter, was er gesehen hatte, und Lukas antwortete: „Das sind die goldenen Dächer von Ping. Wir sind also auf dem richtigen Weg."

Und nach einer weiteren halben Stunde hatten sie die Stadt erreicht.

SECHSTES KAPITEL

in welchem ein dicker gelber Kopf Schwierigkeiten macht

In Ping gab es ungeheuer viele Menschen, die alle Chinesen waren. Jim, der noch niemals so viele Leute auf einmal gesehen hatte, wurde es ganz unheimlich zumut. Alle hatten Schlitzaugen und Zöpfe und trugen große runde Hüte auf den Köpfen.

Jeder Chinese hielt einen anderen Chinesen an der Hand, der etwas kleiner war. Und der hielt wieder einen an der Hand, der noch kleiner war. Und so ging es fort bis hinab zum Kleinsten, der nur etwa die Größe einer Erbse hatte. Ob der nun auch einen noch kleineren Chinesen an der Hand hielt, konnte Jim nicht sehen, denn dazu hätte er ein Vergrößerungsglas gebraucht.

Das waren die Chinesen mit ihren Kindern und Kindeskindern. (Alle

Chinesen haben sehr viele Kinder und Kindeskinder.) Und alle wuselten und wimmelten auf der Straße durcheinander und schnatterten und gestikulierten, daß es Jim ganz wirbelig im Kopf wurde.

Die Stadt bestand aus vielen tausend Häusern, und jedes Haus hatte viele, viele Stockwerke, und jedes Stockwerk hatte ein eigenes, vorspringendes Dach, das wie ein Regenschirm aussah und aus Gold war.

Aus jedem Fenster hingen Fähnchen und Lampions, und in den Seitengäßchen waren Hunderte von Wäscheleinen von Haus zu Haus gespannt. An denen trockneten die Leute ihre viele Wäsche. Denn die Chinesen sind ein sehr sauberes Volk. Sie ziehen niemals etwas Schmutziges an, und selbst der kleinste Chinese, der nur so groß ist wie eine Erbse, wäscht seine Wäsche jeden Tag und hängt sie an eine Leine, nicht dicker als ein Zwirnsfaden.

Emma mußte sich sehr vorsichtig einen Weg durch die Menschenmenge suchen, damit sie niemand totfuhr. Sie war schrecklich aufgeregt, das konnte man an ihrem Keuchen hören. Ununterbrochen tutete und pfiff sie, um die Kinder und Kindeskinder aus dem Weg zu scheuchen. Sie war schon völlig außer Atem.

Endlich hatten sie den Hauptplatz vor dem kaiserlichen Palast erreicht. Lukas zog an einem Hebel. Emma blieb stehen und ließ mit einem ungeheuren Seufzer der Erleichterung den Dampf ab. Die Chinesen stoben vor Schreck nach allen Seiten auseinander. Sie hatten noch nie

eine Lokomotive gesehen und glaubten, Emma wäre ein Ungeheuer, das seinen heißen Atem auf sie blies, um sie zu töten und sie dann zum Frühstück zu essen.

Lukas zündete sich gemächlich eine neue Pfeife an und sagte zu Jim:

„So, mein Junge, komm mit! Jetzt wollen wir mal sehen, ob der Kaiser von China zu Hause ist."

Sie stiegen aus und gingen auf den Palast zu. Um die Eingangspforte zu erreichen, mußten sie erst neunundneunzig Treppenstufen aus Silber hinaufsteigen. Das Tor war zehn Meter hoch und sechseinhalb Meter breit und ganz und gar aus kostbar geschnitztem Ebenholz. Das ist ein kohlpechrabenschwarzes Holz, von dem es auf der ganzen Welt nur hundertzwei Zentner und sieben Gramm gibt. So selten ist es. Gut die Hälfte davon war für den Bau dieser gewaltigen Tür verarbeitet worden.

Neben dem Tor war ein Schild aus Elfenbein angebracht, auf dem in goldenen Lettern stand:

KAISER VON CHINA

Und darunter befand sich ein Klingelknopf aus einem einzigen großen Diamanten.

„Donnerwetter!" sagte Lukas der Lokomotivführer bewundernd, als er alles betrachtet hatte. Jim machte wieder kugelrunde Augen.

Dann drückte Lukas auf den Klingelknopf. Darauf öffnete sich eine kleine Klappe in der riesigen Ebenholztür. Ein dicker gelber Kopf schaute heraus und grinste die beiden Freunde liebenswürdig an. Natürlich gehörte zu diesem Kopf ein ebenso dicker Körper, aber den konnte man nicht sehen, weil er hinter der Tür verborgen blieb. Der dicke gelbe Kopf fragte mit hoher Fistelstimme:

„Was wünschen die erlauchten Herrschaften?"

„Wir sind zwei ausländische Lokomotivführer", antwortete Lukas. „Und wir möchten gern den Kaiser von China sprechen, wenn es sich machen läßt."

„In welcher Angelegenheit wünschen Sie unseren erhabenen Kaiser zu sprechen?“ fragte der Kopf und lächelte gewinnend.

„Das werden wir ihm am besten selber sagen“, meinte Lukas.

„Leider ist es ganz unmöglich, sehr ehrenwerter Führer einer liebreizenden Mokolotive“, säuselte der Kopf über dem unsichtbaren Körper und grinste immer liebenswürdiger, „ganz und gar unmöglich, unseren erhabenen Kaiser zu sprechen. Oder haben Sie vielleicht eine Einladung?“

„Nein“, sagte Lukas verdutzt, „wozu denn?“

Der dicke gelbe Kopf in der Türklappe erwiderte:

„Verzeihen Sie mir unwürdiger Blattlaus, aber dann darf ich Sie nicht einlassen. Der Kaiser hat keine Zeit.“

„Aber irgendwann im Laufe des Tages“, meinte Lukas, „hat er doch sicher mal Zeit für uns.“

„Ich bedaure überaus!“ entgegnete der Kopf und lächelte zuckersüß von einem Ohr bis zum anderen. „Unser erhabener Kaiser hat niemals Zeit. Entschuldigen Sie mich!“

Und damit schloß sich die Klappe mit einem Knall.

„Verflixt und zugenäht!“ brummte Lukas vor sich hin.

Während sie die neunundneunzig Stufen aus Silber wieder hinunterschritten, sagte Jim: „Ich hab' das Gefühl, der Kaiser würde vielleicht schon Zeit für uns haben. Der dicke gelbe Kopf will uns nur nicht 'reinlassen.“

„Das ist es ja“, knurrte Lukas grimmig.

„Und was wollen wir jetzt machen?“ fragte Jim.

„Jetzt schauen wir uns erst mal in der Stadt um“, sagte Lukas unternehmungslustig. Wenn er ärgerlich war, dann blieb er es nie lange.

Sie überquerten den Platz, auf dem sich eine riesige Menschenmenge angesammelt hatte. Aus ehrfurchtsvoller Entfernung staunten die Chinesen die Lokomotive an. Emma war das sehr peinlich. Sie hatte die Scheinwerferaugen verschämt niedergeschlagen. Als Lukas auf sie zutrat und sie auf den Leib klopfte, atmete sie erleichtert auf.

„Hör zu, Emma“, sagte Lukas, „Jim und ich, wir gehen jetzt ein bißchen in die Stadt. Bleib schön hier und halt dich still, bis wir zurück sind.“

Emma seufzte ergeben.

„Es dauert bestimmt nicht lange“, tröstete sie Jim.

Dann machten sie sich auf den Weg.

Stundenlang schlenderten die beiden Freunde durch die engen Gassen und die bunten Straßen, und es war einfach ungeheuer, was es da alles Fremdartiges und Merkwürdiges zu sehen gab.

Zum Beispiel die Ohrenputzer! Die Ohrenputzer arbeiteten so ähnlich, wie bei uns die Schuhputzer. Sie hatten auf der Straße bequeme Stühle aufgestellt, darauf mußte man sich setzen. Und dann wurden einem die Ohren geputzt. Aber nicht nur so einfach mit dem Waschlappen, o nein! Das war eine lange und kunstvolle Prozedur. Jeder Ohrenputzer hatte ein kleines Tischchen mit einer silbernen Platte, und darauf lagen unzählige kleine Löffelchen und Pinselchen und Stäbchen und Bürstchen und Wattebäuschchen und Döschen und Töpfchen. Und damit machte er sich ans Werk.

Die Chinesen gehen sehr gerne zum Ohrenputzer. Erstens natürlich aus Reinlichkeit, zweitens aber auch, weil es so angenehm kitzelt und kribbelt, wenn der Ohrenputzer ganz vorsichtig seine Arbeit verrichtet. Das mögen die Chinesen sehr.

Dann gab es auch noch die Haarzähler, die einem die Haare auf dem Kopf zählen. Denn in China ist es wichtig, zu wissen, wieviele Haare man hat. So ein Haarzähler hat eine winzig kleine, flache goldene Zange, mit der er jedes Haar einzeln fassen kann. Er zählt immer hundert Haare zusammen, und dann bindet er um das Büschel ein Schleifchen. Und das macht er so lange, bis der ganze Kopf voller Schleifchen ist. Neben ihm sitzt sein Haarzählergehilfe, der alles zusammenrechnet. Natürlich dauert es oft viele Stunden, bis alle Haare gezählt sind. Bei manchen Leuten geht es allerdings auch sehr schnell, denn auch in China kommt es vor, daß jemand nur noch drei oder zwei Haare auf dem Kopf hat.

Aber es gab noch vieles andere!

Zum Beispiel waren auf den Straßen überall Zauberkünstler zu sehen. Einer konnte auf seiner bloßen Hand aus einem Samenkorn ein Bäumchen wachsen lassen, auf dem sogar ganz richtige, winzig kleine Vögel saßen und zwitscherten. An den Zweigen hingen Früchte, so klein wie Liebesperlen. Man durfte sie abzupfen und essen, und sie schmeckten zuckersüß.

Es gab auch Akrobaten, die mit ihren erbsengroßen Kindern jonglierten wie mit Bällen. Und die Kinder machten sogar noch auf kleinen Trompeten lustige Musik, während sie in der Luft herumflogen.

Und was es alles zu kaufen gab! Kein Mensch wird das für möglich halten, der nicht selber in China gewesen ist. Es wäre ganz sinnlos, alle diese Früchte und kostbaren Stoffe und Geschirre und Spielsachen und Gebrauchsgegenstände aufzuzählen, weil dann dieses Buch zehnmal so dick werden würde.

Ja, und dann gab es auch noch die Elfenbeinschnitzer. Das ist eine ganz unglaubliche und wunderbare Sache. Manche von diesen Elfenbeinschnitzern waren schon über hundert Jahre alt, und sie hatten in ihrem ganzen Leben nur ein einziges Stück geschnitzt. Aber dieses Stück war nun so kostbar, daß niemand auf der Welt es bezahlen konnte. Und darum schenkten sie es schließlich jemand, den sie für würdig hielten. Manche hatten zum Beispiel eine Kugel geschnitzt, ungefähr so groß wie ein Fußball. Diese Kugel war über und über mit den schönsten Bildern bedeckt. Die Bilder waren nicht gemalt, sondern geschnitzt, so fein geschnitzt, als wären sie aus kostbarer Spitze. Dabei war es aber hartes Elfenbein.

Wenn man nun durch diese Elfenbein-Spitze hineinguckte, wie durch ein ganz zartes Gitter, dann erblickte man im Innern der Kugel – eine zweite Kugel. Die lag lose darin und war ebenso wundervoll geschnitzt. Und im Innern der zweiten Kugel war wieder eine Kugel. Und so ging es fort bis ganz ins Allerinnerste. Das Erstaunliche und Merkwürdige aber war, daß die Künstler solche Wunderwerke aus einem Stück geschnitzt hatten, ohne eine der Kugeln aufzumachen. Nur durch die feinen Löchlein der Spitze hindurch hatten sie das fertiggebracht mit ganz dünnen, winzigen Messerchen und Meißelchen. Sie hatten angefangen vor langen, langen Jahren, als sie noch Erbsenkinder waren. Und als sie ihr Werk beendeten, waren sie uralt und weißhaarig. Ihr ganzes Leben war nun auf den ineinandersteckenden Kugeln zu sehen, wie in einem geheimnisvollen Bilderbuch.

Die Elfenbeinschnitzer wurden von allen Chinesen sehr verehrt, und man nannte sie: Die großen Meister vom Elfenbein.

SIEBENTES KAPITEL

in dem Emma Karussell spielen soll und die beiden Freunde ein Kindeskind kennenlernen

Den ganzen Tag über waren die beiden Freunde in der Stadt umhergeschlendert. Die Sonne hatte sich dem Horizont zugeneigt, und im Abendrot begannen die goldenen Dächer zu glänzen.

In den Gäßchen, wo es schon dämmerig wurde, entzündeten die Chinesen ihre Lampions, die in allen Farben leuchteten. Sie trugen sie an langen Angelruten vor sich her, die großen Chinesen große Lampions, die kleinen kleine. Und die allerkleinsten sahen aus wie bunte Glühwürmchen.

Über all den Wundern hatten die beiden Freunde ganz vergessen, daß sie außer den paar Meeresfrüchten zum Frühstück nichts mehr gegessen hatten.

„Das ist ja allerhand!" sagte Lukas lachend. „Da muß sofort etwas unternommen werden. Wir gehen jetzt in ein Gasthaus und bestellen uns ein Abendessen, das sich sehen lassen kann."

„In Ordnung", stimmte Jim zu. „Hast du chinesisches Geld?"

„Verflixt!" antwortete Lukas und kratzte sich hinter dem Ohr. „Daran hab' ich nicht gedacht. Aber Geld oder nicht Geld, zu essen muß der Mensch was haben. Laß mich mal nachdenken!"

Er dachte also nach, und Jim sah ihm erwartungsvoll dabei zu. Plötzlich rief Lukas:

„Ich hab's! Wenn wir kein Geld haben, müssen wir eben welches verdienen."

„Famos", sagte Jim, „aber wie machen wir das so schnell?"

„Ganz einfach!" antwortete Lukas. Wir gehen jetzt zu unserer alten Emma zurück und geben bekannt, daß jeder, der zehn Li bezahlt, eine Runde um den großen Schloßplatz mitfahren darf."

Sie gingen rasch zu dem großen Platz vor dem kaiserlichen Palast zurück, wo noch immer eine große Menschenmenge in respektvollem Abstand um die Lokomotive herumstand und sie angaffte. Nur daß sie jetzt alle Lampions trugen.

Lukas und Jim bahnten sich einen Weg durch das Gedränge und stiegen auf das Dach ihrer Lokomotive.

Ein erwartungsvolles Raunen ging durch die Menge.

„Achtung, Achtung!" rief Lukas laut. „Sehr verehrte Damen und Herren! Wir sind mit unserer Lokomotive von sehr weit hergekommen und werden wahrscheinlich bald wieder abreisen. Benützen Sie die einmalige Gelegenheit! Machen Sie eine kleine Fahrt mit uns. Es kostet ausnahmsweise nur zehn Li. Nicht mehr als zehn Li für eine Fahrt um diesen großen Platz!"

Durch die Menge ging ein Murmeln und Flüstern, aber niemand rührte sich vom Fleck.

Lukas begann noch einmal:

„Kommen Sie ruhig näher, meine Herrschaften! Die Lokomotive ist ganz ungefährlich! Nur keine Angst! Nur hereinspaziert, verehrtes Publikum!"

Die Menge blickte andächtig zu Lukas und Jim empor, aber keiner trat vor.

Hier kann man sehen, wie schwer es oft die kleinen Leute haben, wenn sie mit den Großen reden

„Verflixt und zugenäht!“ raunte Lukas Jim zu. „Sie trauen sich nicht. Versuch du's mal!“

Jim holte Luft und rief, so laut er konnte:

„Liebe Kinder und Kindeskinder! Ich kann euch nur raten: Fahrt mit! Es ist das Lustigste, was man sich überhaupt denken kann – sogar schöner als Karussellfahren! Achtung, Achtung! In wenigen Minuten beginnen wir! Bitte einsteigen! Es kostet heute nur zehn Li pro Person! Nur zehn Li!“

Aber niemand rührte sich.

„Es kommt keiner“, flüsterte Jim enttäuscht.

„Vielleicht fahren wir erst mal eine Runde allein“, meinte Lukas. „Möglich, daß sie dann Lust bekommen.“

Also kletterten sie vom Dach hinunter und fuhren los. Aber der Erfolg war leider ganz anders, als sie erwartet hatten. Die Leute rannten erschrocken davon, und schließlich war der ganze Platz völlig menschenleer.

„Es hat keinen Zweck“, seufzte Jim, als sie wieder hielten.

„Da müssen wir uns eben was Besseres ausdenken“, brummte Lukas vor sich hin.

Sie stiegen von der Lokomotive herunter und begannen nachzudenken, aber sie wurden dauernd durch das Knurren ihrer Mägen gestört. Endlich meinte Jim kläglich:

„Ich glaub', wir finden nichts. Wenn wir nur irgend jemand von hier kennen würden. Ein Chinese könnte uns sicher einen guten Rat geben."

„Aber gern!" piepste da plötzlich ein zartes Stimmchen. „Wenn ich euch behilflich sein kann?"

Lukas und Jim blickten erstaunt vor sich nieder und sahen zu ihren Füßen ein winziges Kerlchen, ungefähr so groß wie eine Hand. Offensichtlich war das ein Kindeskind. Sein Kopf war nicht größer als ein Tischtennisball.

Das Kerlchen nahm seinen kleinen, runden Hut und machte höflich eine tiefe Verbeugung, so daß sein Zöpfchen in die Höhe stand.

„Mein Name, ihr ehrenwerten Fremdlinge", sagte er, „ist Ping Pong. Ich stehe ganz zu euren Diensten."

Lukas nahm die Pfeife aus dem Mund und verbeugte sich ebenfalls mit ernster Miene. „Mein Name ist Lukas der Lokomotivführer."

Und nun verbeugte sich auch Jim und sagte: „Ich heiße Jim Knopf."

Darauf verbeugte sich wieder der kleine Ping Pong und zwitscherte: „Ich habe den Klagegesang eurer erhabenen Mägen vernommen. Es wird mir eine Ehre sein, euch zu bewirten. Bitte, wartet hier einen Augenblick!"

Und er rannte mit winzig kleinen Schritten auf den Palast zu, so schnell, daß es aussah, als ob er auf Räderchen führe.

Als er in der niedersinkenden Dunkelheit verschwunden war, schauten sich die beiden Freunde verdutzt an.

„Jetzt bin ich aber gespannt, wie es weitergeht", sagte Jim.

„Warten wir's ab", sagte Lukas und klopfte seine Pfeife aus.

Als Ping Pong zurückkam, schwankte er unter einer sonderbaren Last, die er auf dem Kopf trug. Es war ein kleines Lacktischchen, nicht größer als ein Tablett. Das stellte er auf den Boden neben die Lokomotive. Dann legte er ein paar Kissen, klein wie Briefmarken, um das Tischchen herum.

„Bitte, nehmt Platz!“ sagte er mit einer einladenden Handbewegung.

Die beiden Freunde setzten sich so gut es ging auf die Kissen nieder. Es war zwar ein bißchen schwierig, aber sie wollten schließlich nicht unhöflich sein.

Ping Pong rannte noch einmal davon und kam zurück mit einem ganz kleinen, wunderschönen Lampion, auf den ein freundlich lachendes Gesicht gemalt war. Das Stöckchen, an dem der Lampion hing, steckte er zwischen die Speichen eines Lokomotivrades. Nun hatten die beiden Freunde eine hübsche Tischbeleuchtung. Es war nämlich inzwischen ganz dunkel geworden, und der Mond war noch nicht aufgegangen.

„So!“ piepste Ping Pong und überblickte befriedigt sein Werk. „Und was darf ich den ehrenwerten Fremdlingen nun zu essen bringen?“

„Ja“, meinte Lukas ein wenig ratlos, „was gibt's denn?“

Der kleine Gastgeber begann eifrig aufzuzählen: „Vielleicht hundertjährige Eier auf einem zarten Salat aus Eichhörnchenohren? Oder möchtet ihr lieber gezuckerte Regenwürmer in saurer Sahne? Sehr gut ist auch Baumrindenpüree mit geraspelten Pferdehufen überstreut. Oder hättet ihr gern gesottene Wespennester mit Schlangenhaut in Essig und Öl? Wie wäre es mit Ameisenklößchen auf köstlichem Schneckenschleim? Sehr empfehlenswert sind auch geröstete Libelleneier in Honig oder zarte Seidenraupen mit weichgekochten Igelstacheln. Vielleicht zieht ihr aber knusprige Heuschreckenbeine mit einem Salat aus pikanten Maikäferfühlern vor?“

„Lieber Ping Pong“, sagte Lukas, der mit Jim einen bestürzten Blick gewechselt hatte, „das sind sicher alles große Leckereien. Aber wir sind erst ganz kurz in China und müssen uns zunächst einmal an eure Kost gewöhnen. Gibt es denn nicht vielleicht etwas ganz Einfaches?“

„Oh, doch!“ rief Ping Pong eifrig. „Zum Beispiel panierte Pferdeäpfel in Elefanten-Sahne.“

„Ach nein“, sagte Jim, „so was meinen wir nicht. Gibt's denn nicht irgendwas Vernünftiges?“

„Irgendwas Vernünftiges?" fragte Ping Pong ratlos. Doch dann hellte sich sein Gesicht auf. „Ich verstehe!" rief er. „Zum Beispiel Mäuseschwänze und Froschlaichpudding. Das ist das Vernünftigste, was ich kenne."

Jim schüttelte sich.

„Nein", sagte er, „das meine ich auch nicht! Ich meine zum Beispiel einfach ein großes Butterbrot."

„Ein was?" fragte Ping Pong.

„Ein Butterbrot", wiederholte Jim.

„Nein, das kenne ich gar nicht", sagte Ping Pong verwirrt.

„Oder Bratkartoffeln mit Spiegelei", schlug Lukas vor.

„Nein", antwortete Ping Pong, „davon habe ich nie etwas gehört."

„Oder einen Schweinebraten", fuhr Lukas fort, und dabei lief ihm das Wasser im Mund zusammen.

Aber jetzt schüttelte sich der kleine Ping Pong und schaute die beiden Freunde ganz entsetzt an.

„Verzeiht, ehrenwerte Fremdlinge, daß ich mich schüttle", piepste er, „aber würdet ihr so etwas wirklich essen mögen?"

„Ach ja", riefen die beiden Freunde wie aus einem Munde, „das würden wir!"

Eine Weile überlegten sie noch hin und her. Plötzlich schnippte Lukas der Lokomotivführer mit dem Finger und sagte:

„Leute, ich hab's! Wir sind doch hier in China, und in China gibt's doch Reis."

„Reis?" fragte Ping Pong. „Ganz gewöhnlichen Reis?"

„Ja", erwiderte Lukas.

„Oh, jetzt weiß ich etwas!" rief Ping Pong glücklich. „Ihr bekommt eine kaiserliche Reisplatte. Sofort, sogleich, ich eile!" Er wollte schon davonrennen, aber Lukas hielt ihn am Ärmelchen zurück.

„Aber bitte, Ping Pong", sagte er, „keine Käfer oder gebratene Schuhbänder dazwischen, wenn's geht."

Ping Pong versprach es und verschwand in der Dunkelheit. Als er zurückkam, trug er ein paar Schälchen, kaum größer als Fingerhüte, und stellte sie auf den Tisch.

Die beiden Freunde wechselten einen Blick und dachten bei sich, ob das nicht vielleicht ein bißchen wenig wäre für zwei hungrige Lokomotivführer. Aber sie sagten natürlich nichts, denn sie waren ja zu Gast.

Doch Ping Pong rannte sofort wieder davon, brachte weitere Schüsselchen und verschwand aufs neue. Schließlich stand das ganze Tischchen voll, aus allen Näpfchen duftete es ganz unbeschreiblich appetitlich. Vor jedem der beiden Freunde lagen zwei Stäbchen, die aussahen wie dünne Bleistifte.

„Ich möcht' wissen", flüsterte Jim Lukas zu, „wozu diese Stäbchen da sind."

Ping Pong, der die Worte gehört hatte, erklärte:

„Diese Stäbchen, ehrenwerter Knopfträger, sind das Besteck. Man ißt mit ihnen."

„Aha!" murmelte Jim besorgt.

„Na schön", meinte Lukas. „Versuchen wir's mal. Guten Appetit!"

Sie versuchten es also. Aber jedesmal, wenn sie mühsam ein Reiskorn auf einem Stäbchen balancierten, fiel es herunter, ehe sie es in den Mund bekommen konnten. Das war wirklich recht unangenehm, denn sie wurden beide immer hungriger, und das Essen duftete so unbeschreiblich verführerisch.

Ping Pong war natürlich viel zu höflich, um über die Ungeschicklichkeit der beiden Fremden auch nur zu lächeln. Aber schließlich mußten Jim und Lukas selber lachen, und da stimmte auch Ping Pong ein.

„Entschuldige, Ping Pong", sagte Lukas, „aber wir essen doch lieber ohne diese Stäbchen. Sonst verhungern wir noch."

Und dann aßen sie einfach so aus den Schälchen, die ja ohnehin nur so groß waren wie Teelöffel.

In jedem Schälchen befand sich anders zubereiteter Reis, und einer schmeckte immer besser als der andere. Es gab roten Reis, grünen Reis und schwarzen Reis, süßen Reis, scharfen Reis und gesalzenen Reis, Reisbrei, Reisauflauf und Puffreis, blauen Reis, kandierten Reis und vergoldeten Reis. Sie aßen und aßen.

„Sag mal, Ping Pong", fragte Lukas nach einer Weile, „warum ißt du eigentlich nicht mit?"

„Oh, nein!" antwortete Ping Pong mit wichtiger Miene, „für Kinder in meinem Alter ist dieses Essen nicht bekömmlich. Wir sollen lieber flüssige Nahrung zu uns nehmen."

„Wieso?" meinte Jim mit vollem Mund. „Wie alt bist du denn?"

„Ich bin genau 368 Tage alt", antwortete Ping Pong stolz. „Aber ich habe schon vier Zähne."

Das war ja nun wirklich recht unglaublich, daß Ping Pong erst ein Jahr und drei Tage sein sollte! Um das zu verstehen, muß man folgendes wissen:

Die Chinesen sind ein sehr, sehr kluges Volk. Sie sind sogar eines der klügsten Völker der Erde. Sie sind auch ein sehr altes Volk. Es hat sie schon gegeben, als es die meisten anderen Völker noch nicht gab. Daher kommt es, daß bereits die winzigsten Kinder ihre Wäsche selbst waschen können. Mit einem Jahr sind sie schon so gescheit, daß sie herumlaufen und ganz erwachsen reden können. Mit zwei Jahren können sie lesen und schreiben. Mit drei Jahren rechnen sie die schwersten Rechenaufgaben aus, die bei uns höchstens ein Professor bewältigen kann. Das fällt aber in China nicht weiter auf, weil eben alle Kinder so gescheit sind.

So ist es zu erklären, daß der kleine Ping Pong sich schon so gewählt ausdrücken konnte und auf sich selbst achtgab wie seine eigene Mutter. Aber im übrigen war er noch genauso ein Säugling wie alle anderen Babys der Welt in seinem Alter. Zum Beispiel mußte er statt Höschen noch Windeln tragen. Die Enden der Windeln waren auf seinem Hinterteil zu einer großen Schleife zusammengebunden.

Nur sein Verstand war eben schon sehr erwachsen.

ACHTES KAPITEL

in dem Lukas und Jim geheimnisvolle Inschriften entdecken

Der Vollmond war aufgegangen, und sein silberweißes Licht erfüllte die Straßen und Plätze der Stadt Ping. Vom Turm des Palastes erklangen tiefe, dunkle Gongschläge, schwollen an und verhallten wieder.

„Es ist Jau, die Stunde der Grille", sagte Ping Pong. „Das ist die Zeit, wo alle Babys in China ihr Gute-Nacht-Fläschchen bekommen. Gestattet, daß ich mir das meinige hole!"

„Bitte!" antwortete Lukas.

Ping Pong lief fort und tauchte gleich wieder auf. Am Arm trug er eine Schnullerflasche, so klein wie für eine Puppe. Er legte sich auf seinem Kissen zurecht und erklärte:

„Eidechsenmilch schätze ich ungemein. Für Babys in meinem Alter ist sie einfach unentbehrlich. Zwar ist sie nicht besonders wohlschmeckend, jedoch überaus nahrhaft."

Und damit begann er eifrig zu schnullen.

„Sag mal, Ping Pong", fragte Lukas nach einer Weile, „wo hast du eigentlich dieses Abendessen für uns so schnell hergenommen?"

Ping Pong unterbrach seine Mahlzeit.

„Aus der Küche des kaiserlichen Palastes", entgegnete er leichthin. „Seht ihr, gleich da vorne neben der Silbertreppe ist der Eingang."

Jetzt, im Mondschein, war die Tür gut zu sehen. Sie war den beiden Freunden tagsüber gar nicht aufgefallen. Jim wunderte sich sehr.

„Ja, darfst du denn da einfach hinein?" fragte er.

„Warum nicht?" erwiderte Ping Pong achselzuckend und machte wieder sein wichtiges Gesicht. „Schließlich bin ich doch das zweiunddreißigste Kindeskind von Herrn Schu Fu Lu Pi Plu, dem Oberhofkoch."

„Darfs du denn da einfach Essen wegholen?" erkundigte sich Lukas besorgt. „Ich meine, es war doch sicher für jemand bestimmt."

„Es war das Abendessen des erhabenen Kaisers", antwortete Ping Pong mit einer nachlässigen Handbewegung, als ob das nichts Besonderes wäre.

„Was?" riefen Lukas und Jim gleichzeitig. Sie schauten sich ganz entgeistert an.

„Nun ja", erklärte Ping Pong, „der erhabene Kaiser hat wieder einmal nicht essen mögen."

„Warum denn nicht!" fragte Jim. „Es war doch sehr gut."

„Ja, wißt ihr denn nicht, ehrenwerte Fremdlinge, was mit unserem Kaiser los ist? Alle Welt weiß das doch."

„Nein", antwortete Lukas, „was ist denn mit ihm los?"

Ping Pongs Gesicht wurde plötzlich sehr ernst.

„Ich werde es euch zeigen, wenn ich fertig bin", versprach er. „Nur noch einen Augenblick, bitte."

Er griff zu seiner kleinen Flasche und saugte emsig.

Lukas und Jim wechselten einen bedeutungsvollen Blick. Vielleicht konnte Ping Pong ihnen einen Weg zum Kaiser zeigen.

Während sie warteten, nahm Lukas gedankenvoll eines der Eßstäbchen, betrachtete es genauer, dann untersuchte er auch das andere und sagte schließlich:

„Da steht ja was drauf. Scheint, es ist ein Gedicht."

„Was steht denn da?" fragte Jim. Er konnte ja noch nicht selbst lesen.

Lukas brauchte eine ganze Weile zum Entziffern der Schrift, denn es waren chinesische Buchstaben, die außerdem noch untereinander standen statt nebeneinander. So schreibt man nämlich in China. Es sah ungefähr folgendermaßen aus:

SEH ICH DEN MOND MEIN AUG WIRD TRÄNENBLIND

Das stand auf dem einen Stäbchen –

und auf dem anderen war dies zu lesen

DURCH TRÄNENSCHLEIER GLEICHT ER MEINEM KIND

„Das klingt aber sehr traurig“, stellte Jim fest, als Lukas die Anschrift vorgelesen hatte.

„Ja, jemand trauert um sein Kind, wie es scheint“, antwortete Lukas. „Vielleicht ist es gestorben oder krank. Es könnte auch weit weg sein, und der Jemand ist traurig, weil er es nicht sehen kann. Zum Beispiel, wenn es geraubt ist.“

„Ja, geraubt!“ nickte Jim nachdenklich. „Das könnte sein.“

„Man müßte wissen“, meinte Lukas und zündete sich seine Pfeife an, „wer das gedichtet hat.“

Ping Pong war inzwischen mit seinem Fläschchen fertig und hatte dem Gespräch der beiden Freunde aufmerksam gelauscht. Jetzt sagte er:

„Dieses Gedicht, ehrenwerte Fremdlinge, hat der erhabene Kaiser verfaßt. Er hat befohlen, daß es auf alle Eßstäbchen in China gemalt wird, damit wir alle immerfort daran denken.“

„Woran?“ fragten Jim und Lukas zugleich.

„Wartet einen Augenblick!“ antwortete Ping Pong.

Eu trug schnell das Geschirr, das Tischchen und die Kissen in den Palast zurück. Den Lampion machte er los und behielt ihn in der Hand.

„So kommt denn, ehrenwerte Fremdlinge!" forderte er die Freunde feierlich auf und marschierte los. Doch schon nach wenigen Schritten blieb er stehen und drehte sich um.

„Ich habe eine Bitte", gestand er verschämt lächelnd. „Ich würde überaus gern einmal auf der Lokomotive fahren. Ließe sich das vielleicht einrichten?"

„Warum nicht!" erwiderte Lukas. „Du mußt uns nur sagen, wohin wir fahren sollen."

Jim nahm den kleinen Ping Pong auf den Arm, dann stiegen sie ein und dampften los.

Ein bißchen Angst schien Ping Pong doch zu haben, obgleich er tapfer und höflich lächelte.

„Das geht aber sehr schnell!" piepste er. „Die nächste Straße bitte links – ich glaube –" und dabei strich er sich sorgenvoll über sein pralles Bäuchlein – „jetzt bitte rechts – ich glaube, ich habe – jetzt geradeaus – ich glaube, ich habe meine Milch etwas zu schnell getrunken – jetzt über die Brücke, bitte – das ist für Kinder in meinem Alter – immer gradeaus – Kinder in meinem Alter nicht bekömmlich – nochmal rechts bitte – gar nicht bekömmlich – oh, geht das aber schnell!"

Wenige Minuten später waren sie auf einem anderen Platz angelangt, der kreisrund war. In der Mitte stand ein riesengroßer Lampion, so groß wie eine Litfaßsäule. Er leuchtete dunkelrot. Das sah sehr merkwürdig und ein wenig unheimlich aus auf dem großen leeren Platz, der im blauen Mondlicht vor ihnen lag.

„Halt!" sagte Ping Pong gedämpft. „Wir sind da. Hier ist der Mittelpunkt von China. Und dort, wo der große Lampion steht, ist genau der Mittelpunkt der Welt. Das haben unsere weisen Männer ausgerechnet. Deshalb heißt dieser Platz einfach: Die Mitte."

Sie hielten Emma an und stiegen aus.

Als sie auf den großen Lampion zugingen, sahen sie, daß etwas darauf geschrieben war. Wieder mit chinesichen Buchstaben und untereinander.

Es sah so aus:

ICH PUNG GING
KAISER VON CHINA
ERKLÄRE HIERMIT
FEIERLICH, DASS ICH
MEINE TOCHTER
PRINZESSIN LI SI,
DEMJENIGEN
ZUM WEIBE GEBE
DER SIE AUS DER
DRACHENSTADT
BEFREIT

Nachdem Lukas die Aufschrift entziffert hatte, stieß er einen überraschten Pfiff aus.

„Was steht denn da?“ wollte Jim wissen.

Lukas las es ihm vor.

Der kleine Ping Pong war inzwischen immer unruhiger geworden.

„Ich habe meine Milch wirklich zu schnell getrunken“, murmelte er ein paarmal sorgenvoll vor sich hin. Und plötzlich rief er: „Ach, du gütiger Himmel!“

„Was is' denn?“ fragte Jim teilnahmsvoll.

„Ach, ihr ehrenwerten Fremdlinge“, antwortete Ping Pong bekümmert. „Ihr wißt ja, wie das bei Wickelkindern in meinem Alter ist: all die Aufregung zu so später Stunde! Nun ist es leider passiert, und ich muß mich ganz geschwind in neue Windeln wickeln.“

Sie fuhren also, so rasch es ging, zum Palast zurück, und Ping Pong verabschiedete sich eilig.

„Es ist ja auch schon allerhöchste Zeit zum Schlafen für einen Säugling wie mich", sagte er. „Also dann: bis morgen früh! Schlaft wohl, ehrenwerte Fremdlinge! Es war mir ein Vergnügen, euch kennengelernt zu haben."

Er verbeugte sich und verschwand im Schatten des Palastes. Man sah die Tür zur kaiserlichen Küche auf- und zugehen. Dann war alles still und dunkel.

Die beiden Freunde schauten dem Kleinen lächelnd nach.

Und Jim meinte:

„Ich glaub', es war nicht die Milch, sondern die Fahrt auf unserer alten Emma. Was meinst du?"

„Schon möglich", brummte Lukas. „War ja auch das erstemal für ihn, und er ist wirklich noch sehr klein. Komm, Jim, legen wir uns aufs Ohr. War ein ereignisreicher Tag heute."

Sie stiegen in das Führerhäuschen und machten sich's bequem, so gut es ging. Sie waren es von der Seereise her ja gewöhnt, so zu schlafen.

„Meinst du", fragte Jim leise, während er sich in seine Decke wickelte, „wir sollten versuchen, die Prinzessin zu befreien?"

„Das meine ich", antwortete Lukas und klopfte seine Pfeife aus. „Wenn es uns gelänge, Jim, dann würde der Kaiser uns bestimmt erlauben, eine Eisenbahnlinie quer durch das Land China anzulegen. Die gute alte Emma käme dann endlich mal wieder auf ordentliche Schienen, und wir könnten hier bleiben."

Jim dachte, daß er eigentlich gar nicht so furchtbar gerne hier bleiben wollte. Natürlich war es schön in China. Aber er wollte doch lieber dahin, wo etwas weniger Leute waren, Leute, die man auseinanderhalten konnte. Lummerland wäre zum Beispiel so ein hübsches Land. Aber er sprach seine Überlegungen nicht laut aus, weil Lukas sonst vielleicht denken würde, er hätte Heimweh. Darum sagte er nur:

„Hast du denn Erfahrung mit Drachen? Ich denk' mir das gar nicht so einfach."

Lukas erwiderte fröhlich: „Ich habe noch nie einen Drachen gesehen, nicht mal im Tierpark. Aber ich denke, meine Emma wird's schon aufnehmen mit so einem Biest."

Jims Stimme klang etwas kläglich, als er einwandte: „Ja, mit einem vielleicht. Aber da stand doch was von einer ganzen Drachenstadt."

„Wir werden ja sehen, alter Junge", antwortete Lukas. „Jetzt laß uns erst mal schlafen. Gute Nacht, Jim! Und mach dir keine Sorgen."

„Ja", murmelte Jim. „Gute Nacht, Lukas."

Und dann dachte er noch ein bißchen an Frau Waas und was sie jetzt wohl gerade machte. Und er sagte dem lieben Gott, daß er sie trösten solle, falls sie vielleicht traurig wäre. Und er solle ihr doch alles erklären, bitte.

Und dann lauschte er noch eine Weile auf das ruhige, tiefe Schnaufen von Emma, die schon längst friedlich schlief.

Und dann schlummerte auch er ein.

NEUNTES KAPITEL

in dem ein Zirkus auftritt und jemand böse Pläne gegen Jim und Lukas schmiedet

Als die beiden Freunde am nächsten Morgen erwachten, stand die Sonne schon ziemlich hoch am Himmel. Die Menschenmenge vom Vortag hatte sich wieder eingefunden und bestaunte die Lokomotive aus sicherer Entfernung.

Lukas und Jim stiegen aus, wünschten sich guten Morgen und streckten sich herzhaft.

„Prächtiger Tag heute!" sagte Lukas. „Genau das richtige Wetter, um einen Kaiser zu besuchen und ihm zu sagen, daß man seine Tochter befreien wird."

„Wollen wir nicht zuerst mal frühstücken?" fragte Jim.

„Ich vermute", antwortete Lukas, „wir werden gleich vom Kaiser selbst zum Frühstück eingeladen werden."

Sie stiegen wieder die neunundneunzig Stufen aus Silber hinauf und drückten auf den diamantenen Klingelknopf. Die Klappe in der Ebenholztür ging auf, und der dicke gelbe Kopf schaute heraus.

„Was wünschen die ehrenwerten Herrschaften?" fragte er mit hoher Fistelstimme und lächelte ebenso gewinnend wie am Tag zuvor.

„Wir wollen zum Kaiser von China", antwortete Lukas.

„Leider hat der Kaiser auch heute keine Zeit", erwiderte der dicke gelbe Kopf und wollte schon wieder verschwinden.

„Halt, Freundchen!" rief Lukas. „Melden Sie dem Kaiser, daß hier zwei Männer sind, die seine Tochter aus der Drachenstadt befreien wollen."

„Oh!" säuselte der dicke gelbe Kopf, „das ist natürlich etwas anderes. Haben Sie bitte die Güte, einen Augenblick zu warten!"

Damit schloß er die Klappe.

Die beiden Freunde standen vor der Tür und warteten.

Und warteten.

Und warteten.

Ein Augenblick war längst vorüber. Viele Augenblicke waren vorüber. Aber der dicke gelbe Kopf erschien nicht wieder in der Türklappe.

Als sie lange genug gewartet hatten, knurrte Lukas endlich:

„Du hast recht, Jim, wir sorgen doch besser erst mal für ein Frühstück. Vielleicht essen wir dann beim Kaiser zu Mittag."

Jim schaute sich nach dem kleinen Ping Pong um, aber Lukas sagte:

„Nein, Jim, wir zwei wollen uns nicht dauernd von einem Baby einladen lassen. Wär' doch gelacht, wenn wir nicht selbst für uns sorgen könnten."

„Meinst du", fragte Jim zweifelnd, „wir sollten es nochmal mit Emma als Karussell versuchen?"

Lukas stieß einige Rauchkringel aus.

„Mir ist was viel Besseres eingefallen", erklärte er. „Paß mal auf, Jim!"

Und er spuckte einen Looping, aber nur einen ganz kleinen, damit niemand außer Jim es sehen konnte.

„Verstehst du?" fragte er und zwinkerte vergnügt mit einem Auge.

„Nein", antwortete Jim verwundert.

„Erinnerst du dich nicht an die Akrobaten, die wir gestern gesehen haben? Nun, wir können doch auch ein paar solche Sachen. Wir geben eine Zirkusvorstellung!"

„Au ja!" rief Jim begeistert. Doch dann fiel ihm ein, daß er ja nichts vorführen konnte, und er fragte etwas enttäuscht:

„Und was mach' ich?"

„Du machst den dummen August und hilfst mir", sagte Lukas. „Jetzt sollst du mal sehen, Jim, wie nützlich es ist, wenn man eine Kunst beherrscht."

Sie kletterten auf das Dach der Emma und begannen wie am vorigen Abend immer abwechselnd auszurufen:

„Hochverehrtes Publikum! Wir sind der Wanderzirkus Lummerland und werden jetzt eine Gala-Vorstellung geben, wie sie hier noch niemand gesehen hat! Herbei, nur immer herbei, verehrtes Publikum! Unsere Vorstellung beginnt sofort!"

Die Leute drängten neugierig näher.

Zur Einführung zeigte Lukas als der „stärkste Mann der Welt", wie er eine Eisenstange mit bloßen Händen zusammenbiegen konnte. Er erschien mit einem dicken, langen Schürhaken, den er aus der Lokomotive geholt hatte.

Die Chinesen, die alles, was mit Zirkus zusammenhängt, für ihr Leben gern sehen, kamen noch näher.

Unter bewundernden Zurufen der Menge band Lukas den Schürhaken zu einer Schleife. Als er damit fertig war, brachen die Zuschauer in Beifall aus.

Im zweiten Akt hielt Jim ein brennendes Streichholz hoch, und Lukas als Kunstspucker löschte es auf eine Entfernung von drei und einem halben Meter aus. Jim als dummer August stellte sich natürlich möglichst ungeschickt an und tat, als hätte er Angst, getroffen zu werden.

Danach pfiff Lukas zusammen mit Emma der Lokomotive zweistimmig ein hübsches Lied. Der Applaus schwoll an, denn so etwas hatte man hierzulande tatsächlich noch nie gesehen oder gehört.

Für die letzte Nummer bat Jim das hochverehrte Publikum um völliges Stillschweigen für die in der ganzen Welt einmalige Darbietung. Und unter atemloser Stille der Zuschauer spuckte Lukas einen wundervollen, riesengroßen Looping, so groß, wie ihn auch Jim noch niemals von ihm gesehen hatte.

Die Chinesen brachen in tosenden Beifall aus und wollten alles noch einmal sehen. Aber ehe die Freunde mit einer neuen Vorstellung anfingen, ging Jim herum und sammelte Geld ein. Die neugierige Menge auf dem Platz war größer und größer geworden, und Jim bekam eine ganze Masse Geld zusammen. Es waren lauter kleine Münzen mit einem Loch in der Mitte, damit man sie auf Bindfaden auffädeln konnte. Jim fand das sehr praktisch, weil er sonst gar nicht gewußt hätte, wohin mit dem vielen Geld.

So verging Stunde um Stunde, und noch immer war der dicke gelbe Kopf in der Türklappe nicht wieder erschienen.

Das hatte folgenden Grund:

Hinter der großen Ebenholztür lag das kaiserliche Amt. Und in einem Amt dauert bekanntlich immer alles schrecklich lange. Der Türhüter war mit seiner Meldung zunächst einmal zum Obertürhüter gelaufen. Der Obertürhüter brachte sie weiter zum Haupttürhüter. Der Haupttürhüter ging zum Schreiber, der Schreiber zum Unterkanzlisten, der Unterkanzlist zum Oberkanzlisten, der Oberkanzlist zum Kanzleirat, und so ging jeder zum nächsthöheren Beamten. Man kann sich leicht vorstellen, wie lange es dauerte, ehe die Nachricht bis zu den Bonzen hinaufgelangt war.

Bonzen nennt man in China die Minister. Und der höchste Minister trägt den Titel „Oberbonze". Der zu dieser Zeit regierende Oberbonze hieß Herr Pi Pa Po.

Über Herrn Pi Pa Po ist nun leider einiges zu sagen, was nicht gerade erfreulich ist. Er war schrecklich ehrgeizig und konnte es nicht leiden, wenn jemand anders etwas Hervorragendes leistete. Als er die Nachricht vernahm, da seien zwei Fremde, die die Prinzessin Li Si befreien wollten, stieg sofort eine giftgrüne Eifersucht in seinem Herzen auf.

„Wenn jemand auf der Welt die Prinzessin zum Weibe bekommen soll", sagte er zu sich, „dann bin ich der einzig Würdige."

Dabei machte er sich in Wirklichkeit nicht die Spur aus der Prinzessin, sondern er war bloß neidisch. Natürlich hatte er viel zu viel Angst, selbst in die Drachenstadt zu ziehen und die Prinzessin zu befreien. Aber wenn er, der Oberbonze Pi Pa Po, diese Kühnheit nicht besaß, sollte sich gefälligst auch kein anderer unterstehen, das ruhmreiche Wagnis zu unternehmen. Dafür wollte er sorgen.

„Diesen Fremdlingen werde ich ihr Süppchen schon versalzen", sprach er zu sich. „Ich werde sie als Spione verhaften und in den Kerker werfen lassen. Ich muß nur achtgeben, daß der Kaiser nichts von allem erfährt, sonst könnte es mir übel ergehen."

Dann ließ er den Hauptmann der kaiserlichen Palastwache rufen.

Der Hauptmann erschien, stand stramm und salutierte mit seinem großen, gebogenen Säbel. Er war ein riesiger, starker Kerl mit einem grimmigen, narbenbedeckten Gesicht. Aber so wild er auch aussah, in Wirklichkeit war er doch ein recht einfältiger Mensch. Das einzige, was er konnte, war gehorchen. Wenn ihm ein Bonze einen Befehl gab, dann führte er ihn aus, ohne darüber nachzudenken, ganz gleich, was für ein Befehl es war. Das hatte er nun einmal so gelernt, und dabei blieb er.

„Herr Hauptmann", sagte der Oberbonze, „bringen Sie mir die beiden Fremden, die draußen vor dem Palast warten. Aber reden Sie zu niemand darüber, verstanden?"

„Jawohl!" antwortete der Hauptmann, salutierte wieder und ging hinaus, um die Soldaten der Leibwache zu rufen.

ZEHNTES KAPITEL

in dem Lukas und Jim in große Gefahr geraten

Der Zirkus Lummerland hatte eben wieder eine Vorstellung beendet, und der Beifall der Zuschauer brauste über den Platz.

„So!“ sagte Lukas zu Jim. „Jetzt gehen wir erst mal in Ruhe frühstücken. Jetzt haben wir ja genug Geld.“

Und zu den Zuschauern gewandt, verkündete er:

„Es folgt jetzt eine kleine Pause!“

In diesem Augenblick öffneten sich die Ebenholzflügel des Palasttores, und die Treppe herunter marschierten dreißig uniformierte Männer. Sie hatten gezackte Helme auf dem Kopf und große gebogene Säbel zur Seite. Die Menge verstummte und machte ängstlich Platz. Die dreißig Soldaten marschierten auf Jim und Lukas zu. Sie stellten sich im Kreis um die beiden Freunde auf, und der Hauptmann trat auf Lukas zu.

„Ich bitte die sehr ehrenwerten Fremdlinge, mir ohne Zögern in den Palast zu folgen, wenn es angenehm ist“, befahl er mit rauher, bellender Stimme.

Lukas musterte den Hauptmann von Kopf bis Fuß. Dann nahm er seine Pfeife aus der Tasche, stopfte sie sorgfältig und zündete sie an. Als sie richtig brannte, wandte er seine Aufmerksamkeit wieder dem Hauptmann zu und sagte gemächlich:

„Nein, es ist uns im Augenblick nicht angenehm. Wir wollen nämlich gerade frühstücken gehn. Bis jetzt habt ihr euch ja genug Zeit gelassen, und jetzt haben wir's nicht mehr so eilig."

Der Hauptmann verzog sein narbenbedecktes Gesicht zu einem Grinsen, das höflich sein sollte, und bellte:

„Ich bin hier auf allerhöchsten Befehl und soll Sie beide holen. Ich muß den Befehl ausführen. Gehorchen ist mein Beruf."

„Meiner nicht", antwortete Lukas und paffte einige Wölkchen. „Wer sind Sie überhaupt?"

„Ich bin der Hauptmann der kaiserlichen Palastwache", schnarrte der Hauptmann und salutierte mit seinem Säbel.

„Hat Sie der Kaiser von China zu uns geschickt?" forschte Lukas weiter.

„Das nicht", sagte der Hauptmann. „Wir kommen von Herrn Pi Pa Po, dem Oberbonzen."

„Was meinst du, Jim?" wandte sich Lukas an seinen Freund. „Wollen wir erst frühstücken oder zuerst zu Herrn Pi Pa Po?"

„Ich weiß auch nicht", sagte Jim, dem das Ganze nicht recht geheuer schien.

„Na gut", meinte Lukas. „Wir wollen höflicher sein als er und ihn nicht warten lassen. Komm, Jim!"

Die Palastwache nahm die beiden Freunde in die Mitte. Sie stiegen die neunundneunzig Silberstufen hinauf und schritten durch das Tor in den Palast hinein. Hinter ihnen schlossen sich die schweren Ebenholzflügel.

Sie befanden sich jetzt in einem hohen Gang, der ungeheuer prächtig geschmückt war. Dicke, gewundene Säulen aus grünem Jadestein trugen eine Decke aus schimmerndem Perlmutter. Überall hingen Vorhänge aus rotem Samt und kostbarer geblümter Seide. Links und rechts zweigten Seitengänge ab. Dort sahen Jim und Lukas viele Türen, alle fünf Meter eine. Es waren unzählige Türen, denn jeder Seitengang hatte wieder Seitengänge und alle waren so lang, daß es schien, als nähmen sie überhaupt kein Ende.

„Dies, ehrenwerte Fremdlinge", erklärte der Hauptmann gedämpft, „ist das kaiserliche Amt. Wenn Sie geruhen wollen, mir zu folgen, dann werde ich Sie zu dem erlauchten Herrn Oberbonzen Pi Pa Po bringen."

„Eigentlich", brummte Lukas, „wollen wir lieber zum Kaiser und nicht zu Herrn Pi Pa Po."

„Der erlauchte Herr Oberbonze wird Sie gewiß zum erhabenen Kaiser geleiten", erwiderte der Hauptmann und verzog sein Gesicht zu einem höflichen Grinsen.

Sie marschierten also eine ganze Weile kreuz und quer durch die vielen Gänge, bis sie endlich vor einer Tür stehenblieben.

„Hier ist es", raunte der Hauptmann ehrfürchtig.

Lukas klopfte unbekümmert an und trat mit Jim ein. Die Soldaten blieben draußen im Gang stehen.

In dem Zimmer saßen drei sehr dicke Bonzen auf erhöhten Stühlen. Der Bonze in der Mitte hatte einen besonders hohen Stuhl und trug ein goldenes Gewand. Das war Herr Pi Pa Po. Alle drei hielten seidene Fächer in den Händen, mit denen sie sich Luft zufächelten. Vor jedem Bonzen hockte auf dem Boden ein Schreiber mit Tusche, Pinsel und Papier, denn in China schreibt man mit dem Pinsel.

„Guten Morgen, meine Herren!" sagte Lukas freundlich und tippte mit dem Finger an seine Mütze. „Sind Sie Herr Pi Pa Po, der Oberbonze? Wir möchten nämlich gern zum Kaiser."

„Guten Morgen!" erwiderte der Oberbonze lächelnd. „Zum Kaiser werden Sie wohl erst später kommen."

„Vielleicht", fügte der zweite Bonze hinzu und schielte zum Oberbonzen hinauf.

„Es ist nicht ganz ausgeschlossen", ließ sich der dritte Bonze vernehmen. Und alle drei nickten einander zu, und die Schreiber kicherten beifällig, beugten sich über ihre Papiere und schrieben die geistreichen Worte der Bonzen auf, um sie der Nachwelt zu erhalten.

„Erlauben Sie zunächst gütigst einige Fragen", sagte der Oberbonze. „Wer sind Sie beide?"

„Und woher kommen Sie eigentlich?" wollte der zweite Bonze wissen.

„Und was wollen Sie hier?" erkundigte sich der dritte.

„Ich bin Lukas der Lokomotivführer, und das hier ist mein Freund Jim Knopf", sagte Lukas. „Wir kommen aus Lummerland und wollen zum Kaiser von China, um ihm mitzuteilen, daß wir seine Tochter aus der Drachenstadt befreien werden."

„Sehr lobenswert!" meinte der Oberbonze lächelnd. „Aber das kann jeder sagen."

„Haben Sie Beweise?" fragte der zweite Bonze.

„Oder eine Erlaubnis?" setzte der dritte hinzu. Und wieder kicherten die Schreiber beifällig und schrieben alles für die Nachwelt auf, und die Bonzen fächelten sich und nickten einander lächelnd zu.

„Hören Sie mal, meine Herren Bonzen!" sagte Lukas, schob seine Mütze ins Genick und nahm die Pfeife aus dem Mund. „Was wollen Sie eigentlich? Sie sollten sich lieber nicht so aufblasen. Ich glaube nämlich, der Kaiser wird ziemlich ärgerlich sein, wenn er hört, wie Sie sich hier wichtig machen."

„Das", entgegnete der Oberbonze lächelnd, „wird er wahrscheinlich niemals erfahren."

„Ohne uns", erklärte der zweite Bonze selbstgefällig, „können die ehrenwerten Fremdlinge überhaupt nicht zum Kaiser gelangen."

„Und wir lassen Sie erst zu ihm, wenn wir alles genau geprüft haben", vollendete der dritte. Und wieder nickten die Bonzen sich lächelnd zu, und die Schreiber schrieben es auf und kicherten beifällig.

„Also gut!" sagte Lukas seufzend. „Aber beeilen Sie sich bitte etwas mit dem Prüfen. Wir haben nämlich noch nicht gefrühstückt."

„Sagen Sie, Herr Lukas", begann der Oberbonze, „haben Sie einen Ausweis?"

„Nein", antwortete Lukas.

Die Bonzen zogen die Augenbrauen hoch und blickten einander bedeutungsvoll an.

„Ohne Ausweis", sagte der zweite Bonze, „haben Sie ja nicht einmal einen Beweis, daß Sie vorhanden sind."

„Ohne Ausweis", ergänzte der dritte, „gibt es Sie gar nicht, amtlich gesehen! Also können Sie auch nicht zum Kaiser gehen. Denn ein Mensch, den es nicht gibt, kann ja nirgendwo hingehen. Das ist logisch."

Und die Bonzen nickten einander zu, und die Schreiber kicherten und schrieben es für die Nachwelt auf.

„Aber wir stehen doch hier!" bemerkte jetzt Jim. „Also gibt's uns doch."

„Das kann jeder sagen", erwiderte der Oberbonze lächelnd.

„Das ist noch lange kein Beweis", sagte der zweite Bonze.

„Jedenfalls nicht amtlich gesehen", fügte der dritte hinzu.

„Wir können Ihnen höchstens einen vorläufigen Ausweis ausstellen", schlug der Oberbonze herablassend vor. „Das ist aber wirklich alles, was wir für Sie tun können."

„Gut", sagte Lukas, „können wir damit zum Kaiser?"

„Nein", entgegnete der zweite Bonze. „Zum Kaiser können Sie damit natürlich nicht."

„Was können wir denn damit?" erkundigte sich Lukas.

„Gar nichts", sagte der dritte Bonze lächelnd.

Und wieder lächelten sich die drei Bonzen und nickten einander zu, und die Schreiber kicherten beifällig und schrieben die geistreichen Worte ihrer Vorgesetzten auf.

„Jetzt will ich euch mal was sagen, meine Herren Bonzen", sagte Lukas langsam. „Wenn ihr uns jetzt nicht s o f o r t zum Kaiser bringt, dann werden wir euch schon beweisen, daß es uns gibt. Auch amtlich gesehen!" Dabei ließ er sie ein wenig seine große schwarze Faust sehen, und auch Jim zeigte seine kleine schwarze Faust.

„Hüten Sie Ihre Zunge!" zischte der Oberbonze mit tückischem Lächeln. „Das ist Bonzenbeleidigung! Dafür könnte ich euch beide sofort in den Kerker werfen lassen."

„Na, das ist doch die Höhe!" rief Lukas, der nun wirklich langsam anfing, die Geduld zu verlieren. „Ihr wollt uns wohl absichtlich nicht zum Kaiser lassen, wie?"

„Nein", erwiderte der Oberbonze.

„Niemals!" riefen nun auch die Schreiber und schielten zu den Bonzen hinauf.

„Und warum nicht?" fragte Lukas.

„Weil ihr Spione seid", antwortete der Oberbonze und lächelte triumphierend. „Ihr seid verhaftet!"

„So!" sagte Lukas mit gefährlicher Ruhe. „Ihr glaubt wohl, ihr könnt uns zum Narren halten, ihr dicken, dummen Bonzen? Aber da seid ihr bei uns an die Falschen geraten."

Damit ging er zuerst auf die Schreiber zu, nahm ihnen die Pinsel aus der Hand und schlug sie ihnen um die Ohren. Die Schreiber fielen sofort um und begannen, jämmerlich zu schreien.

Dann packte Lukas, ohne dabei die Pfeife aus dem Mund zu nehmen, Herrn Pi Pa Po, hob ihn hoch, drehte ihn in der Luft um und steckte ihn mit dem Kopf zuunterst in einen Papierkorb. Der Oberbonze schrie und heulte vor Wut und zappelte mit den Beinen, aber er konnte sich nicht befreien. Er saß zu fest.

Darauf ergriff Lukas mit jeder Hand einen der beiden anderen Bonzen am Kragen, stieß mit dem Fuß das Fenster auf und hielt sie am ausgestreckten Arm hinaus. Die beiden Bonzen jammerten, wagten aber nicht zu zappeln, weil sie Angst hatten, Lukas würde sie fallen lassen. Und an dieser Stelle ging es gerade ziemlich tief hinunter. Sie hingen also ganz still und blickten mit blassen Gesichtern in die Tiefe.

„Na?" knurrte Lukas, die Pfeife zwischen den Zähnen, „wie gefällt euch das?" Dabei schüttelte er die beiden ein bißchen, worauf sie anfingen, mit den Zähnen zu klappern. „Führt ihr uns jetzt sofort zum Kaiser oder nicht?"

„Ja, ja!" wimmerten die beiden Bonzen.

Lukas holte sie wieder herein und stellte sie auf ihre zitternden Beine.

Doch in diesem Augenblick erschien die Palastwache in der Tür. Das Geschrei des Oberbonzen hatte sie alarmiert. Alle dreißig Mann drängten sich in das Zimmer und gingen mit gezogenen Säbeln auf Lukas und Jim los. Schnell sprangen die beiden in eine Ecke des Zimmers, um Rückendeckung zu haben. Jim stellte sich hinter Lukas, der die Schwerthiebe mit Stuhlbeinen abfing und das Tischchen eines Schreibers als Schild benützte. Aber er mußte bald ein anderes Tischchen und ein anderes Stuhlbein nehmen, weil die ersten von den Schwertern zerhauen waren. Jim reichte sie ihm schnell hin. Aber es war vorauszusehen, daß die Freunde nicht allzulang würden Widerstand leisten können, weil ja im ganzen nur drei Tischchen und drei Stühle da waren. Bald mußte der Vorrat zu Ende sein, und was dann?

Da der Kampf ihre ganze Aufmerksamkeit in Anspruch nahm, bemerkte weder Lukas noch Jim das erschrockene Gesichtchen, das plötzlich in der offenen Tür auftauchte. Ungefähr eine Handbreit über dem Boden lugte es für einen Augenblick hinter dem Türrahmen vor und verschwand sofort wieder.

Es war Ping Pong!

Er hatte bis in den Vormittag hinein geschlafen, weil er gestern so ungewöhnlich spät ins Bett gekommen war. Darum hatte er seine neuen Freunde nicht mehr bei der Lokomotive angetroffen. Die Leute erzählten ihm, daß die Palastwache die beiden Lokomotivführer abgeholt hätte. Als er das hörte, stieg eine bange Ahnung in Ping Pong auf. Er lief durch alle Gänge des kaiserlichen Amtes, bis er von weitem den Lärm des Kampfes vernahm, ihm nachging und die offene Tür sah. Mit einem Blick hatte er die Gefährlichkeit der Lage erkannt. Hier konnte nur noch einer helfen: Der erhabene Kaiser selbst! Wie ein Wiesel rannte Ping Pong durch die Gänge, die Treppen hinauf, durch Säle und Gemächer. Manchmal mußte er zwischen Posten hindurch, die ihn mit gekreuzten Hellebarden aufzuhalten versuchten, doch er schlüpfte einfach darunter durch. Er legte sich in die Kurven, rutschte auf dem blanken Marmorboden aus und verlor kostbare Sekunden. Doch schnell hatte er sich wieder aufgerappelt und jagte, kleine Staubwölkchen hinter sich lassend, weiter. Jetzt hüpfte er eilig eine breite Marmortreppe hinauf und lief auf einem endlosen Teppich entlang. Er rannte und rannte und rannte...

Nun war er nur noch zwei Vorzimmer weit von dem Thronsaal des Kaisers entfernt. Jetzt nur noch eines. Da waren schon die großen Flügeltüren des Saales... aber – o Schreck! – diese Türen wurden eben langsam von zwei Dienern geschlossen. Im allerletzten Augenblick witschte Ping Pong noch durch einen schmalen Spalt, und nun war er im Thronsaal. Mit leisem Donner fiel hinter ihm die Tür ins Schloß.

Der Thronsaal war riesengroß, und ganz am Ende sah Ping Pong den erhabenen Kaiser auf seinem Thron aus Silber und Diamanten sitzen unter einem Baldachin aus hellblauer Seide. Neben dem Thron stand auf einem Tischchen ein mit Brillanten besetztes Telefon.

In einem weiten Halbkreis waren die Mächtigen des Reiches, die Fürsten und die Mandarine und die Kämmerer und die Edlen und die weisen Männer und die Sterndeuter und die großen Maler und Dichter Chinas versammelt. Sie alle zog der Kaiser in wichtigen Dingen der Regierung zu Rate. Auch Musiker waren da mit gläsernen Geigen und silbernen Flöten und einem chinesischen Klavier, das über und über mit Perlen verziert war.

Eben begannen die Musiker, eine feierliche Melodie zu spielen. Es war ganz still in dem großen Saal, und alle lauschten andächtig. Aber Ping Pong konnte unmöglich warten, bis die Musik zu Ende war, da Konzerte in China noch viel länger dauern als sonst irgendwo auf der Welt.

Er drängte sich durch die Menge der Würdenträger, und als er noch ungefähr zwanzig Meter von dem Thron entfernt war, warf er sich auf den Bauch nieder – denn so mußte man in China den Kaiser begrüßen – und rutschte in einem Riesenschwung bis vor die silbernen Stufen.

Unter den Würdenträgern entstand Unruhe. Die Musikanten brachen ab, denn sie waren aus dem Takt gekommen, und ein zorniges Gemurmel erhob sich.

Der Kaiser von China, ein großer, sehr alter Mann mit einem schneeweißen dünnen Bart, der bis auf den Boden herabhing, blickte verwundert, aber nicht unfreundlich, auf den winzigen Ping Pong zu seinen Füßen.

„Was willst du, Kleiner?" fragte er langsam. „Warum störst du mein Konzert?"

Er sprach mit leiser Stimme, aber diese Stimme hatte einen Klang, der bis in den letzten Winkel des großen Thronsaales zu vernehmen war.

Ping Pong schnappte nach Luft.

„Jipp . . ." stieß er hervor, „Lukf . . . Lokomoff . . . Geff . . . Gefahr!"

„Sprich langsam, mein Kleiner!" gebot der Kaiser milde. „Was gibt es? Laß dir nur Zeit!"

„Sie wollen doch Li Si retten!" keuchte Ping Pong.

Der Kaiser sprang auf.

„Wer?“ rief er, „wo sind sie?“

„Im Amt!“ schrie Ping Pong. „Bei Herrn Pi Pa Po! . . . Schnell! . . . Pal . . . Palastwache!“

„Was ist mit der Palastwache? Was?“ fragte der Kaiser aufgeregt.

„. . . wollen sie töten!“ japste Ping Pong.

Nun brach eine ungeheure Aufregung los. Alles rannte zur Tür. Die Musiker ließen ihre Instrumente im Stich und rannten mit. Allen voran lief der Kaiser, beflügelt von der Hoffnung, daß seine Tochter gerettet werden könnte. Hinter ihm eilte der Schwarm der Würdenträger, in deren Mitte sich der kleine Ping Pong befand. Er hatte Mühe, in all der Aufregung nicht totgetrampelt zu werden, denn niemand achtete mehr auf ihn.

Lukas und Jim waren inzwischen in eine schlimme Lage geraten. Alle Möbel waren von den Säbeln der Palastwache in Stücke geschlagen. Nun standen die beiden Freunde den bewaffneten Soldaten wehrlos gegenüber. Dreißig Schwertspitzen richteten sich auf sie.

„Legt sie in Ketten!“ schrie der Oberbonze, der inzwischen wieder auf die Beine gekommen war, aber vergeblich versuchte, den Papierkorb von seinem Kopf zu streifen. Die anderen Bonzen und die Schreiber kreischten: „Ja, ja, ja, legt sie in Ketten! Es sind gefährliche Spione!“

Lukas und Jim wurden an Händen und Füßen mit schweren Ketten gefesselt, und dann wurden sie Herrn Pi Pa Po und den beiden anderen Bonzen vorgeführt.

Nun fragte der Oberbonze und lächelte wütend durch die Gitterstäbe des Papierkorbes: „Wie fühlt IHR euch jetzt? Wir werden euch wohl am besten sogleich eure ehrenwerten Häupter abschneiden.“

Lukas antwortete nicht. Er nahm seine ganze Kraft zusammen und versuchte, die Ketten zu zerreißen. Aber sie waren aus chinesischem Stahl und dick genug, um einen Elefanten zu fesseln.

Die Bonzen nickten einander lächelnd zu, und die Schreiber kicherten über Lukas' Bemühungen.

„Jim, alter Junge", sagte Lukas schließlich zu seinem kleinen Freund langsam und mit rauher Stimme, ohne sich um die Schreiber und Bonzen zu kümmern, „das war eine kurze Reise. Tut mir leid, daß du nun mein Schicksal teilen mußt."

Jim schluckte.

„Wir sind doch Freunde", antwortete er leise und biß sich auf die Unterlippe, damit sie nicht so zittern sollte.

Die Schreiber kicherten wieder, und die Bonzen nickten einander grinsend zu.

„Jim Knopf", sagte Lukas, „du bist wirklich der feinste kleine Kerl, den ich in meinem Leben gesehen habe!"

„Führt sie zum Richtplatz!" befahl der Oberbonze, und die Soldaten ergriffen Lukas und Jim, um sie fortzuschleppen.

„Halt!" rief da plötzlich eine Stimme, nicht laut, aber mit einem Klang, daß jeder sie vernahm. Alle wandten sich um.

Da stand der Kaiser von China in der Tür und hinter ihm alle Würdenträger des Reiches.

„Nieder mit dem Schwert!" gebot der Kaiser.

Der Hauptmann wurde bleich vor Schreck und ließ das Schwert sinken. Die Soldaten taten ebenso.

„Nehmt den Fremdlingen die Fesseln ab!" befahl der Kaiser. „Und legt dafür sogleich Herrn Pi Pa Po und die anderen in Ketten!"

So geschah es.

Als Lukas frei war, zündete er sich als erstes die Pfeife wieder an, die ihm ausgegangen war, und dann sagte er: „Komm, Jim!"

Die beiden Freunde gingen auf den Kaiser von China zu. Lukas nahm seine Mütze ab und seine Pfeife aus dem Mund und sagte: „Guten Tag, Majestät! Es freut mich, Sie endlich selbst kennenzulernen."

Und dann schüttelten sich alle drei die Hände.

ELFTES KAPITEL

in dem Jim Knopf auf unerwartete Weise sein Geheimnis erfährt

Mit dem Zug der Würdenträger hinter sich, gingen der Kaiser, Lukas und Jim durch die Gänge des Palastes langsam zum Thronsaal zurück.

„Da sind Sie aber gerade noch zur rechten Zeit gekommen, Majestät!" sagte Lukas zum Kaiser, während sie die breite Marmortreppe emporstiegen. „Das hätte böse enden können. Woher wußten Sie eigentlich von uns?"

„Durch einen winzigen Burschen, der plötzlich hereingestürzt kam", antwortete der Kaiser. „Ich weiß nicht, wer es war, aber er schien ein sehr entschlossener und kluger kleiner Kerl zu sein."

„Ping Pong!" riefen Lukas und Jim wie aus einem Mund.

„Er is' ein Kindeskind des Oberhofkochs, der so einen umständlichen Namen hat", fügte Jim hinzu.

„Herr Schu Fu Lu Pi Plu?" fragte der Kaiser lächelnd.

„Ja richtig!" sagte Jim. „Aber wo steckt denn Ping Pong?"

Niemand wußte es, und alle begannen zu suchen.

Endlich fand man das winzige Kerlchen. Es hatte sich in das Ende eines Seidenvorhanges gewickelt und schlief. Für einen Säugling in seinem Alter war die Rettungstat eine ganz ungewöhnliche Anstrengung gewesen. Und als er gesehen hatte, daß die beiden sich in Sicherheit befanden, da war er sofort beruhigt in tiefen Schlaf gesunken.

Der Kaiser selbst bückte sich zu ihm nieder, hob ihn auf und trug ihn vorsichtig hinauf in seine Gemächer. Dort legte er ihn in sein eigenes kaiserliches Himmelbett. Gerührt betrachteten Lukas und Jim ihren winzigen Lebensretter, dessen leises Schnarchen sich anhörte wie das Zirpen einer Grille.

„Ich werde ihn kaiserlich belohnen", sagte der Kaiser leise. „Und was den Oberbonzen Pi Pa Po betrifft, so mögt ihr beruhigt sein. Er und seine Genossen werden ihrer Bestrafung nicht entrinnen."

Von nun an ging es den beiden Freunden natürlich sehr gut. Sie wurden mit allen erdenklichen Ehren überschüttet. Und wer immer ihnen begegnete, der verneigte sich bis zum Boden vor ihnen.

Den ganzen Vormittag über herrschte in der kaiserlichen Bibliothek die größte Aufregung. Die Bibliothek bestand aus siebenmillionendreihundertundneunundachtzigtausendfünfhundertundzwei Büchern. Sämtliche gelehrten Männer Chinas waren damit beschäftigt, alle diese Bücher in höchster Eile durchzulesen. Sie hatten nämlich den Auftrag, schnellstens herauszufinden, was die Bewohner der Insel Lummerland am liebsten zu Mittag essen und wie man es kocht.

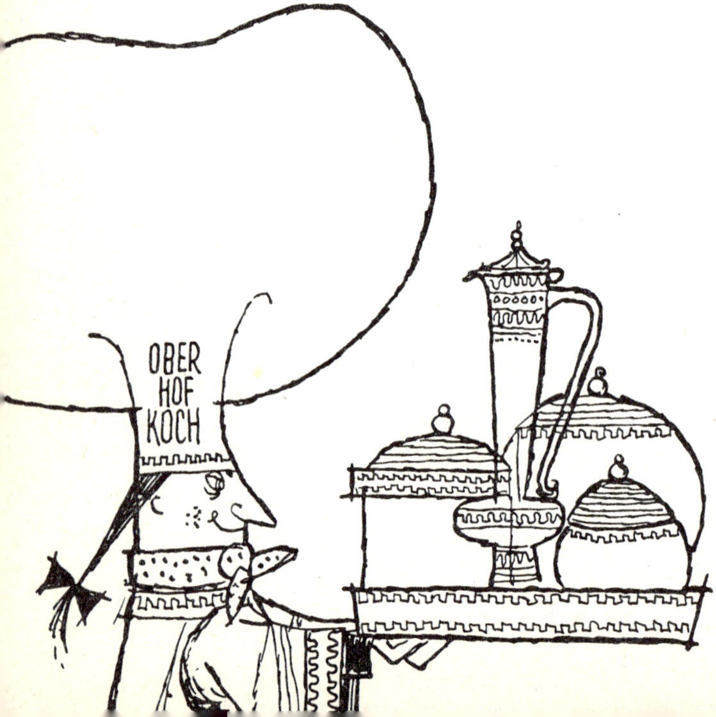

Schließlich fanden sie es auch und schickten Nachrichten in die kaiserliche Küche zu Herrn Schu Fu Lu Pi Plu und seinen einunddreißig Kindern und Kindeskindern, die auch alle Köche waren, einer immer kleiner als der andere. Und Herr Schu Fu Lu Pi Plu kochte an diesem Tag das Essen eigenhändig. Er und seine zahlreiche Familie hatten natürlich inzwischen längst erfahren, was geschehen war, und nun platzten sie alle fast vor Stolz über Ping Pong, das jüngste Familienmitglied, und waren völlig durcheinander vor Aufregung.

Als das Essen fertig war, setzte sich Herr Schu Fu Lu Pi Plu seine allergrößte Kochmütze auf, die so groß war wie ein Federbett. Und dann trug er persönlich das Essen in den kaiserlichen Speisesaal.

Den beiden Freunden – Ping Pong schlief noch – schmeckte es so großartig wie niemals zuvor in ihrem Leben, das Erdbeereis von Frau Waas vielleicht ausgenommen. Sie lobten Herrn Schu Fu Lu Pi Plus Kunst gebührend, und der Oberhofkoch wurde ganz rot vor Freude, und sein runder Kopf glänzte wie eine Tomate.

Übrigens gab es diesmal auch richtige Gabeln, Löffel und Messer zum Essen. Das hatten die gelehrten Männer nämlich ebenfalls in ihren Büchern gelesen und hatten dem Kaiserlichen Hofsilberschmied den Auftrag gegeben, ganz schnell Bestecke zu liefern.

Nach der Mahlzeit spazierte der Kaiser mit den beiden Freunden auf eine große Terrasse hinaus. Von hier aus konnte man die ganze Stadt mit ihren tausend goldenen Dächern überblicken.

Sie setzten sich unter einen großen Sonnenschirm und plauderten erst eine Weile über dies und das. Dann lief Jim hinunter und holte aus der Lokomotive das Mensch-ärgere-dich-nicht-Spiel. Beide Freunde erklärten dem Kaiser von China die Regeln, und dann spielten sie miteinander. Der Kaiser war zwar sehr eifrig bei der Sache, aber er verlor oft, und darüber freute er sich außerordentlich. Er dachte nämlich im stillen: Wenn diese Fremden so viel Glück haben, dann gelingt es ihnen vielleicht wirklich, meine kleine Li Si zu befreien!

Später erschien auch Ping Pong, der endlich ausgeschlafen hatte. Und dann gab es nach lummerländischem Rezept Kakao und Kuchen, und Ping Pong und der Kaiser, die so etwas nicht kannten, versuchten beides und fanden, daß es ausgezeichnet schmeckte.

„Wann wollt ihr nach der Drachenstadt aufbrechen meine Freunde?" fragte der Kaiser, als sie fertig waren.

„Sobald wie möglich", antwortete Lukas. „Wir müßten nur erst mal feststellen, was es mit dieser Drachenstadt eigentlich auf sich hat, wo sie liegt, wie man hinkommt und noch so verschiedenes."

Der Kaiser nickte.

„Heute abend, meine Freunde", versprach er, „werdet ihr alles erfahren, was in China über diese Stadt bekannt ist."

Dann führte der Kaiser und Ping Pong die beiden Freunde in den Garten des kaiserlichen Palastes, um ihnen bis zum Abend die Zeit zu vertreiben. Sie zeigten ihnen alle Sehenswürdigkeiten, zum Beispiel die wunderbaren chinesischen Wasserspiele und Springbrunnen. Herrliche Pfauen stolzierten umher mit Schweifen wie aus grünem und violettem Gold; blaue Hirsche mit silbernen Geweihen kamen zutraulich heran; sie waren so zahm, daß man auf ihnen reiten konnte; es gab auch chinesische Einhörner, deren Fell wie flüssiges Mondlicht glänzte, Purpurbüffel mit langem, welligem Haar, weiße Elefanten mit diamantenbesetzten Stoßzähnen, kleine Seidenäffchen mit lustigen Gesichtern und tausend andere Seltsamkeiten.

Abends aßen sie gemeinsam auf der Terrasse, und als es dunkel wurde, gingen sie in den Thronsaal zurück. Hier waren inzwischen große Vorbereitungen getroffen worden.

Tausend kleine Ampeln aus bunten Edelsteinen erleuchteten den riesigen Raum. Die einundzwanzig gelehrtesten Männer Chinas waren versammelt und warteten auf Jim und Lukas. Sie hatten Papierrollen und Bücher mitgebracht, aus denen man alles, was über die Drachenstadt bekannt war, ersehen konnte.

Man kann sich vorstellen, wie gelehrt diese einundzwanzig Männer waren, wenn sie sogar in diesem Land, wo schon die kleinen Kinder so gescheit sind, als die gelehrtesten anerkannt wurden. Man konnte sie einfach alles fragen, zum Beispiel, wieviele Wassertropfen im Meer enthalten sind oder wie weit der Mond entfernt ist oder warum das Rote Meer rot ist oder wie das seltenste Tier heißt oder wann die nächste Sonnenfinsternis sein wird. Das wußten sie alles einfach aus dem Kopf. Der Titel dieser Männer lautete: „Blüte der Gelehrsamkeit". Wie Blüten sahen sie allerdings nicht gerade aus. Vom vielen Studieren und Auswendiglernen waren manche von ihnen ganz zusammengeschrumpft und hatten riesige Stirnen bekommen. Andere waren vom vielen Sitzen und Lesen kurz und dick geworden und hatten große, abgeplattete Hinterteile. Die dritte Sorte war von dem beständigen Recken nach den oberen Bücherregalen so lang und dünn geworden wie Besenstiele. Alle trugen große goldene Brillen auf den Nasen, das war das Zeichen ihrer besonderen Würde.

Nachdem die einundzwanzig „Blüten der Gelehrsamkeit" erst den Kaiser und dann die beiden Freunde durch Niederwerfen auf den Bauch begrüßt hatten, begann Lukas, Fragen zu stellen.

„Vor allem wüßte ich zuerst mal gern eines", sagte er und zündete sich seine Pfeife an. „Woher weiß man eigentlich, daß die Prinzessin sich in der Drachenstadt befindet?"

Darauf trat ein Gelehrter von der besenstielartigen Sorte vor, rückte an seiner Brille und sprach:

„Das, ihr ehrenwerten Fremdlinge, ging folgendermaßen zu: Die wie Morgentau liebliche Prinzessin Li Si weilte vor einem Jahr während der großen Ferien am Meer. Eines Tages war sie plötzlich spurlos verschwunden. Niemand wußte, was mit ihr geschehen war. Die schreckliche Ungewißheit dauerte an, bis vor zwei Wochen Fischer in den Wellen des Gelben Flusses eine Flaschenpost fanden. Der Gelbe Fluß kommt aus dem rot und weiß gestreiften Gebirge und fließt draußen vor den Toren unserer Stadt vorbei. Gefunden wurde eine zierliche Milchflasche für Säuglinge, wie kleine Mädchen sie beim Puppenspiel verwenden. Darin befand sich ein Brief von der Hand unserer blumenblattgleichen Prinzessin."

„Könnten wir diesen Brief vielleicht mal sehen?" fragte Lukas.

Der Gelehrte suchte unter seinen Papieren, und dann überreichte er Lukas einen kleinen, zusammengefalteten Zettel. Lukas entfaltete ihn und las vor:

„Lieber Unbekannter! Wer du auch sein magst, der diese Flaschenpost findet, bitte bringe sie so schnell wie möglich zu meinem Vater Pung Ging, dem erhabenen Kaiser von China. Die 13 haben mich gefangen und an Frau Mahlzahn verkauft. Hier sind auch noch viele andere Kinder. Bitte rettet uns, denn es ist einfach schrecklich in dieser Gefangenschaft. Frau Mahlzahn ist ein Drache, und meine jetzige Adresse lautet:

Prinzessin Li Si bei Frau Mahlzahn
Kummerland
Alte Straße Nummer 133
Dritte Etage links."

Lukas ließ den Zettel sinken und starrte in Gedanken versunken vor sich hin.

„Mahlzahn . . .?" murmelte er, „. . . Mahlzahn? . . . Kummerland? . . . Das hab' ich doch schon mal irgendwo gehört."

„Kummerland ist der Name der Drachenstadt", erläuterte der Gelehrte. „Das fanden wir in einem alten Buch erwähnt."

Jetzt nahm Lukas seine Pfeife aus dem Mund. Er stieß einen überraschten Pfiff aus und murmelte:

„Die Geschichte fängt an, spannend zu werden!"

„Warum?" fragte Jim verwundert.

„Hör mal zu, Jim Knopf!" sagte Lukas ernst. „Jetzt ist der Augenblick gekommen, wo du ein großes Geheimnis erfahren mußt, das

Geheimnis deiner Ankunft auf Lummerland. Du warst damals noch viel zu klein und kannst dich deswegen nicht mehr daran erinnern. Du bist nämlich in einem Postpaket vom Briefträger zu uns gebracht worden."

Und nun erzählte er Jim, dessen Augen vor Staunen immer größer und größer wurden, was sich damals in Lummerland ereignet hatte. Zum Schluß malte er auf ein Stück Papier, wie die Adresse auf dem Paket ausgesehen hatte.

„Und als Absender stand nur eine große 13 hinten drauf", schloß er seinen Bericht.

Der Kaiser, Ping Pong und die gelehrten Männer hatten aufmerksam zugehört und die von Lukas aufgemalte Adresse mit der auf dem Brief der Prinzessin verglichen.

„Es besteht kein Zweifel", verkündete schließlich ein Gelehrter von der kurzen, dicken Sorte, der ein Fachmann für solche Dinge war, „es besteht kein Zweifel, daß es sich beide Male um die gleiche Adresse handelt. Nur ist die von Prinzessin Li Si offenbar richtig geschrieben, die andere auf Jim Knopfs Paket stammt dagegen von jemand, der nur schlecht schreiben kann."

„Aber dann ist Frau Waas ja gar nicht meine richtige Mutter!" rief Jim plötzlich.

„Nein", antwortete Lukas, „das hat ihr ja auch immer großen Kummer gemacht."

Jim schwieg eine Weile, dann fragte er bang:

„Aber wer is' es dann? Glaubst du vielleicht, daß es Frau Mahlzahn ist?"

Lukas schüttelte nachdenklich den Kopf.

„Scheint mir nicht so", sagte er. „Frau Mahlzahn ist doch ein Drache, wie die Prinzessin schreibt. Man müßte erst mal dahinterkommen, wer diese ‚13' eigentlich sind. Die haben das Paket mit dir darin ja abgeschickt."

Aber wer die „13" waren, das wußte niemand. Nicht einmal die „Blüten der Gelehrsamkeit".

Begreiflicherweise war Jim sehr beunruhigt. Man kann sich ja vorstellen, wie verwirrend es ist, ganz plötzlich und unerwartet so entscheidende Tatsachen über sich selbst zu erfahren.

„Jedenfalls", meinte Lukas, „werden wir jetzt noch aus einem weiteren Grund in die Drachenstadt fahren müssen. Nicht nur, um Prinzessin Li Si zu befreien, sondern auch um das Geheimnis von Jim Knopf zu erforschen."

Er paffte gedankenvoll vor sich hin und fuhr dann fort:

„Eigentlich ist es doch wirklich erstaunlich! Wenn wir nicht nach China gekommen wären, hätten wir diese Spur nie gefunden."

„Ja", meinte der Kaiser, „dahinter steckt sicherlich ein großes Geheimnis."

„Mein Freund Jim Knopf und ich, wir werden es entdecken", erwiderte Lukas ernst und entschlossen. „Wo liegt also diese Drachenstadt Kummerland?"

Nun trat ein Gelehrter von der eingeschrumpften Sorte mit großer Stirn vor. Er war der Kaiserliche Oberhofgeograph, und er kannte alle Landkarten der Welt auswendig.

„Sehr ehrenwerte Fremdlinge", begann er mit betrübter Miene, „die Lage der Drachenstadt ist leider keinem sterblichen Menschen bekannt."

„Natürlich", sagte Lukas, „sonst hätte der Briefträger sie ja finden müssen."

„Wir vermuten jedoch", sprach der Gelehrte weiter, „daß sie irgendwo jenseits des rot und weiß gestreiften Gebirges liegt. Da die Flaschenpost der Prinzessin mit den Wellen des Gelben Flusses stromabwärts geschwommen kam, muß die Stadt wohl stromaufwärts liegen. Der Lauf des Gelben Flusses ist uns aber nur bis zu dem rot und weiß gestreiften Gebirge bekannt. Dort kommt er aus einer tiefen Höhle heraus. Wo er jedoch wirklich entspringt, das weiß niemand."

Lukas dachte einige Zeit nach und paffte große Rauchwolken zur Decke des Thronsaales.

„Kann man in die Höhle hineinfahren?" fragte er schließlich.

„Nein", antwortete der Gelehrte, „das ist ganz unmöglich. Das Wasser ist viel zu reißend."

„Nun, irgendwo muß der Fluß ja herkommen!" meinte Lukas. „Wie könnte man denn auf die andere Seite des Gebirges kommen, um dort nachzuforschen?"

Der Gelehrte breitete eine große Landkarte vor Jim und Lukas aus.

„Dies hier ist eine Karte von China", erklärte der Oberhofgeograph. „Die Grenze des Reiches bildet, wie deutlich zu erkennen ist, die weltberühmte Chinesische Mauer, die das Land, außer zum Meere hin, von allen Seiten umschließt. Sie hat fünf Tore: eines nach Norden, eines nach Nordwesten, eines nach Westen, eines nach Südwesten und eines nach Süden. Wenn man durch das westliche Tor fährt, so gelangt man zunächst in den ‚Tausend-Wunder-Wald'. Hat man ihn durchquert, so erreicht man schließlich das rot und weiß gestreifte Gebirge. Es heißt ‚Die Krone der Welt'. Leider ist es absolut unübersteigbar. Aber hier, etwas südlich, gibt es eine Schlucht, die den Namen ‚Das Tal der Dämmerung' trägt. Diese Schlucht bietet die einzige Möglichkeit, das Gebirge zu durchqueren. Allerdings hat das bis heute noch niemand gewagt. Das ‚Tal der Dämmerung' ist nämlich von unheimlichen Stimmen und Klängen erfüllt, die so schrecklich anzuhören sind, daß niemand es erträgt. Jenseits dieses Tales liegt vermutlich eine riesige Wüste. Wir nennen sie ‚Das Ende der Welt'. Mehr kann ich leider nicht sagen, denn dort beginnt ein noch gänzlich unerforschtes Gebiet."

Lukas betrachtete aufmerksam die Karte und dachte wieder nach. Dann meinte er:

„Wenn man durch das ‚Tal der Dämmerung' und auf der anderen Seite des Gebirges immer nach Norden fahren würde, müßte man doch eigentlich irgendwo wieder auf den Gelben Fluß stoßen. Man könnte ihm dann weiter stromaufwärts folgen, bis man zu der Drachenstadt kommt. Falls sie überhaupt am Gelben Fluß liegt, meine ich."

„Wir wissen es nicht sicher", entgegnete der Gelehrte vorsichtig. „Aber wir vermuten es."

„Na, wir werden's jedenfalls mal versuchen", sagte Lukas. „Die Karte würde ich gerne mitnehmen, auf alle Fälle. Hast du noch eine Frage, Jim?"

„Ja", antwortete Jim. „Wie sehen Drachen eigentlich aus?"

Nun trat ein kleiner dicker Gelehrter mit abgeplattetem Hinterteil vor und erklärte:

„Ich bin der Kaiserliche Hofprofessor für Zoologie und weiß über alle Tiere der Welt genau Bescheid. Was aber die Gattung der Drachen anbetrifft, muß ich leider zugeben, daß die Wissenschaft noch sehr im dunkeln tappt. Alle Beschreibungen, die ich finden konnte, sind außerordentlich ungenau und widersprechen sich ganz haarsträubend. Hier sehen Sie einige Abbildungen, aber wie weit sie richtig sind, kann ich leider nicht beurteilen."

Damit entrollte er vor Lukas und Jim das Bild.

„Na", sagte Lukas und paffte belustigt, „wenn wir zurückkommen, dann können wir Ihnen genauer sagen wie Drachen aussehen. Ich glaube, jetzt wissen wir alles Notwendige. Vielen Dank meine Herren ‚Blüten der Gelehrsamkeit'!"

Die einundzwanzig gelehrtesten Männer Chinas warfen sich wiederum ehrfurchtsvoll vor Lukas und Jim und dem Kaiser auf die Bäuche nieder, dann rafften sie ihre Papiere zusammen und verließen den Thronsaal.

„Wann seid ihr geneigt, die Reise anzutreten, meine Freunde?" fragte der Kaiser, als sie allein waren.

„Morgen früh, denke ich", antwortete Lukas, „am besten, noch ehe die Sonne aufgeht. Wir haben eine lange Fahrt vor uns und wollen keine Zeit verlieren."

Dann wandte er sich an Ping Pong und bat:

„Sei doch so nett und besorge mir ein Blatt Papier und einen Briefumschlag mit einer Briefmarke. Einen Bleistift habe ich selbst. Wir wollen auf alle Fälle einen Brief nach Lummerland schreiben, ehe wir in die Drachenstadt aufbrechen. Man weiß nie, was alles passieren kann."

Als Ping Pong das Gewünschte gebracht hatte, schrieben Lukas und Jim gemeinsam einen langen Brief. Sie erklärten Frau Waas und König Alfons dem Viertel-vor-Zwölften, warum sie von Lummerland fortgegangen waren. Und daß Jim nun die Sache mit dem Paket wüßte. Und daß sie jetzt in die Drachenstadt Kummerland fahren müßten, um die Prinzessin Li Si zu befreien und Jims Geheimnis zu erforschen. Zum Schluß fügten sie herzliche Grüße hinzu, auch für Herrn Ärmel. Lukas unterschrieb mit seinem Namen, und Jim zeichnete sein eigenes schwarzes Gesicht darunter.

Dann steckten sie den Brief in den Umschlag mit der Marke, schrieben die Adresse darauf und gingen alle vier hinunter auf den großen Platz, wo sie den Brief in einen Briefkasten steckten.

Einsam und verlassen stand Emma im Mondschein.

„Gut, daß ich daran denke!" sagte Lukas und wandte sich an den Kaiser und Ping Pong. „Emma braucht frisches Wasser. Und den Tender sollten wir mit Kohle auffüllen. Bei so einer Fahrt ins Ungewisse weiß man nie, ob man so bald wieder anständiges Brennmaterial bekommen kann."

In diesem Augenblick trat gerade der Oberkoch Schu Fu Lu Pi Plu aus der Küchentür, um den Mond zu betrachten. Als er die Fremden mit dem Kaiser und Ping Pong bei der Lokomotive stehen sah, wünschte er untertänigst einen recht guten Abend.

„Ach, mein lieber Herr Schu Fu Lu Pi Plu", sprach der Kaiser, „Sie können doch sicherlich unseren beiden Freunden mit Wasser und Kohlen aus Ihrer Küche aushelfen, nicht wahr?"

Der Oberhofkoch war gerne bereit, und sie machten sich sofort an die Arbeit. Lukas, Jim und der Oberhofkoch, ja sogar der Kaiser selbst, schleppten Eimer voll Kohlen und Wasser aus der Küche zu der Lokomotive. Auch Ping Pong wollte nicht untätig zusehen und half ebenfalls, obwohl er natürlich nur ein Eimerchen tragen konnte, das kaum größer war als ein Fingerhut.

Endlich war der Tender voll Kohlen und Emmas Kessel voll Wasser.

„So!" sagte Lukas zufrieden. „Schönen Dank! Und jetzt gehen wir schlafen."

„Wollt ihr denn nicht im Palast übernachten?" fragte der Kaiser verwundert.

Aber Lukas und Jim meinten, sie wollten lieber in ihrer Lokomotive schlafen. Da sei es sehr gemütlich, und sie wären das jetzt schon so gewöhnt.

Also verabschiedeten sich alle voneinander und wünschten sich gute Nacht. Der Kaiser, der Oberhofkoch und Ping Pong versprachen, sie wollten am nächsten Morgen ganz früh wiederkommen, um den Freunden Lebewohl zu sagen. Dann trennten sie sich.

Lukas und Jim stiegen in das Führerhäuschen ihrer Lokomotive, Ping Pong und der Oberhofkoch gingen in die Küche, und der Kaiser verschwand in seinem Palast.

Bald darauf schliefen alle.

ZWÖLFTES KAPITEL

in dem die Fahrt ins Ungewisse beginnt und die beiden Freunde die „Krone der Welt" sehen

„He, Jim, wach auf!"

Jim richtete sich auf, rieb sich die Augen und fragte verschlafen:

„Was is' denn?"

„Es ist Zeit", sagte Lukas. „Wir müssen gleich losfahren."

Mit einem Schlag war Jim hellwach. Er schaute zum Fenster des Führerhäuschens hinaus. Der Platz war menschenleer. Es war noch dämmerig. Die Sonne war noch nicht aufgegangen.

Eben öffnete sich die Küchentür, und Herr Schu Fu Lu Pi Plu trat heraus. Er hatte eine große Tüte in der Hand und schritt auf Emma zu. Hinter ihm drein kam der kleine Ping Pong, das winzige Gesicht in kummervolle Falten gelegt. Aber er gab sich sichtlich Mühe, eine würdevolle Haltung zu bewahren.

„Hier", sagte der Oberhofkoch, „ich habe noch ein paar belegte Brote als Reiseproviant für die ehrenwerten Fremdlinge gemacht. Sie sind nach lummerländischer Art gestrichen. Hoffentlich schmecken sie Euch."

„Danke", antwortete Lukas. „Das ist aber nett, daß Sie daran gedacht haben!"

Plötzlich fing Ping Pong an zu weinen. Er konnte seinen Schmerz beim besten Willen nicht mehr unterdrücken.

„Huhuhu, ihr ehrenwerten Lokomotivführer", schluchzte er und wischte sich die Tränen aus dem winzigen Gesicht, „entschuldigt bitte, daß ich weine. Aber kleine Kinder in meinem Alter – huhuhu – weinen eben manchmal, man weiß nicht recht, warum . . ."

Lukas und Jim lächelten gerührt, und dann schüttelten sie ihm vorsichtig seine kleine Hand, und Lukas sagte:

„Wir wissen es, Ping Pong. Leb wohl, unser kleiner Retter und Freund!"

Schließlich kam auch der Kaiser. Er war noch blasser als gewöhnlich und schien sehr ernst.

„Meine Freunde", sprach er, „möge der Himmel euch beschützen, euch und meine kleine Tochter. Von nun an werde ich mir nicht mehr nur um Li Si Sorgen machen, sondern auch um euch beide. Denn ich habe euch lieb gewonnen."

Lukas stieß dicke Rauchwolken aus seiner Pfeife vor Rührung und brummte:

„Na, es wird schon alles gut gehen, Majestät."

„Hier ist noch etwas heißer Tee für euch", sagte der Kaiser und überreichte Lukas eine goldene Thermosflasche. „Heißer Tee ist immer gut auf einer Reise."

Lukas und Jim bedankten sich, dann stiegen sie ein und schlossen die Türen des Führerhäuschens. Jim ließ das Fenster herunter und rief:

„Auf Wiedersehen!"

„Auf Wiedersehen! Auf Wiedersehen!" antworteten die Zurückbleibenden. Emma setzte sich in Bewegung, und alle winkten, bis sie einander nicht mehr sehen konnten:

Die Reise nach Drachenstadt hatte begonnen.

Zuerst ging die Fahrt eine Weile durch die menschenleeren Straßen, dann erreichten sie das flache Land und ließen die goldenen Dächer von Ping hinter sich.

Die Sonne ging auf, und das Wetter war so strahlend schön, wie man es sich für eine Expedition nur wünschen kann.

Sie fuhren den ganzen Tag, ohne eine einzige Unterbrechung, quer durch das Land China immer auf das geheimnisvolle „Tal der Dämmerung“ zu.

Am zweiten Tag kamen sie an weiten Gärten und Feldern vorüber und dampften durch Dörfer, wo ihnen die chinesischen Bauern und Bäuerinnen mit ihren Kindern und Kindeskindern zuwinkten. Niemand hatte jetzt mehr Angst vor Emma. Die Nachricht, daß zwei Fremde auf einer Lokomotive auszogen, um die Prinzessin Li Si zu befreien, hatte sich natürlich wie ein Lauffeuer im ganzen Land verbreitet.

Am dritten Tag erblickten die beiden Freunde eines der berühmten chinesischen Schlösser aus weißem Marmorstein. Es lag mitten in einem See. Auf vielen zierlichen Säulen schwebte es über dem Wasser. Dort wohnten junge chinesische Edeldamen. Lukas und Jim konnten die Mädchen mit ihren seidenen Fächern winken sehen und winkten ihnen mit ihren Taschentüchern zurück.

Wo immer sie anhielten, kamen die Leute herbei und brachten große Körbe mit Früchten und Süßigkeiten aller Art für die beiden Freunde und Wasser und Kohlen für die Lokomotive.

Am siebenten Tag ihrer Reise gelangten sie endlich zu dem westlichen Tor in der großen Chinesischen Mauer. Die zwölf Soldaten, die hier Posten stehen mußten, und die ganz ähnlich aussahen wie die Palastwache, schleppten einen riesenhaften Schlüssel herbei, so groß, daß drei Männer ihn kaum halten konnten. Sie steckten ihn in das Schloß und drehten ihn mit äußerster Anstrengung herum. Mit lautem Knarren öffneten sich die gewaltigen Flügel des westlichen Tores. Seit Menschengedenken war das nicht mehr vorgekommen.

Als Emma an ihnen vorüber zum Tore hinausdampfte, salutierten die Wächter und riefen: „Hoch! Hoch! Hoch die Helden aus Lummerland!"

Wenige Minuten später waren die Reisenden schon mitten im „Tausend-Wunder-Wald".

Es war wahrhaft keine Kleinigkeit, hier einen Weg zu finden, der für eine Lokomotive einigermaßen befahrbar war, und ein Lokomotivführer, der sein Handwerk weniger gut verstanden hätte als Lukas, wäre wohl rettungslos steckengeblieben. Der „Tausend-Wunder-Wald" war ein gewaltiger wilder Dschungel aus farbigen Glasbäumen, Schlingpflanzen und sonderbaren Blumen. Und weil alles durchsichtig war, konnte man eine Menge seltener Tiere sehen, die hier wohnten.

Es gab Schmetterlinge, so groß wie ein Sonnenschirm. Bunte Papageien turnten wie Akrobaten in den Zweigen. Zwischen den Blumen krabbelten große Schildkröten mit langen Schnurrbärten in ihren weisen Gesichtern, und auf den Blättern krochen rote und blaue Schnecken mit Häusern auf dem Rücken, die viele Stockwerke hatten und ganz ähnlich aussahen wie die Häuser in Ping mit ihren goldenen Dächern, nur natürlich in verkleinertem Maßstab. Manchmal zeigten sich zierliche gestreifte Eichhörnchen, die so große Ohren hatten, daß sie tags damit in der Luft herumsegeln konnten, und nachts, wenn sie zu Bett gingen, wickelten sie sich hinein wie in eine warme Decke. Kupferglänzende Riesenschlangen ringelten sich um Baumstämme. Sie waren aber ganz ungefährlich, weil sie nämlich an jedem Ende einen Kopf hatten und dadurch beständig in Meinungsverschiedenheiten mit sich selbst gerieten, wohin sie kriechen wollten. Dabei war natürlich nicht daran zu denken, daß sie jemals ein Tier fingen. Sie mußten sich eben von Gemüse ernähren, das nicht weglaufen konnte.

Einmal sahen Jim und Lukas sogar eine Gruppe der scheuen, rosafarbenen Tanzrehe, die auf einer Waldlichtung miteinander tanzten.

Das alles war natürlich ungeheuer interessant, und Jim wäre zu gerne ausgestiegen, um eine Weile im „Tausend-Wunder-Wald" herumzustrolchen. Aber Lukas schüttelte den Kopf. Das müsse man auf später verschieben, meinte er. Für diesmal hätten sie keine Zeit dazu. Erst müßten sie so rasch wie möglich die kleine Prinzessin befreien.

Drei Tage brauchten sie zur Durchquerung des Dschungels, denn sie kamen nur langsam vorwärts. Aber am dritten Tage öffnete sich plötzlich das Dickicht wie ein farbenprächtiger Vorhang, und ganz nahe vor ihnen erhob sich das rot und weiß gestreifte Gebirge, das den Namen „Die Krone der Welt" trug. Aus der Tatsache, daß Jim und Lukas dieses gewaltige Massiv schon vom Meeresstrand, viele hundert Meilen entfernt, hatten wahrnehmen können, mag man ersehen, wie unvorstellbar hoch diese Gipfel waren.

Die beiden Freunde waren von dem majestätischen Anblick sehr beeindruckt.

Die Berge standen so eng beieinander, daß an ein Durchkommen nicht zu denken war. Hinter der ersten Reihe kam eine zweite und hinter der zweiten eine dritte und dahinter noch eine und immer noch eine. Die Gipfel reichten bis in die Wolken hinauf und zogen sich von Norden quer durch das ganze Land nach Süden.

Jeder einzelne Berg schimmerte rot und weiß gestreift, waagerecht oder schräg, in Wellenlinien oder auch im Zickzack. Manche waren sogar kariert oder mit richtigen Mustern versehen.

Nachdem die beiden Freunde eine Weile lang alles betrachtet und sich gegenseitig auf die Gipfel mit den hübschesten Verzierungen aufmerksam gemacht hatten, zog Lukas die Landkarte hervor und breitete sie aus.

„So", sagte er, „jetzt wollen wir doch mal feststellen, wo eigentlich dieses ‚Tal der Dämmerung' liegt."

Er hatte es bald entdeckt, was Jim mit ehrfürchtigem Staunen erfüllte, denn er konnte auf dem Papier bloß ein Gewirr von bunten Linien und Punkten erkennen, sonst nichts.

„Schau her", erklärte Lukas und zeigte mit seinem Finger auf die Karte. „Hier stehen wir, und hier ist das ‚Tal der Dämmerung'. Wir sind also etwas zu weit nördlich aus dem Wald herausgekommen. Deshalb müssen wir jetzt ein Stück nach Süden fahren."

„Ganz wie du meinst, Lukas", sagte Jim vertrauensvoll.

Sie fuhren also ein Stück nach Süden, immer an dem Gebirge entlang, und bald erblickten sie einen schmalen Einschnitt zwischen den hohen Gipfeln und hielten darauf zu.

DREIZEHNTES KAPITEL

in dem die Stimmen im „Tal der Dämmerung" zu reden beginnen

Das „Tal der Dämmerung" war eine düstere Schlucht, ungefähr so breit wie eine Straße. Der Boden bestand aus rotem Gestein und war glatt wie Asphalt. Bis hier herunter drang nie ein Sonnenstrahl. Links und rechts stiegen senkrechte Felsentürme bis in Himmelshöhen hinauf. Und weit hinten, ganz am anderen Ende der Schlucht, stand groß die rote Abendsonne und übergoß die zerklüfteten Wände mit ihrem Purpurlicht.

Vor dem Eingang zu der Schlucht hielt Lukas die Lokomotive an, und er und Jim gingen erst einmal ein Stück zu Fuß hinein, um zu sehen, was es mit den unheimlichen Stimmen auf sich hätte.

Aber es war nichts zu hören. Eine feierliche und geheimnisvolle Stille herrschte ringsum. Jims Herz klopfte, und er faßte nach Lukas' Hand. So standen sie eine Weile schweigend. Endlich meinte Jim:

„Es is' doch ganz still!"

Lukas nickte und wollte eben etwas erwidern, da ertönte plötzlich Jims Stimme ganz deutlich rechts in dem Felsen:

„Es is' doch ganz still!"

Und dann von links oben ebenso:

„Es is' doch ganz still!"

Und dann ging es in einer Art Gemurmel immer abwechselnd links und rechts das ganze Tal hinunter:

„Es is' doch ganz still! – Es is' doch ganz still! – Es is' doch ganz still!"

„Was is' das?" fragte Jim erschrocken und umklammerte Lukas' Hand fester.

„Was is' das? – Was is' das? – Was is' das?" raunte es die Felswände entlang.

„Keine Angst!" antwortete Lukas beruhigend. „Das ist nur ein Echo."

„Nur ein Echo – nur ein Echo – nur ein Echo" scholl es durch die Schlucht.

Die beiden Freunde gingen zu ihrer Emma zurück und wollten eben einsteigen, als Jim plötzlich flüsterte:

„Pst, Lukas! Hör doch mal!"

Lukas lauschte. Und nun vernahmen sie, wie das Echo vom anderen Ende der Schlucht wieder zurückkam. Erst war es noch ganz leise, dann schwoll es immer mehr an:

„Es is' doch ganz still! – Es is' doch ganz still! – Es is' doch ganz still!"

Aber seltsam, jetzt war es nicht mehr allein die Stimme von Jim, sondern es klang, als ob hundert Jims durcheinander redeten. Das hörte sich natürlich schon um ein beträchtliches lauter an. Nun kehrte das Echo wieder um und wanderte aufs neue das Tal hinunter.

„Na, so was!" raunte Lukas. „Das Echo kommt zurück und hat sich inzwischen vermehrt, wie es scheint."

Jetzt kam das zweite Echo aus der Ferne wieder, immer abwechselnd links und rechts:

„Was is' das? – Was is' das? – Was is' das?" rief es aus den Felsen. Es klang schon wie eine ganze Volksmenge von Jims. Dann kehrte das Echo um und entfernte sich wieder.

„Na", flüsterte Lukas, „das kann ja lustig werden, wenn das so weitergeht."

„Warum meinst du?" fragte Jim ängstlich und leise. Es war ihm gar nicht recht geheuer, wie seine Stimme da auf eigene Faust umhergeisterte und sich vervielfältigte.

„Stell dir doch mal vor", antwortete Lukas gedämpft, „was passieren wird, wenn Emma anfängt, in dem Tal herumzupoltern. Das wird sich anhören wie ein ganzer Hauptbahnhof."

Eben kam das dritte Echo zurück und näherte sich, immer im Zickzack durch die Schlucht hallend:

„Nur ein Echo – nur ein Echo – nur ein Echo" sagten tausend Lukasse aus den Felswänden. Dann machten die Stimmen kehrt und wanderten wieder zum anderen Ende des Tales.

„Wie kommt denn das?" flüsterte Jim.

„Schwer zu sagen", antwortete Lukas. „Man müßte es erforschen."

„Achtung!" raunte Jim. „Da kommt es wieder!"

Jetzt kam das erste Echo zum zweitenmal aus der Ferne zurück und hatte sich inzwischen unheimlich vermehrt.

„Es is' doch ganz still! – Es is' doch ganz still! – Es is' doch ganz still!" riefen zehntausend Jims. Es war ein Getöse, daß den beiden Freunden die Ohren dröhnten.

Als es vorüber war, hauchte Jim:

„Was können wir bloß dagegen unternehmen, Lukas? Das wird ja immer ärger!"

Lukas raunte zurück:

„Ich fürchte, da ist nichts zu machen. Wir können nur versuchen, so schnell wie möglich durch die Schlucht durchzufahren."

Wieder kam ein Echo vom oberen Ende des Tales zurück. Es war Jims

Frage: „Was is' das?" Aber diesmal waren es schon an die hunderttausend Jims, die riefen. Der Boden zitterte unter der Lokomotive, und Jim und Lukas mußten sich die Ohren zuhalten.

Als das Echo wieder davongezogen war, griff Lukas rasch entschlossen in ein Fach neben den Hebeln und holte eine Kerze hervor, die von der Hitze des Dampfkessels ziemlich weich war. Schnell streifte er das Wachs vom Docht, formte zwei kleine Kugeln und gab sie Jim.

„Hier", sagte er, „tu das in die Ohren, damit dir das Trommelfell nicht platzt! Und vergiß nicht, den Mund aufzumachen!"

Jim stopfte sich eilig das Wachs in die Ohren, und Lukas tat das gleiche. Dann erkundigte er sich durch Zeichen, ob Jim noch etwas hören könne. Beide lauschten, aber das dritte Echo, das mit Donnergetöse näherkam und wieder davonzog, vernahmen sie nur ganz leise.

Lukas nickte befriedigt, zwinkerte Jim vergnügt zu, warf ein paar Schaufeln Kohle aufs Feuer, und dann rollten sie mit Volldampf hinein in die unheimliche Schlucht. Der Boden war glatt, und so sausten sie mit einer ganz schönen Geschwindigkeit vorwärts, allerdings auch mit entsprechendem Gepolter und Gezisch.

Um verstehen zu können, was die beiden Freunde nun gleich erleben sollten, muß man wissen, was es mit diesem „Tal der Dämmerung" für eine Bewandtnis hatte.

Die Felsenwände standen nämlich so, daß der Schall immer im Zickzack hin und her geworfen wurde und nicht aus dem engen Tal hinauskonnte. Wenn das Echo von einem Ende der Schlucht zum anderen gelangt war, konnte es nicht ins Freie entwischen, sondern es mußte umkehren. Es kam zu seinem Ausgangspunkt zurück, und hier mußte es wieder umkehren, und so ging es immerfort hin und her von einem Ende zum anderen. Jedes Echo erzeugte natürlich ein neues Echo, und das neue Echo wieder ein neues. Und so wurden es immer mehr und mehr Stimmen. Und je mehr Stimmen es wurden, desto lauter dröhnte es natürlich. Im allgemeinen hatte das bisher nicht allzu viel ausgemacht, aber jetzt erklang das Poltern einer Lokomotive in der Schlucht. Und das war eben doch etwas ganz anderes!

Übrigens könnte sich jetzt die Frage erheben, warum es denn so still gewesen war, als Lukas und Jim die Schlucht betreten hatten. Eigentlich müßte doch der kleinste Schall, der jemals in das Tal hieingeraten war, noch immer darin herumirren. Ja, er müßte sich sogar ganz beträchtlich vervielfältigt haben.

Nun, das wäre eine sehr scharfsinnige Frage, eine richtige Naturforscherfrage. Die Überlegung ist nämlich ganz richtig, und wenn die beiden Freunde zwei Tage früher in das Tal gekommen wären, dann hätten sie noch ein ungeheures Tosen vernommen. Dieser Lärm war aus ein paar Geräuschen entstanden, die ursprünglich einmal ganz leise gewesen waren, sich aber im Laufe der Zeit unheimlich verstärkt hatten. Zum Beispiel war das Miau einer kleinen Katze elfhunderttausendmal zu hören, das Ziwitt eines Spatzen eine Million mal und das Rieseln eines herabfallenden Steinchens siebenhundertmillionenmal. Man kann sich ungefähr vorstellen, wie das dröhnte.

Aber wo war der Schall geblieben?

Die Lösung dieses Rätsels liegt darin, daß es inzwischen – geregnet hatte! Jedesmal wenn es regnete, blieb nämlich an jedem Regentropfen sozusagen ein wenig Echo hängen und wurde weggespült. So wurde das „Tal der Dämmerung" immer wieder von Geräuschen gereinigt. Und da es gerade am Tage vor der Ankunft von Lukas, Jim und Emma sehr heftig geregnet hatte und inzwischen kein neues Geräusch in das Tal hineingeraten war, hatte vollkommene Stille geherrscht.

Aber wenden wir uns nun wieder unseren beiden Freunden zu, die mit Volldampf durch die Schlucht dahinbrausten.

Der Weg war länger, als Lukas geschätzt hatte. Als sie ungefähr die Mitte des Tales erreicht hatten, blickte Jim zufällig einmal zurück. Und was er da sah, war wahrhaftig dazu angetan, auch dem mutigsten Mann einen eiskalten Schrecken einzujagen!

Wenn sie noch immer am Eingang der Schlucht gestanden hätten, dann wären sie jetzt schon unter einer unbeschreiblichen Last von Felsentrümmern begraben gewesen. Von beiden Seiten waren dort hinten die Bergwände zusammengestürzt. Jim sah, wie links und rechts die Felswände zersplitterten, als würden sie gesprengt, wie die himmelhohen Berggipfel ins Wanken gerieten, in sich zusammenbrachen und das „Tal der Dämmerung" mit ihren Trümmern füllten. In Windeseile kam das Unheil hinter der Lokomotive her.

Jim schrie auf und riß Lukas am Ärmel. Lukas drehte sich um und erfaßte mit einem Blick das drohende Verhängnis. Ohne sich eine Sekunde zu besinnen, warf er einen kleinen roten Hebel herum, auf dem stand:

Nothebel! Nur in äußerster Gefahr benützen!

Er hatte diesen Hebel seit vielen Jahren nicht mehr gebraucht, und es war sehr ungewiß, ob die gute alte Emma solch einer Anstrengung noch gewachsen war. Aber es blieb keine Wahl.

Emma spürte das Signal und stieß einen gellenden Pfiff aus, der heißen sollte: Ich habe verstanden! Und dann stieg der Zeiger auf dem Geschwindigkeitsmesser am Schaltbrett, stieg weiter und weiter, stieg über den roten Strich hinaus, bei dem

Höchstgeschwindigkeit

stand, stieg noch weiter bis dorthin, wo gar nichts mehr stand, und dann zersprang der Geschwindigkeitsmesser in tausend Stücke. –

Wie es ihnen gelang, wußten Jim und Lukas später selber nicht mehr, aber sie brachten es fertig, dem Untergang zu entrinnen. Wie eine Kanonenkugel schoß die Lokomotive aus dem Ende der Schlucht heraus, gerade in dem Augenblick, als hoch über ihnen die letzten Berggipfel ineinanderstürzten.

Lukas legte den roten Hebel zurück. Emma rollte langsamer, und dann gab es plötzlich einen Ruck. Die Lokomotive ließ allen Dampf ab und blieb einfach stehen. Sie schnaufte nicht und gab überhaupt kein Lebenszeichen mehr von sich.

Lukas und Jim stiegen aus, nahmen das Wachs aus den Ohren und blickten zurück.

Hinter ihnen lag das Gebirge „Die Krone der Welt", und an Stelle der Schlucht, durch die sie gekommen waren, erhob sich meilenhoch eine rote Staubwolke.

Dort war einmal das „Tal der Dämmerung" gewesen.

VIERZEHNTES KAPITEL

in dem Lukas erkennen muß, daß er ohne seinen kleinen Freund Jim verloren wäre

„Das ist ja gerade noch mal gut gegangen!" knurrte Lukas, schob die Mütze ins Genick und trocknete sich den Schweiß von der Stirn.

„Ich glaub'", sagte Jim, dem der Schrecken noch in allen Gliedern saß, „durch das ‚Tal der Dämmerung' wird nie mehr jemand kommen können."

„Nein", antwortete Lukas ernst. „Das ‚Tal der Dämmerung' gibt es nicht mehr."

Dann stopfte er sich seine Pfeife, steckte sie in Brand, stieß einige Rauchwolken aus und fuhr nachdenklich fort: „Das Dumme bei der Geschichte ist nur: wir können auch nicht mehr z u r ü c k."

Daran hatte Jim noch gar nicht gedacht.

„O jemine!" sagte er erschrocken. „Wir müssen aber doch wieder nach Haus!"

„Ja, ja", antwortete Lukas, „aber es wird uns nichts anderes übrigbleiben, als einen neuen Weg zu entdecken."

„Wo sind wir denn eigentlich?" fragte Jim bang.

„In der Wüste", antwortete Lukas. „Mir scheint, das hier ist das ‚Ende der Welt'."

Die Sonne war untergegangen, aber es war gerade noch hell genug, um zu erkennen, daß sie sich auf einer endlosen Ebene befanden, die so flach war wie eine Tischplatte. Ringsum gab es nichts als Sand, Steine und Geröll. Fern am Horizont reckte sich ein einziger baumgroßer Kaktus wie eine riesenhafte Schwurhand schwarz in den fahlen dämmernden Himmel.

Die Freunde schauten zurück zu dem rot und weiß gestreiften Gebirge. Die Staubwolke hatte sich ein wenig verzogen und gab den Blick auf das verschüttete „Tal der Dämmerung" frei.

„Wie is' das nur gekommen?" murmelte Jim kopfschüttelnd.

„Wahrscheinlich hat Emmas Gepolter sich so ungeheuer verstärkt", antwortete Lukas, „daß die Felsen davon eingestürzt sind."

Er wandte sich der Lokomotive zu, klopfte sie auf den dicken Leib und sagte zärtlich:

„Da hast du was Schönes angerichtet, meine dumme, alte Emma!"

Emma blieb stumm und gab noch immer kein Lebenszeichen von sich. Jetzt erst bemerkte Lukas, daß irgend etwas mit ihr nicht stimmte.

„Emma!" rief er erschrocken. „Emma, meine gute, dicke Emma, was hast du denn?"

Aber die Lokomotive regte sich nicht. Nicht der kleinste Schnaufer war zu hören.

Lukas und Jim blickten sich betroffen an.

„Du lieber Himmel!" stammelte Jim, „wenn Emma jetzt . . ." Er wagte nicht, den Satz zu Ende zu sprechen.

Lukas schob seine Mütze ins Genick und brummte:

„Wär' ja 'ne schöne Bescherung!"

Schnell holten sie den Werkzeugkasten unter dem Trittbrett hervor. Darin lagen alle Sorten Schraubenschlüssel, Hämmer, Zangen,

Schraubenzieher, Feilen und überhaupt alles, was man braucht, um kaputte Lokomotiven zu reparieren.

Eine ganze Weile beklopfte Lukas vorsichtig und schweigend jedes Rad und jede Schraube an der alten Emma und horchte angestrengt. Jim sah mit schreckgeweiteten Augen zu und wagte nichts zu fragen. Lukas dachte so scharf nach, daß ihm sogar die Pfeife ausging. Das war kein gutes Zeichen. Endlich richtete er sich auf und knurrte:

„Verflixt und zugenäht!"

„Is' es sehr schlimm?" fragte Jim.

Lukas nickte langsam.

„Ich vermute", murmelte er düster, „daß der Taktierkolben gebrochen ist. Zum Glück habe ich ein Ersatzteil dabei."

Er wickelte aus einem Lederläppchen einen kleinen Stahlkolben, der nicht größer war als Jims Daumen.

„Das ist er", sagte er und hielt ihn zwischen den Fingern. „Klein, aber wichtig! Er gibt den Takt an, in dem Emma schnauft."

„Meinst du", fragte Jim leise, „du kannst es in Ordnung bringen?"

Lukas zuckte die Achseln und meinte sorgenvoll:

„Wir müssen's jedenfalls versuchen. Und wir dürfen keine Minute verlieren. Ich weiß nicht, ob Emma diese schwere Reparatur übersteht. Kann sein, kann aber auch nicht sein ... Wir dürfen nicht den allerkleinsten Fehler machen, sonst ... Du mußt mir helfen, Jim – allein schaffe ich es auf keinen Fall."

„In Ordnung", antwortete Jim entschlossen.

Er wußte, daß Lukas so etwas nicht zum Spaß sagte und stellte keine Fragen mehr. Lukas schien auch keine Lust zu haben, viel zu reden.

Sie machten sich schweigend ans Werk.

Inzwischen war es vollständig dunkel geworden, und Jim mußte mit einer Taschenlampe leuchten. Stumm und verbissen kämpften die beiden Freunde um das Leben ihrer guten alten Emma. Stunde um Stunde verging. Der Taktierkolben hatte seinen Platz ganz innen, und so mußte die ganze Lokomotive langsam, Stück für Stück, auseinandergenommen und in ihre Teile zerlegt werden. Wahrhaftig, das war eine Arbeit, die starke Nerven erforderte.

Mitternacht mußte längst vorüber sein. Der Mond war aufgegangen, blieb aber hinter einer Wolkenbank verborgen. Nur ein ungewisses, kaum sichtbares Dämmerblau lag über der Wüste „Das Ende der Welt".

„Die Zange!" rief Lukas halblaut. Er lag unter den Rädern der Lokomotive.

Jim reichte sie ihm. Da hörte er plötzlich ein seltsames Sausen in den Lüften. Ein häßliches Krächzen folgte. Dann rauschte es noch einmal. Und dort drüben wieder, jetzt schon ganz nahe. Was mochte das sein?

Jim versuchte, die Finsternis mit seinen Blicken zu durchdringen. Er erkannte undeutlich mehrere große schwarze Klumpen, die auf dem Boden hockten und mit glühenden Augen herüberstarrten.

Noch einmal war das Rauschen zu vernehmen. Ein riesengroßer, plumper Vogel ließ sich auf dem Dach des Führerhäuschens nieder und starrte mit grün glimmenden Augen auf den Jungen herunter.

Jim mußte sich sehr zusammennehmen, um nicht vor Entsetzen aufzuschreien. Ohne den unheimlichen Riesenvogel aus dem Auge zu lassen, flüsterte er:

„Lukas! He, Lukas!"

„Was gibt's?" fragte Lukas unter der Lokomotive.

„Da sind auf einmal so große Vögel", raunte Jim. „Eine ganze Menge. Sie sitzen herum und scheinen irgendwas zu wollen."

„Wie sehen sie denn aus?" wollte Lukas wissen.

„Ziemlich unfreundlich", antwortete Jim. „Sie haben nackte Hälse und krumme Schnäbel und grüne Augen. Auf dem Dach sitzt auch schon einer und schaut mich immer an."

„Ach", sagte Lukas, „das sind nur Geier."

„Aha!" meinte Jim ziemlich kläglich. Und nach einer Weile setzte er hinzu:

„Ich möcht' bloß gern wissen, ob Geier sehr angriffslustig sind oder nicht. Was meinst du?"

„Solange man lebt", erklärte Lukas, „tun sie einem nichts. Sie warten, bis man tot ist."

„So", sagte Jim. Und nach ein paar Minuten fragte er:

„Bist du auch ganz sicher?"

„Sicher was?" erkundigte sich Lukas unter der Lokomotive.

„Bist du ganz sicher", wiederholte Jim, „daß sie auch bei kleinen schwarzen Jungen keine Ausnahme machen? Vielleicht fressen sie kleine schwarze Jungen lieber lebendig?"

„Nein", sagte Lukas, „du brauchst keine Angst zu haben. Man nennt die Geier die ‚Totengräber der Wüste', weil sie sich nur über Totes hermachen."

„Ach so!" murmelte Jim. „Dann is' es ja gut."

In Wirklichkeit war es aber gar nicht gut. Der Geier auf dem Dach hatte so einen appetithaften Zug um die Schnabelwinkel, daß Jim das Gefühl nicht los wurde, Geier würden bei kleinen schwarzen Jungen vielleicht doch eine Ausnahme machen ...

Wenn nun Emma nicht wieder in Ordnung käme, was dann? Dann müßten sie hier bleiben, mitten in der Wüste „Das Ende der Welt", bei diesen scheußlichen Totengräbern, die schon dasaßen und warteten. Lukas und er waren jetzt so fern von jeder menschlichen Hilfe und ganz unausdenkbar weit fort von Lummerland. Das sollte also das Ende sein, und nach Lummerland würden sie nie wieder zurückkehren, nie wieder!

Als Jim so weit gedacht hatte, überfiel ihn plötzlich ein schreckliches Gefühl der Verlassenheit. Er konnte nicht verhindern, daß ein verzweifeltes Schluchzen in ihm aufstieg.

Lukas kroch eben unter Emma hervor und wischte sich die Hände an einem Lappen ab.

„Ist etwas, alter Junge?" fragte er und blickte taktvoll zur Seite, denn er hatte natürlich sofort erkannt, *was* mit Jim war.

„Nein", antwortete Jim, „ich hab' nur ... ich glaub', ich hab' den Schluckauf bekommen."

„Ach so!" brummte Lukas.

„Sag mal ehrlich, Lukas", erkundigte Jim sich leise, „is' noch Hoffnung?"

Lukas sah nachdenklich vor sich hin, dann schaute er dem Jungen ernst in die Augen und sagte:

„Hör mal zu, Jim Knopf! Du bist mein Freund, darum muß ich dir die Wahrheit sagen. Ich bin so ziemlich am Ende mit meiner Weisheit. Ich kriege nämlich die letzte Schraube nicht auf. Das geht nur von innen. Man müßte in den Kessel kriechen. Aber ich komme da nicht hinein. Ich bin zu groß und zu dick. Tja, das ist eine verflixte Geschichte."

Jim blickte zu dem Geier auf dem Dach hinauf und zu den anderen Geiern hinüber, die langsam immer näher heranrückten und neugierig ihre nackten Hälse aus den Federkrägen reckten. Dann sagte er entschlossen:

„Ich werd' hineinsteigen."

Lukas nickte ernst.

„Es ist tatsächlich die letzte Möglichkeit. Aber es ist ziemlich gefährlich. Du mußt im Innern des Kessels nämlich unter Wasser arbeiten. Wir dürfen das Wasser nicht ablassen, weil es hier in der Wüste kein neues gibt. Außerdem kannst du dir da drin noch nicht mal leuchten. Du bist ganz auf dein Fingerspitzengefühl angewiesen. Überleg dir genau, ob du es tun willst. Ich könnte sehr gut verstehen, wenn du nein sagtest."

Jim dachte nach. Schwimmen und tauchen konnte er ja. Außerdem hatte Lukas gesagt, es wäre die letzte Möglichkeit. Es blieb also gar nichts anderes übrig.

„Ich tu's", sagte er.

„Gut!" antwortete Lukas langsam. „Nimm den Schraubenschlüssel hier. Ich denke, er wird passen. Die Schraube muß ungefähr da sitzen."

Er zeigte die Stelle von außen am Boden des Kessels.

Jim merkte sie sich genau, dann kletterte er auf den Kessel hinauf.

Der Geier auf dem Dach schaute ihm verwundert zu. Plötzlich kam der Mond hinter der düsteren Wolkenbank hervor, und es wurde ein wenig heller.

Jeder, der eine Lokomotive kennt, weiß, daß hinter dem Schornstein eine Art Kuppel ist, die aussieht wie ein zweiter, etwas kleinerer Schornstein. Diese Kuppel kann man aufmachen. Dann sieht man einen Schacht, der in den Kessel hinunterführt.

Jim zog seine Schuhe aus und warf sie Lukas zu. Dann kroch er durch die geöffnete Kuppel. Es war sehr eng, und Jims Herz klopfte wie rasend. Aber er biß die Zähne zusammen und schob sich weiter, die Füße voran. Als nur noch sein Kopf oben heraussah, winkte er Lukas noch einmal zu, dann spürte er Wasser an seinen Füßen. Es war noch ziemlich warm. Jim holte tief Luft und ließ sich hinuntergleiten.

Lukas stand neben der Lokomotive und wartete. Er war so blaß geworden, wie das bei seiner ruß- und ölverschmierten Haut überhaupt möglich war. Was sollte er tun, wenn Jim etwas zustieß? Er würde tatenlos dabeistehen müssen, denn er konnte ja nicht in den Kessel hineinkriechen. Er wischte sich ein paar kalte Schweißperlen von der Stirn.

Jetzt hörte er im Innern des Kessels etwas rumoren, dann noch einmal. Und plötzlich fiel etwas mit leisem Klimpern zu Boden.

„Da ist die Schraube!" rief Lukas. „Jim, komm zurück!"

Wer aber nicht erschien, war Jim. Sekunde um Sekunde verstrich. Lukas wußte vor Angst um seinen kleinen Freund kaum noch, was er tat. Er kletterte auf die Lokomotive hinauf und schrie durch die Kuppel hinunter: „Jim! Jim! Komm doch heraus! Jim, wo bist du?"

Und endlich erschien das kleine schwarze Gesicht, tropfnaß und nach Luft ringend. Und dann kam eine Hand hervor. Lukas ergriff sie und zog seinen Freund heraus. Er nahm ihn auf den Arm und kletterte mit ihm von der Lokomotive herunter.

„Jim!" sagte er immer wieder, „mein alter Jim!"

Der Junge keuchte. Er lächelte benommen und spuckte etwas Wasser. Schließlich flüsterte er:

„Siehst du jetzt, Lukas, wie gut es war, daß du mich mitgenommen hast?"

„Jim Knopf!" sagte Lukas, „du bist ein großartiger kleiner Bursche, und ohne dich wäre ich jetzt verloren gewesen."

„Was glaubst du, wie mir zumut war!" seufzte Jim. „Erst is' ja alles ganz gut gegangen. Die Schraube hab' ich gleich gefunden, und sie is' auch ganz leicht aufgegangen. Aber wie ich dann zurückgewollt hab', da hab' ich auf einmal das Loch nicht mehr gefunden. Aber zuletzt hab' ich's dann doch geschafft."

Lukas zog Jim die nassen Sachen aus und wickelte ihn in eine warme Decke. Dann gab er ihm heißen Tee aus der Thermosflasche des Kaisers zu trinken.

„So!" sagte er darauf, „und jetzt ruhst du dich aus! Das andere mach' ich schon allein."

Plötzlich schlug er sich mit der Hand vor die Stirn und rief erschrocken:

„Verflixt und zugenäht! Durch das Schraubenloch tropft die ganze Zeit das Wasser aus dem Kessel!"

Es stimmte. Aber zum Glück war erst ganz wenig Wasser ausgelaufen, schätzungsweise ein halbes Liter.

Lukas wechselte schnell den zerbrochenen Taktierkolben aus und schraubte alles wieder fest zu. Hineindrehen ließ sich die Schraube von außen nämlich ganz gut. Und dann setzte er die gute alte Emma Teil für Teil sorgfältig wieder zusammen. Und als er die letzte Schraube festzog . . .

„Na, Jim?" rief er. „Was sagst du jetzt?"

„Was soll ich denn sagen?" erkundigte sich Jim.

„Na, hör doch mal!" rief Lukas fröhlich.

Jim lauschte. Tatsächlich: Emma schnaufte wieder! Zwar nur ganz leise, kaum hörbar, aber es war nicht zu leugnen, sie schnaufte!

„Lukas!" schrie Jim glücklich, „Emma is' wieder ganz! Wir sind gerettet!"

Und die beiden Freunde schüttelten sich lachend die Hände.

Die Geier machten ziemlich enttäuschte Gesichter. Aber sie schienen die Hoffnung noch nicht ganz aufzugeben. Sie zogen sich nur etwas weiter in die Wüste zurück.

„So!" erklärte Lukas befriedigt. „Jetzt soll Emma sich erst mal ausschlafen, damit sie wieder zu Kräften kommt. Und wir tun das gleiche, denk' ich."

Sie stiegen in das Führerhaus und machten die Tür gut hinter sich zu. Dann aßen sie ein paar Früchte und Süßigkeiten aus dem Proviantkorb und tranken etwas Tee aus der goldenen Thermosflasche. Und danach rauchte Lukas noch eine Pfeife.

Aber da war Jim schon eingeschlafen. Mit einem stolzen Lächeln lag er da, so stolz wie nur einer sein kann, der eine kaputte Lokomotive unter Einsatz seines Lebens wieder ganz gemacht hat.

Lukas deckte ihn gut zu und strich ihm die schwarzen, noch feuchten Kraushaare aus der Stirn.

„Großer, kleiner Jim!" murmelte er liebevoll.

Dann klopfte er seine Pfeife aus und schaute noch einmal zum Fenster hinaus.

Die Geier saßen in einiger Entfernung im Kreis beieinander, grell vom Mondlicht beschienen. Sie hatten die Köpfe zusammengesteckt und schienen sich zu beraten.

„Na, meinetwegen!" brummte Lukas. „Uns kriegt ihr doch nicht."

Dann legte er sich zurecht, seufzte tief, gähnte und schlief ein.

FÜNFZEHNTES KAPITEL

in dem die Reisenden in eine sonderbare Traumgegend geraten und eine verhängnisvolle Spur entdecken

Am nächsten Morgen erwachten Jim und Lukas ziemlich spät. Das war zu begreifen, da sie ja erst lange nach Mitternacht schlafen gegangen waren. Die Sonne stand schon hoch am Himmel, und glühende Hitze verbreitete sich. In einer Wüste, wo kein Baum und kein Strauch Schatten bieten, wird die Luft in kurzer Zeit so erstickend heiß wie in einem Backofen.

Die beiden Freunde beeilten sich mit dem Frühstück und brachen bald auf. Sie dampften fröhlich los, immer nach Norden. Da sie keinen Kompaß besaßen, war ihr einziger Anhaltspunkt das Gebirge „Die Krone der Welt". Sie hatten beschlossen, so zu fahren, daß die Berge stets rechts zu sehen waren. Irgendwo im Norden mußten sie dann nach ihrer

Berechnung wieder auf den Gelben Fluß stoßen, dem sie stromaufwärts folgen würden bis zur Drachenstadt. Die Landkarte nützte ihnen jetzt nichts mehr, aber so ging es ja zunächst ganz gut.

Emma war wieder wohlauf. Wie es schien, hatte sie sich von der schweren Reparatur völlig erholt. Sie war eben trotz ihres Alters und ihrer dicklichen Figur eine sehr gute und solide Lokomotive.

Die Sonne stieg höher und höher. Die Hitze ließ die Luft über der Wüste flimmern. Lukas und Jim machten die Fenster fest zu. Zwar war es im Innern des kleinen Führerhauses durch die Feuerung auch ziemlich warm, aber das war immer noch erträglich gegen die Temperatur, die draußen herrschte.

Ab und zu lagen gebleichte und halb im Sand versunkene Tiergerippe neben ihrem Weg. Die Freunde betrachteten sie nachdenklich im Vorüberfahren.

Es mochte ungefähr um die Mittagszeit sein, als Lukas plötzlich überrascht ausrief:

„Nanu!“

„Was is'?“ erkundigte sich Jim und schreckte auf. Er hatte, von der Hitze ermüdet, ein wenig vor sich hingedöst.

„Scheint, wir haben die Richtung verloren“, knurrte Lukas.

„Warum?“

„Schau doch mal zum rechten Fenster hinaus! Bisher war das Gebirge immer da drüben. Aber jetzt ist es auf einmal auf der anderen Seite.“

Tatsächlich, es war, wie Lukas gesagt hatte: Im rechten Fenster war der leere, ferne Wüstenhorizont zu sehen und im linken das rot und weiß gestreifte Gebirge.

Das war schon seltsam genug, aber noch viel befremdlicher war, daß irgend etwas mit dem Gebirge nicht in Ordnung zu sein schien. Es sah aus, als stünde es nicht richtig auf dem Boden, sondern schwebte ein wenig darüber.

„Was is' denn da los?“ fragte Jim beunruhigt.

„Weiß auch nicht", meinte Lukas. „Jedenfalls müssen wir wohl umkehren."

Aber noch ehe er ausgesprochen hatte, war das Gebirge ganz und gar verschwunden und weder links noch rechts zu sehen. Statt dessen entdeckten die Freunde plötzlich in einiger Entfernung einen Meeresstrand mit wiegenden Palmen.

„Nun schau sich einer das an!" murmelte Lukas verblüfft. „Verstehst du das, Jim?"

„Nein", antwortete Jim. „Da scheinen wir ja in eine sonderbare Gegend geraten zu sein."

Er drehte sich um und blickte nach hinten hinaus. Zu seiner größten Verwunderung erhob sich mit einemmal dort das rot und weiß gestreifte Gebirge. Aber jetzt stand es auf dem Kopf! Es hing sozusagen vom Himmel herunter.

„Da stimmt doch was nicht!" brummte Lukas, die Pfeife zwischen den Zähnen.

„Was sollen wir machen?" fragte Jim bang. „Wenn das so weiter geht, finden wir nie mehr unsere Richtung."

„Das Vernünftigste wird sein", meinte Lukas, „wir fahren auf jeden Fall erst mal weiter, bis wir aus diesem verrückten Ich-weiß-nicht-was herauskommen."

Sie fuhren also weiter. Aber sie kamen nicht heraus. Es wurde im Gegenteil immer verwirrender. Zum Beispiel sahen sie auf einmal große Eisberge über dem Himmel schwimmen. Das war ganz besonders befremdlich, weil Eisberge bei dieser Hitze ja eigentlich sofort hätten schmelzen müssen.

Plötzlich tauchte vor ihnen der Eiffelturm auf, der doch in Wirklichkeit in der Stadt Paris steht und keineswegs in der Wüste „Das Ende der Welt". Dann erschienen links viele Indianerzelte um ein Lagerfeuer in der Mitte und Krieger mit Federkopfputz und Kriegsbemalung, die wilde Tänze aufführten. Rechts lag unversehens die Stadt Ping mit ihren goldenen Dächern. Dann verschwand alles ebenso rätselhaft, wie es aufgetaucht war, und rundherum war nur kahle Wüste. Aber schon nach wenigen Augenblicken erschien wieder etwas Neues in der flimmernden Luft.

Lukas hatte gehofft, daß er am Nachmittag durch den Stand der sinkenden Sonne die Richtung nach Norden wiederfinden könnte. Aber daran war leider nicht zu denken. Die Sonne brannte nämlich einmal von rechts, dann wieder von links und oft sogar von beiden Seiten zugleich. Sie hatte sich tatsächlich verdoppelt. Es schien einfach alles toll geworden zu sein.

Schließlich vermischten sich die Erscheinungen sogar untereinander. Da stand zum Beispiel plötzlich ein umgekehrter Kirchturm auf der Spitze seiner Wetterfahne, und oben drüber in der Luft schwebte ein See, auf dessen Wellen Kühe weideten.

„Das ist ja wohl die verrückteste Unordnung, die mir je vorgekommen ist!" brummte Lukas beinahe belustigt.

Jetzt erschien eine große Windmühle, die auf dem Rücken von zwei Elefanten stand.

„Wenn die Sache nicht so unübersichtlich wäre", sagte Lukas, „dann fände ich dieses Durcheinander eigentlich ganz spaßig."

In diesem Augenblick zog über den Himmel ein gewaltiges Segelschiff, aus dem ein Wasserfall herniederstürzte.

„Ich weiß nicht recht", murmelte Jim und schüttelte besorgt den Kopf, „mir gefällt das alles ganz und gar nicht . . . ich wollte, wir fänden bald hier heraus."

Vor ihnen hüpfte jetzt ein halbes Riesenrad von einem Jahrmarkt in großen Sprüngen durch die Wüste, als ob es seine andere Hälfte suchte. Die war aber nirgends zu sehen.

„Mir wäre es auch lieber", gab Lukas zu und kratzte sich hinter dem Ohr. „Na, irgendwann werden wir diese kuriose Traumgegend ja mal wieder verlassen. Nach meiner Schätzung haben wir seit heute Mittag

gute hundert Meilen zurückgelegt. – Wirklich zu dumm, daß wir vergessen haben, einen Kompaß mitzunehmen."

Eine Weile fuhren die Freunde schweigend weiter und beobachteten die auftauchenden und wieder verschwindenden Erscheinungen. Eben, als Lukas Jim darauf aufmerksam machen wollte, daß die Sonne jetzt sogar an drei Stellen zugleich zu sehen sei, stieß der Junge plötzlich einen Freudenschrei aus.

„Lukas!" rief er. „Da, schau doch! Wie is' denn das möglich? Da is' – da is' ja Lummerland!"

Tatsächlich! Da lag ganz deutlich Lummerland, umgeben vom blauen Meer. Der große und der kleine Gipfel ragten empor, und dazwischen war das Schloß von König Alfons dem Viertel-vor-Zwölften zu erkennen. Das kurvenreiche Eisenbahngleis glänzte, und die fünf Tunnels waren da und auch das Haus von Herrn Ärmel. Da stand die kleine Bahnstation und da das Haus von Frau Waas mit dem Kaufladen! Und im Meer lag das Postschiff.

„Schnell!" schrie Jim ganz außer sich, „schnell, Lukas! Laß uns hinfahren!"

Aber Emma hatte schon von sich aus Kurs auf Lummerland genommen. Offenbar hatte sie die Heimatinsel auch entdeckt. Sie kamen immer näher. Und nun sahen sie, daß der König zum Fenster herausschaute. Und vor dem Schloß stand Frau Waas mit einem Brief in der Hand, und der Briefträger war dabei und auch Herr Ärmel. Alle vier schienen sehr betrübt zu sein. Frau Waas wischte sich immerfort mit ihrer Schürze die Augen.

„Frau Waas!" schrie Jim, öffnete das Fenster und beugte sich trotz der glühenden Hitze, die ihm entgegenschlug, so weit er konnte hinaus. „Frau Waas, ich bin hier! Siehst du mich, Frau Waas? Ich bin's, Jim Knopf! Bleibt da, wir kommen!"

Er winkte und schrie so aufgeregt, daß er beinahe aus dem Fenster hinausgefallen wäre. Lukas konnte ihn gerade noch an dem großen Knopf an seiner Hose festhalten.

Als Emma kaum noch zehn Meter von Lummerland entfernt war, verschwand plötzlich alles ebenso rätselhaft wie die anderen Erscheinungen. Und wieder dehnte sich ringsumher nur die Unendlichkeit der sonnendurchglühten Wüste.

Jim wollte es zuerst gar nicht glauben. Aber es half alles nichts, Lummerland war nicht mehr da. Zwei dicke Tränen rannen über seine schwarzen Wangen. Er konnte es nicht verhindern.

Auch in Lukas' Augen blinkte es verdächtig, und er stieß dichte Rauchwolken aus.

Schweigend fuhren sie weiter. Doch das Allererstaunlichste stand ihnen noch bevor.

Plötzlich erblickten sie nämlich eine andere Lokomotive, die ganz genauso aussah wie ihre Emma. Und diese Lokomotive fuhr in etwa hundert Meter Abstand neben ihnen her. Sie hatte auch genau die gleiche Geschwindigkeit.

Lukas, der seinen Augen nicht trauen wollte, beugte sich aus dem Fenster hinaus, und auch drüben, auf der anderen Maschine, beugte sich der Lokomotivführer aus dem Fenster. Lukas winkte, und der andere Lokomotivführer winkte zurück.

„Jetzt wird's mir aber wirklich zu toll!" sagte Lukas. „Wir träumen doch nicht etwa?"

„Kein bißchen", versicherte Jim.

„Na, da wollen wir uns die Sache doch mal näher ansehen", meinte Lukas.

Sie bogen ein und hielten auf die andere Lokomotive zu. Aber zugleich bog auch die andere Lokomotive ein, und beide Lokomotiven fuhren aufeinander los.

Schließlich hielt Lukas die Emma an. Die andere Lokomotive stand ebenfalls. Lukas und Jim stiegen aus. Zur gleichen Zeit verließen ein Lokomotivführer und ein kleiner schwarzer Junge die andere Lokomotive.

„Da soll doch gleich . . .!" murmelte Lukas verblüfft.

Und nun gingen sie aufeinander zu, Lukas auf den anderen Lukas und Jim auf den anderen Jim. Die beiden Lukasse und die beiden Jims wollten sich eben zur Begrüßung die Hände geben, da strich ein ganz, ganz leichter Wind vorüber. Der andere Jim, der andere Lukas und die andere Emma wurden durchsichtig und verschwanden . . . lösten sich einfach auf in nichts.

Jim starrte fassungslos und mit kugelrunden Augen auf die Stelle, wo eben noch der andere Jim gestanden hatte. Plötzlich hörte er Lukas einen Pfiff ausstoßen und sagen:

„Jetzt geht mir ein Licht auf! Natürlich, das ist es!"

„Was?" fragte Jim.

„Hast du schon mal was vom Spiegelkabinett der Fata Morgana gehört?"

„Nein", antwortete Jim, „was für ein Vater?"

„Nicht Vater!" schmunzelte Lukas, „Fata Morgana! Komm zurück in die Emma, dann erkläre ich dir die Sache. Hier draußen ist es ja so heiß wie in einer Bratpfanne."

Sie stiegen wieder in ihr Führerhäuschen, und während der Weiterfahrt erklärte Lukas seinem Freund Jim die Sache mit dem Spiegelkabinett der Fata Morgana.

Ein Spiegelkabinett gibt es ja manchmal auf dem Jahrmarkt. Es ist eine Art Zimmer aus lauter Spiegeln. Wenn man da hineingeht, kann man ganz irr werden, weil man niemals weiß, was Spiegel und was Wirklichkeit ist. Auf dem Jahrmarkt ist das ganz lustig, weil notfalls immer jemand da ist, der einen wieder herausführt. Aber in der Wüste ist das schon eine andere Sache!

Eine Fata Morgana besteht freilich nicht aus Spiegeln. Wo sollten denn auch in einer Wüste auf einmal all die Spiegel herkommen? Nein, man sagt nur so, weil es sich um etwas Ähnliches handelt. Eine Fata Morgana ist eine sogenannte Naturerscheinung. Wenn die Sonne auf die Sandfläche niederbrennt, wird die Luft sehr heiß. Und dann wird sie noch heißer. Und schließlich fängt sie an, vor Hitze zu flimmern. Und wenn die Luft nun immer noch glühender wird, dann fängt sie plötzlich an zu spiegeln wie ein richtiger Badezimmerspiegel. Sie spiegelt aber nicht nur Dinge, die in der Nähe sind, sondern holt im Gegenteil die Spiegelbilder am liebsten von sehr weit her. Dann erscheinen plötzlich Sachen, die viele, viele Meilen entfernt sind. Zum Beispiel kann es geschehen, daß Leute, die in der Wüste wandern, plötzlich vor sich ein Gasthaus erblikken, an dem ein Schild hängt mit der Aufschrift:

FRISCHE LIMONADE, Glas 10 Pfg.

Und wenn sie dann hinlaufen, weil sie vielleicht gerade schrecklichen Durst haben, dann ist alles wieder verschwunden. Dann haben sich die Leute verirrt und wissen nicht mehr, wo sie sind.

Natürlich kann es leicht vorkommen, daß die Spiegelbilder bei dem weiten Weg, den sie bis in die Wüste zurücklegen müssen, ein bißchen durcheinander geraten. Dann gibt es kuriose Erscheinungen, wie sie den beiden Freunden begegnet waren.

„Und zum Schluß", beendete Lukas seine Erklärung, „zum Schluß haben wir sogar unser eigenes Spiegelbild gesehen. Als der leichte Wind aufkam, da kühlte sich die Luft ein wenig ab und hörte auf zu spiegeln."

Jim dachte eine Weile schweigend nach, dann sagte er bewundernd:

„Ich glaube, es gibt einfach nichts, was du nicht weißt, Lukas."

„Doch", antwortete Lukas und lachte, „es gibt eine ganze Menge Dinge, die ich nicht weiß. Zum Beispiel weiß ich nicht, was das da vorne ist."

Sie spähten beide angestrengt auf die Strecke hinaus.

„Mir scheint, da is' eine Spur im Sand", sagte Jim.

„Richtig", brummte Lukas. „Sieht aus, wie eine Wagenspur."

„Wenn es nur nicht wieder eine Fata is'", meinte Jim besorgt. „In so einer Wüste weiß man ja nie, ob man eine Naturerscheinung vor sich hat oder nicht."

Sie fuhren näher, aber diesmal verschwand das Bild nicht. Es waren tatsächlich Spuren im Sand, Spuren von Wagenrädern.

„Das sieht aus", stellte Jim fest, „als ob hier schon vor uns jemand gefahren is'."

Lukas brachte Emma zum Stehen, stieg aus und untersuchte die Spuren.

„Verflixt!" sagte er schließlich und kratzte sich hinter dem Ohr, „hier ist wirklich schon jemand vor uns gefahren. Und weißt du auch wer?"

„Nein. Wer denn?"

„Wir selbst. Das ist Emmas Spur. Scheint fast, als ob wir in einem Riesenkreis zu unserer eigenen Spur zurückgekommen sind."

„Du lieber Himmel!" rief Jim entsetzt. „Wir müssen aber doch irgendwie aus dieser schrecklichen Wüste wieder herausfinden!"

„Stimmt!" bestätigte Lukas. „Fragt sich nur wie!"

Er schaute sich prüfend um.

Rechts von ihnen fuhr eben ein Dampfer über den Himmel, aus dessen Schornstein große bunte Seifenblasen aufstiegen. Links stand ein alter Leuchtturm. Auf seiner obersten Galerie machte ein Walfisch Kopfstand. Hinter sich erblickte Lukas ein stattliches Warenhaus, dem aus Fenstern und Türen Bäume herauswuchsen. Und vor sich sah er eine lange Reihe Telegrafenstangen. Auf den Drähten ging eine Nilpferdfamilie spazieren.

Lukas blickte zum Himmel hinauf. Die Sonne stand dreimal an ganz verschiedenen Stellen. Es war unmöglich festzustellen, welche davon die richtige Sonne und welche eine Spiegelung war.

Lukas schüttelte den Kopf.

„Es hat keinen Zweck", brummte er. „Wir müssen warten, bis die Fata Morgana aufgehört hat. Sonst finden wir hier nie wieder heraus. Wir dürfen auch nicht mehr unnötig Kohle und Wasser verbrauchen.

Wir wissen ja gar nicht, wie lange wir noch mit unserem Vorrat auskommen müssen."

„Wann meinst du denn, daß die Fata aufhört?" erkundigte sich Jim bedrückt.

„Ich denke, nachts", antwortete Lukas, „wenn es nicht mehr so heiß ist."

Sie zogen sich also in das Führerhäuschen zurück, um sich auszuruhen, während sie auf den Sonnenuntergang warteten. Die große Hitze machte beide schläfrig, und Lukas war eben am Einnicken, als Jim plötzlich fragte:

„Warum sie wohl so traurig ausgesehen haben?"

„Wer?" gähnte Lukas.

„Alle", antwortete Jim leise. „Bei der Erscheinung von Lummerland, mein' ich."

„Kann sein, daß wir sie gerade in dem Augenblick gesehen haben, wo unser Brief angekommen ist", meinte Lukas gedankenvoll.

Jim seufzte tief auf. Nach einer Weile sagte er bekümmert: „Lukas, meinst du, wir sehen Lummerland noch mal wieder?"

Lukas legte freundschaftlich seinen Arm um Jims Schulter und tröstete ihn: „Ich hab' das sichere Gefühl, als ob wir eines schönen Tages alle drei nach Lummerland zurückkehren, du, Emma und ich."

Jim hob den Kopf, und seine Augen wurden größer und größer.

„Meinst du wirklich?" fragte er hoffnungsvoll.

„Könnte dir fast mein Wort darauf geben", brummte Lukas.

Jim wurde auf einmal ganz wunderbar leicht und fröhlich zumut, ganz so, als wären sie schon auf der Heimreise. Er wußte, wenn Lukas so etwas sagte, dann war es so gut wie sicher.

„Meinst du, daß es bald is'?" fragte er nur noch.

„Vielleicht, vielleicht auch nicht", erwiderte Lukas. „Ich weiß es nicht. Ist nur so ein Gefühl."

Und nach einer Weile fügte er hinzu: „Versuch jetzt lieber zu schlafen, Jim. Vielleicht müssen wir heute die ganze Nacht durchfahren."

„In Ordnung", sagte Jim, und im selben Augenblick war er auch schon eingeschlafen.

Aber Lukas blieb wach und dachte nach. Er machte sich ziemliche Sorgen. Als er sich eben eine neue Pfeife ansteckte und dabei in die Sonnenglut des Wüstennachmittags hinausblickte, bemerkte er, daß die Geier wiedergekommen waren. In einem großen Kreis hockten sie um Emma herum, geduldig, schweigend und erwartungsvoll. Sie schienen fest damit zu rechnen, daß die Reisenden niemals wieder aus dieser schrecklichen Wüste herausfinden würden.

SECHZEHNTES KAPITEL

in dem Jim Knopf eine wesentliche Erfahrung macht

Jedermann, der einmal eine Wüste durchreist hat, weiß, daß die Sonnenuntergänge dort von ganz besonderer Pracht sind. Der Abendhimmel strahlt in allen Farben, vom feurigsten Orange bis zum zartesten Rosa, Hellgrün und Violett.

Lukas und Jim saßen auf dem Dach ihrer Lokomotive und baumelten mit den Beinen. Dabei aßen sie die Reste aus dem Proviantkorb auf und tranken den letzten Tee aus der goldenen Thermosflasche.

„Jetzt gibt's nichts mehr, bis wir neuen Proviant finden", meinte Lukas sorgenvoll.

Die Hitze hatte etwas nachgelassen. Es war sogar ein leichter Wind aufgekommen, der beinahe kühl über sie hinstrich. Die Luftspiegelungen waren verschwunden, außer einer einzigen, die sich hartnäckig noch eine Weile zu halten versuchte. Es war aber nur eine ganz kleine Naturerscheinung: ein halbes Fahrrad, auf dem ein Igel saß. Es fuhr noch eine

Viertelstunde lang etwas verloren in der Wüste umher, dann löste es sich auf.

Jetzt durften die beiden Freunde ziemlich sicher sein, daß die eben am Horizont untergehende Sonne die wirkliche Sonne war. Und da die Sonne bekanntlich immer im Westen untergeht, konnte Lukas jetzt ganz leicht bestimmen, wo Norden war und wie er zu fahren hatte. Die Abendsonne mußte zum linken Fenster hereinschauen. Das war ganz einfach, und so dampften sie los.

Als sie eine Weile unterwegs waren und die Sonne sich anschickte, hinter dem Horizont zu versinken, fiel Jim etwas Merkwürdiges auf. Bisher waren die Geier ihnen beständig hoch oben in der Luft gefolgt, aber nun drehten plötzlich alle zugleich um und flogen davon. Sie schienen es sogar besonders eilig zu haben. Jim teilte Lukas seine Beobachtung mit.

„Vielleicht haben sie's endlich aufgegeben", knurrte Lukas zufrieden.

Doch in diesem Augenblick stieß Emma plötzlich einen gellenden Pfiff aus, der wie ein Entsetzensschrei klang, und zugleich machte sie ganz von selbst kehrt und raste wie verrückt davon.

Lukas griff nach der Bremse und brachte Emma zum Stehen. Sie hielt zitternd, und schnaufte stoßweise keuchend.

„Nanu, Emma!" rief Lukas. „Was sind denn das für neumodische Sitten?"

Jim wollte etwas sagen, als er zufällig nach hinten hinausblickte, und da blieb ihm das Wort im Halse stecken.

„Da!" konnte er nur noch flüstern.

Lukas fuhr herum. Und was er nun draußen sah, das übertraf einfach alles, was ihm jemals vor Augen gekommen war.

Am Horizont stand ein Riese von so ungeheurer Größe, daß selbst das himmelhohe Gebirge „Die Krone der Welt" neben ihm wie ein Haufen Streichholzschachteln gewirkt hätte. Offenbar war er ein sehr alter Riese, denn er hatte einen langen weißen Bart, der ihm bis auf die

Knie herabhing und merkwürdigerweise zu einem dicken Zopf geflochten war. Wahrscheinlich, weil es auf diese Weise einfacher war, den Bart in Ordnung zu halten. Man kann sich ja vorstellen, wie mühsam es sein muß, einen solchen Urwald jeden Tag zu kämmen! Auf dem Kopf trug der Riese einen alten Strohhut. Wo in aller Welt mochte es nur so riesige Strohhalme geben? Der gewaltige Leib steckte in einem alten, langen Hemd, das freilich größer war, als die allergrößten Schiffssegel.

„Oh!" stieß Jim hervor, „das ist keine Fata! Schnell fort, Lukas! Vielleicht hat er uns noch nicht gesehen."

„Immer mit der Ruhe!" erwiderte Lukas und paffte kleine Wölkchen. Dabei beobachtete er den Riesen scharf. „Ich finde," stellte er fest, „außer seiner Größe sieht der Riese ganz manierlich aus."

„W . . w . . was?" stotterte Jim entsetzt.

„Nun ja", meinte Lukas ruhig, „bloß weil er so groß ist, braucht er doch noch lange kein Ungeheuer zu sein."

„Ja, aber . . .", stammelte Jim, „wenn er aber doch eins is'?"

Jetzt streckte der Riese sehnsüchtig die Hand aus. Dann ließ er sie hoffnungslos wieder sinken, und ein tiefer Seufzer schien seine Brust zu heben. Zu hören war allerdings seltsamerweise nichts. Es blieb ganz still.

„Wenn er uns was tun wollte", sagte Lukas, die Pfeife zwischen den Zähnen, „dann hätte er das längst gekonnt. Er scheint gutartig zu sein. Möchte bloß wissen, warum er nicht näher kommt. Ob er sich am Ende vor uns fürchtet?"

„Oh, Lukas!" stöhnte Jim, dem vor Angst die Zähne zu klappern anfingen, „jetzt is' es aus mit uns!"

„Glaub' ich nicht", erwiderte Lukas. „Vielleicht kann uns der Riese sogar sagen, wie wir aus der verflixten Wüste herauskommen!"

Jim verschlug es die Rede. Er wußte nicht mehr, was er denken sollte.

Plötzlich hob der Riese beide Hände, faltete sie und rief mit einem ganz dünnen armseligen Stimmchen:

„Bitte, bitte, ihr Fremden, lauft nicht fort! Ich will euch gewiß nichts tun!"

Bei seiner Größe hätte die Stimme eigentlich wie ein ganzes Gewitter klingen müssen. Das war aber keineswegs der Fall. Was konnte das für einen Grund haben?

„Mir scheint", brummte Lukas, „das ist ein ganz harmloser Riese. Er kommt mir sogar sehr nett vor. Nur mit seiner Stimme ist irgendwas nicht in Ordnung."

„Vielleicht verstellt er sich!" rief Jim voller Angst. „Er will uns wahrscheinlich fangen und einkochen. Ich hab' mal von so einem Riesen gehört. Bestimmt, Lukas!"

„Du traust ihm nicht, bloß, weil er so mächtig groß ist", antwortete Lukas. „Aber das ist kein Grund. Dafür kann er schließlich nichts."

Jetzt ließ sich der Riese am Horizont auf die Knie nieder und rief mit flehentlich gefalteten Händen:

„Ach bitte, bitte, glaubt mir doch! Ich will euch nichts tun, ich will nur mit euch reden. Ich bin so allein, so schrecklich allein!" Wieder klang die Stimme seltsam kläglich und dünn.

„Der arme Kerl kann einem ja leid tun", sagte Lukas. „Ich werd' ihm mal winken, damit er merkt, daß wir nichts Böses im Sinn haben."

Mit Entsetzen beobachtete Jim, wie Lukas sich aus dem Fenster beugte, höflich die Mütze zog und mit seinem Taschentuch winkte. Jetzt würde das Unheil gleich über sie hereinbrechen!

Der Riese erhob sich langsam. Er schien unschlüssig und ganz verwirrt.

„Heißt das", rief er mit seinem dürftigen Stimmchen, „ich darf näher treten?"

„Jawohl!" schrie Lukas durch die hohle Hand und winkte freundlich mit dem Taschentuch.

Der Riese machte vorsichtig einen Schritt auf die Lokomotive zu. Dann hielt er inne und wartete.

„Er glaubt uns nicht", knurrte Lukas.

Kurz entschlossen stieg er aus und ging dem Riesen winkend entgegen.

Jim verschwamm vor Entsetzen alles vor den Augen. Vielleicht hatte Lukas einen Sonnenstich bekommen?

Aber immerhin konnte er doch seinen Freund Lukas unmöglich allein in eine solche Gefahr hineinlaufen lassen. Also stieg er ebenfalls aus und rannte hinter Lukas her, obwohl ihm dabei die Knie zitterten.

„Warte doch, Lukas!" keuchte er. „Ich komm' mit!"

„Na, siehst du!" sagte Lukas und schlug ihm freundschaftlich auf die Schulter. „Das ist schon viel besser! Angst taugt nämlich nichts. Wenn man Angst hat, sieht meistens alles viel schlimmer aus, als es in Wirklichkeit ist."

Als der Riese sah, wie der Mann und der kleine Junge aus der Lokomotive ausstiegen und winkend auf ihn zukamen, wurde ihm klar, daß er wirklich unbesorgt sein durfte. Sein unglückliches Gesicht hellte sich auf.

„Also, Freunde", rief er mit seiner dünnen Stimme, „dann komme ich jetzt!"

Und damit setzte er sich in Bewegung und schritt auf Jim und Lukas zu. Aber was nun geschah, war so erstaunlich, daß Jim Mund und Nase aufsperrte und Lukas an seiner Pfeife zu ziehen vergaß.

Der Riese kam Schritt für Schritt näher, und bei jedem Schritt wurde er ein Stückchen kleiner. Als er etwa noch hundert Meter entfernt war, schien er nicht mehr viel größer zu sein als ein hoher Kirchturm. Nach weiteren fünfzig Metern hatte er nur noch die Höhe eines Hauses. Und als er schließlich bei Emma anlangte, war er genauso groß wie Lukas der Lokomotivführer. Er war sogar fast einen halben Kopf kleiner. Vor den beiden staunenden Freunden stand ein magerer alter Mann mit einem feinen und gütigen Gesicht.

„Guten Tag!" sagte er und nahm seinen Strohhut ab. „Ich weiß gar nicht, wie ich euch danken soll, daß ihr nicht vor mir weggelaufen seid. Seit vielen Jahren schon sehne ich mich danach, daß einmal jemand so viel Mut aufbringen würde. Aber niemand hat mich bis jetzt näherkommen lassen. Dabei sehe ich doch nur von ferne so schrecklich groß aus. Ach, übrigens — ich habe ganz vergessen, mich vorzustellen: Mein Name ist Tur Tur. Mit Vornamen heiße ich Tur und mit Nachnamen auch Tur."

„Guten Tag, Herr Tur Tur", antwortete Lukas höflich und nahm seine

Mütze ab, „mein Name ist Lukas der Lokomotivführer." Er ließ sich seine Verwunderung kein bißchen anmerken und tat, als sei die sonderbare Begegnung ganz selbstverständlich. Lukas war eben wirklich ein Mann, der wußte, was sich gehört!

Nun raffte sich auch Jim auf, der Herrn Tur Tur noch immer mit offenem Mund angestarrt hatte und sagte: „Ich heiße Jim Knopf."

„Ich freue mich wirklich ungemein", sagte Herr Tur Tur, diesmal zu Jim gewendet. „Vor allem darüber, daß ein so junger Mann wie Sie, mein lieber Herr Knopf, schon so außergewöhnlich beherzt ist. Sie haben mir einen bedeutenden Dienst erwiesen."

„Oh . . . ach . . . ich . . . eigentlich . . ." stotterte Jim und errötete unter seiner schwarzen Haut bis an beide Ohren. Er schämte sich plötzlich ganz gewaltig, denn in Wahrheit war er ja durchaus nicht mutig gewesen. Und im stillen nahm er sich vor, nie wieder vor irgend etwas oder irgendwem Angst zu haben, bevor er ihn oder es nicht aus der Nähe betrachtet hätte. Man konnte ja nie wissen, ob es nicht so ähnlich war wie mit Herrn Tur Tur. Er gab sich in Gedanken selbst das Ehrenwort, immer daran zu denken.

„Wissen Sie", sagte Herr Tur Tur jetzt wieder zu Lukas, „in Wirklichkeit bin ich nämlich gar kein Riese. Ich bin nur ein Scheinriese. Aber das ist eben das Unglück. Deshalb bin ich so einsam."

„Das müssen Sie uns näher erklären, Herr Tur Tur", entgegnete Lukas. „Sie sind nämlich der erste Scheinriese, dem wir begegnen, müssen Sie wissen."

„Ich will es Ihnen gern erklären, so gut ich kann", versicherte Herr Tur Tur. „Aber nicht hier. Darf ich mir erlauben, meine Herren, Sie in meine bescheidene Hütte als Gast zu laden?"

„Wohnen Sie denn hier?" fragte Lukas erstaunt. „Mitten in der Wüste?"

„Allerdings", antwortete Herr Tur Tur lächelnd, „ich wohne mitten im ‚Ende der Welt'. Nämlich bei der Oase."

„Was is' eine Oase?" fragte Jim vorsichtig. Er befürchtete schon wieder irgendeine Überraschung.

„Oase", erklärte Herr Tur Tur, „nennt man eine Quelle oder eine andere Wasserstelle in der Wüste. Ich werde Sie hinführen."

Aber Lukas wollte lieber mit Emma fahren. Schon damit Emma bei der Gelegenheit neues Wasser tanken konnte. Es dauerte jedoch eine ganze Weile, bis Lukas und Jim den ängstlichen Scheinriesen davon überzeugt hatten, daß es ganz ungefährlich sei, mit einer Lokomotive zu fahren. Schließlich stiegen alle drei auf und dampften los.

SIEBZEHNTES KAPITEL

in dem der Scheinriese seine Eigenart erklärt und sich dankbar erweist

Herrn Tur Turs Oase bestand aus einem klaren, kleinen Teich, in dessen Mitte eine Quelle wie ein Springbrunnen plätscherte. Rundherum wuchs frisches saftiges Grün, und mehrere Palmen und Obstbäume hoben ihre Wipfel in den Wüstenhimmel. Unter diesen Bäumen lag ein niedriges blitzsauberes weißes Häuschen mit grünen Fensterläden. In einem kleinen Garten vor der Haustür zog der Scheinriese sogar Blumen und Gemüse.

Lukas, Jim und Herr Tur Tur setzten sich in der Stube um den runden Holztisch und aßen zu Abend. Es gab verschiedene leckere Gemüsesorten und zum Nachtisch einen herrlichen Obstsalat.

Herr Tur Tur war nämlich ein Vegetarier. So nennt man Leute, die niemals Fleisch essen. Herr Tur Tur war ein großer Tierfreund, und deshalb mochte er keine Tiere töten und aufessen. Daß die Tiere trotzdem vor ihm flohen, weil er eben ein Scheinriese war, das stimmte ihn oft sehr traurig.

Während die drei friedlich um den Tisch saßen, stand die alte Emma draußen neben dem Springbrunnen. Lukas hatte die Kuppel hinter ihrem Schornstein aufgeklappt und nun ließ sie behaglich das frische Wasser in ihren Kessel hineinplätschern. Sie war ziemlich durstig von der großen Hitze des Tages.

Nach dem Essen zündete sich Lukas seine Pfeife an, lehnte sich zurück und sagte:

„Danke für die gute Mahlzeit, Herr Tur Tur. Aber nun bin ich gespannt auf Ihre Geschichte."

„Ja", drängte Jim, „erzählen Sie doch bitte!"

„Nun", meinte Herr Tur Tur, „da ist eigentlich nicht viel zu erzählen. Eine Menge Menschen haben doch irgendwelche besonderen Eigenschaften. Herr Knopf zum Beispiel hat eine schwarze Haut. So ist er von Natur aus, und dabei ist weiter nichts Seltsames, nicht wahr? Warum soll man nicht schwarz sein? Aber so denken leider die meisten Leute nicht. Wenn sie selber zum Beispiel weiß sind, dann sind sie überzeugt, nur ihre Farbe wäre richtig, und haben etwas dagegen, wenn jemand schwarz ist. So unvernünftig sind die Menschen bedauerlicherweise oft."

„Und dabei", warf Jim ein, „is' es doch manchmal sehr praktisch, eine schwarze Haut zu haben, zum Beispiel für Lokomotivführer."

Herr Tur Tur nickte ernst und fuhr fort:

„Sehen Sie, meine Freunde: Wenn einer von Ihnen jetzt aufstünde und wegginge, würde er doch immer kleiner und kleiner werden, bis er am Horizont schließlich nur noch wie ein Punkt aussähe. Wenn er dann wieder zurückkäme, würde er langsam immer größer werden, bis er zuletzt in seiner wirklichen Größe vor uns stünde. Sie werden aber zugeben, daß der Betreffende dabei in Wirklichkeit immer gleich groß bleibt. Es scheint nur so, als ob er erst immer kleiner und dann wieder größer würde."

„Richtig!“ sagte Lukas.

„Nun“, erklärte Herr Tur Tur, „bei mir ist das einfach umgekehrt. Das ist alles. Je weiter ich entfernt bin, desto größer sehe ich aus. Und je näher ich komme, desto mehr erkennt man meine wirkliche Gestalt.“

„Sie meinen“, fragte Lukas, „Sie werden gar nicht wirklich kleiner, wenn Sie näher kommen? Und Sie sind auch nicht wirklich so riesengroß, wenn Sie weit entfernt sind, sondern es sieht nur so aus?“

„Sehr richtig“, antwortete Herr Tur Tur. „Deshalb sagte ich, ich bin ein Scheinriese. Genauso, wie man die anderen Menschen Scheinzwerge nennen könnte, weil sie ja von weitem wie Zwerge aussehen, obwohl sie es gar nicht sind.“

„Das ist wirklich sehr interessant“, murmelte Lukas und paffte nachdenklich ein paar kunstvolle Rauchringe. „Aber sagen Sie, Herr Tur Tur, wie ist denn das gekommen? Oder waren Sie schon immer so, auch als Kind?“

„Ich war schon immer so“, sagte Herr Tur Tur bekümmert. „Und ich kann nichts dafür. In meiner Kinderzeit war diese Eigenschaft noch nicht so stark ausgeprägt, nur ungefähr halb so stark wie jetzt. Trotzdem hatte ich niemals Spielkameraden, weil sich alle vor mir fürchteten. Sie können sich vielleicht vorstellen, wie traurig ich war. Ich bin nämlich ein sehr friedlicher und geselliger Mensch. Aber wo ich auch auftauchte, lief alles entsetzt weg.“

„Und warum wohnen Sie jetzt hier in der Wüste ‚Das Ende der Welt‘?“ erkundigte sich Jim teilnahmsvoll. Der feine alte Mann tat ihm richtig leid.

„Das kam so“, erklärte Herr Tur Tur. „Ich bin in Laripur geboren. Das ist eine große Insel im Norden von Feuerland. Meine Eltern waren die einzigen Menschen, die keine Angst vor mir empfanden. Es waren überhaupt sehr liebe Eltern. Als sie gestorben waren, beschloß ich auszuwandern. Ich wollte ein Land suchen, wo die Leute keine Angst vor mir hätten. Ich bin durch die ganze Welt gezogen, aber es war überall das gleiche. Da bin ich zuletzt in diese Wüste gegangen, damit niemand mehr durch mich erschreckt würde. Sie beide, meine Freunde, sind seit meinen Eltern die ersten Menschen, die sich nicht vor mir fürchten. Ich habe mich unbeschreiblich danach gesehnt, einmal noch ehe ich sterbe mit jemandem reden zu können. Sie beide haben mir diesen Wunsch erfüllt. Nun werde ich immer, wenn ich mich einsam fühle, an Sie denken, und es wird mir ein großer Trost sein, daß ich irgendwo in der Welt Freunde habe. Zum Dank dafür möchte ich gern etwas für Sie tun."

Lukas dachte eine Weile schweigend über das Gehörte nach. Auch Jim war tief in Gedanken versunken. Er hätte Herrn Tur Tur gerne irgend etwas Hilfreiches gesagt, aber es fiel ihm nichts Passendes ein.

Endlich unterbrach Lukas die Stille:

„Wenn Sie wollen, Herr Tur Tur, dann können Sie uns tatsächlich einen wichtigen Dienst erweisen."

Und dann erzählte er, woher sie kamen, und daß sie auf dem Wege in die Drachenstadt seien, um die Prinzessin Li Si zu befreien und Jim Knopfs Geheimnis auf die Spur zu kommen.

Als Lukas fertig war, blickte Herr Tur Tur die beiden Freunde voller Hochachtung an und meinte:

„Sie sind wirklich zwei sehr mutige Männer. Ich zweifle nicht, daß Ihnen die Rettung der Prinzessin gelingen wird, obgleich es gewiß sehr gefährlich ist, in die Drachenstadt einzudringen."

„Können Sie uns vielleicht den Weg dorthin beschreiben?" fragte Lukas.

„Das wäre zu unsicher", antwortete Herr Tur Tur. „Ich werde Sie am besten selbst aus der Wüste hinausbegleiten. Allerdings kann ich nur bis zur Region der „Schwarzen Felsen" mitkommen. Von dort aus müssen Sie allein weiterfinden."

Er überlegte ein paar Augenblicke, dann fuhr er fort:

„Da ist aber noch eine Schwierigkeit. Ich lebe nun zwar schon so viele Jahre hier und kenne die Wüste wie meine eigene Tasche, aber tagsüber würde sogar ich mich rettungslos verirren. Die Fata Morgana ist in den letzten Jahren immer schlimmer geworden."

„Da haben wir ja mächtiges Glück gehabt, daß wir Sie getroffen haben, Herr Tur Tur", warf Lukas ein.

„O ja!" erwiderte Herr Tur Tur ernst und runzelte die Stirn. „Allein wären Sie aus dieser Wüste nie wieder herausgekommen. Morgen oder spätestens übermorgen hätten die Geier Sie ganz sicher verspeist."

Jim schauderte.

„Also fahren wir gleich ab", schlug Lukas vor. „Der Mond ist auch schon aufgegangen."

Herr Tur Tur machte schnell noch Brote zurecht und füllte die goldene Thermosflasche des Kaisers von China mit neuem Tee. Dann gingen alle drei hinaus zu der Lokomotive.

Ehe sie abfuhren, wollte Jim gerne noch einmal die sonderbare Riesen-Eigenschaft von Herrn Tur Tur sehen, und Herr Tur Tur erklärte sich bereit, sie vorzuführen.

Der Mond schien so hell und klar, daß man fast so gut sehen konnte wie bei Tage. Jim und Lukas blieben neben Emma stehen, und Herr Tur Tur ging ein Stück weit in die Wüste hinein. Die beiden Freunde konnten beobachten, wie er immer größer und größer wurde, je weiter er sich von ihnen entfernte. Als er wieder zurückkam, wurde er kleiner und kleiner, bis er schließlich wieder in ganz normaler Größe vor ihnen stand.

Dann blieb Lukas allein stehen, und Jim ging mit Herrn Tur Tur weg, um zu sehen, ob er wirklich nur scheinbar größer wurde. Als sie ein Stück von Lukas entfernt waren, drehten sie sich um, und Jim rief:

„Was siehst du, Lukas?"

Lukas antwortete:

„Du bist jetzt nur noch so groß wie mein kleiner Finger, und Herr Tur Tur ist so lang wie ein Telegrafenmast."

Dabei konnte Jim leicht feststellen, daß Herr Tur Tur, neben dem er ja stand, wirklich nicht gewachsen war, sondern immer noch genauso aussah wie vorher.

Und zuletzt blieb Jim neben Emma stehen, und Lukas ging mit Herrn Tur Tur ein Stück weit fort. Nun konnte Jim beobachten, wie Lukas immer kleiner wurde und Herr Tur Tur immer größer. Als die beiden zurückgekommen waren, sagte Jim befriedigt:

„Ja, Herr Tur Tur, Sie sind wirklich ein Scheinriese!"

„Daran besteht kein Zweifel", bestätigte Lukas. „Und nun fahren wir ab, Leute."

Sie stiegen alle drei in das Führerhäuschen, schlossen die Türen und fuhren in die Wüste hinein. Die Dampfwölkchen aus dem Schornstein der guten dicken Emma stiegen in den Nachthimmel empor, immer höher und höher, und zergingen endlich ganz hoch droben, wo leuchtend der große silberne Mond stand.

ACHTZEHNTES KAPITEL

in dem die Reisenden von dem Scheinriesen Abschied nehmen und vor dem „Mund des Todes" nicht mehr weiterkönnen

Die Wüste war flach wie ein Nudelbrett und sah nach allen Seiten ganz gleich aus. Aber Herr Tur Tur war keinen Augenblick unsicher, in welcher Richtung sie fahren mußten. Und so dauerte es noch nicht einmal drei Stunden, da hatten sie schon die nördliche Grenze der Wüste „Das Ende der Welt" erreicht.

Die Landschaft lag im hellen Schein des Mondes, aber dort, wo der Rand der Wüste war, hörte plötzlich alles auf. Es war nichts mehr da, kein Boden, kein Himmel. Einfach gar nichts. Von weitem sah das aus wie eine riesige kohlpechrabenschwarze Finsternis, die vom Wüstensaum aufstieg bis in den Himmel hinein.

„Merkwürdig!“ sagte Lukas. „Was ist das?“

„Das ist die Region der ‚Schwarzen Felsen‘“, erklärte Herr Tur Tur.

Sie fuhren ganz dicht bis dahin, wo das Dunkel begann. Lukas hielt Emma an, und sie stiegen aus.

„Die Stadt der Drachen“, fing Herr Tur Tur an zu erklären, „liegt irgendwo im ‚Land der tausend Vulkane‘. Das ist eine gewaltige Hochebene, die mit Tausenden von großen und kleinen feuerspeienden Bergen bedeckt ist. Wo die Stadt der Drachen genau liegt, weiß ich leider auch nicht. Aber das werden Sie schon herausbekommen.“

„Gut“, meinte Lukas. „Aber was ist dieses Schwarze hier?“

„Müssen wir da vielleicht durch?“ fragte Jim.

„Das wird sich nicht vermeiden lassen“, antwortete Herr Tur Tur. „Sehen Sie, meine Freunde, es ist so: Das ‚Land der tausend Vulkane‘ ist, wie ich schon sagte, eine Hochebene und liegt siebenhundert Meter höher als ‚Das Ende der Welt‘. Der einzige Weg, der dort hinauf führt, geht hier durch die Region der ‚Schwarzen Felsen‘.“

„Hier?“ fragte Jim verwundert. „Ich seh’ aber gar keinen Weg.“

„Nein“, sagte Herr Tur Tur ernst. „Man kann ihn auch nicht sehen. Das ist eben das Geheimnis der ‚Schwarzen Felsen‘. Sie sind nämlich so vollkommen schwarz, daß alle Helligkeit aufgeschluckt wird. Es ist einfach kein Licht zum Sehen mehr da. Nur an besonders strahlenden Sonnentagen bleibt ein ganz kleiner Schimmer übrig. Dann kann man oben am Himmel einen schwachen violetten Fleck erkennen. Das ist die Sonne. Aber sonst gibt es hier nur tiefes Dunkel.“

„Aber wenn nichts zu sehen ist“, fragte Lukas bedenklich, „wie kann man denn da den Weg finden?“

„Die Straße führt von hier ganz schnurgerade hinauf“, erklärte Herr Tur Tur. „Sie ist ungefähr hundert Meilen lang. Wenn Sie immer ganz genau geradeaus fahren, kann nichts passieren. Aber Sie dürfen auf keinen Fall von der Richtung abkommen! Links und rechts gähnen nämlich tiefe, schreckliche Abgründe neben dem Weg, in die Sie unfehlbar hinunterstürzen würden."

„Schöne Aussichten!" knurrte Lukas und kratzte sich hinter dem Ohr. Jim murmelte erschrocken „o jemine" vor sich hin.

„An der höchsten Stelle", fuhr Herr Tur Tur fort, führt die Straße durch ein großes Felsentor. Es heißt ‚Der Mund des Todes'. Dort ist es am allerdunkelsten, und selbst an einem strahlendhellen Sonnentag herrscht dort eine ganz undurchdringliche Finsternis. Sie werden den ‚Mund des Todes' sofort an einem fürchterlichen Heulen und Stöhnen erkennen."

„Warum heult er denn?" fragte Jim, dem recht unbehaglich wurde.

„Das macht der Wind, der ständig durch dieses Felsentor weht", antwortete Herr Tur Tur. „Ich rate Ihnen übrigens, die Türen der Lokomotive fest geschlossen zu halten. Da in dieser Region ewige Nacht herrscht, ist der Wind so kalt, daß ein Wassertropfen zu Eis gefriert, ehe er auf dem Boden ankommt. Sie dürfen auch die Lokomotive nicht verlassen. Um keinen Preis! Sie würden sofort vor Kälte erstarren."

„Danke für die guten Ratschläge!" sagte Lukas. „Ich denke, wir warten mit der Abfahrt lieber bis Sonnenaufgang. Wenn's auch noch so wenig Licht gibt, besser als gar nichts ist es immer noch. Was meinst du, Jim?"

„Ich glaub' auch", erwiderte Jim.

„Dann ist es wohl das beste, ich verabschiede mich jetzt", meinte Herr Tur Tur. „Ich habe Ihnen alles gesagt, was ich weiß, meine Freunde. Und ich möchte lieber nach Hause kommen, ehe es Tag wird. Sie wissen ja, wegen der Fata Morgana."

Sie schüttelten sich die Hände und sagten sich Lebewohl, und Herr Tur Tur bat, wenn die beiden Freunde wieder einmal in die Wüste „Das Ende der Welt" kämen, dann sollten sie ihn doch ja besuchen. Jim und Lukas versprachen es. Und dann machte sich der Scheinriese auf den Heimweg nach seiner Oase.

Die Freunde sahen ihm nach. Seine Gestalt wurde mit jedem Schritt größer und immer größer, bis er schließlich wieder riesenhaft am fernen Horizont stand. Dort drehte er sich noch einmal um und winkte, und Jim und Lukas winkten zurück. Dann schritt Herr Tur Tur weiter und wurde noch größer, aber auch undeutlicher, bis seine ungeheure Gestalt zuletzt am nächtlichen Himmel verschwamm.

„Ein netter Mensch!" sagte Lukas und paffte heftig. „Kann einem wirklich leid tun."

„Ja", meinte Jim gedankenvoll. „Schade, daß er so allein sein muß."

Und dann gingen sie schlafen, um für die Fahrt durch die Region der „Schwarzen Felsen" Kräfte zu sammeln.

Am nächsten Morgen ging die Sonne strahlend hell über der Wüste auf. Jim und Lukas frühstückten, dann riegelten sie die Türen des Führerhäuschens fest zu, schlossen sorgfältig die Fenster und fuhren los, mitten hinein in die kohlpechrabenschwarze Finsternis.

Es war tatsächlich, wie Herr Tur Tur gesagt hatte: Die blendend helle Sonne war bald nicht mehr zu erkennen. Nur ein matter violetter Fleck stand irgendwo hoch oben am schwarzen Himmel. Rundherum war alles vollkommen dunkel.

Lukas knipste an einem Schalter und ließ die Scheinwerfer aufleuchten. Aber es nützte nichts. Das Licht wurde von den schwarzen Felsen aufgeschluckt, und es blieb so finster wie zuvor.

Je länger sie unterwegs waren, desto kälter wurde es. Jim und Lukas hängten sich ihre Schlafdecken über, aber bald half auch das nichts mehr. Obwohl Lukas ganz gewaltig einheizte, drang der Frost doch immer schneidender durch die Fensterscheiben. Jim begann so zu frieren, daß ihm die Zähne aufeinanderschlugen.

Es ging nur sehr, sehr langsam vorwärts. Stunde um Stunde verrann, und nach Lukas' Schätzung hatten sie erst die Hälfte der hundert Meilen zurückgelegt.

Jim half jetzt beim Heizen, denn Lukas kam allein gar nicht mehr

verstrichen noch, und dann hörten sie es plötzlich von weitem gräßlich heulen und stöhnen:

„Huuuuiiiiuuuuiiiioooohhhh!"

Es klang so schauerlich, daß es dafür einfach keine Beschreibung gibt. Man kann es sich nicht vorstellen, wenn man es nicht selbst gehört hat. Der Ton war nicht laut, aber er drang so jammervoll durch die schwarze Einsamkeit, daß es kaum zu ertragen war.

„O jemine!" stammelte Jim, „ich glaub', ich stopf' mir lieber wieder Wachs in die Ohren."

Aber der Kerzenstummel war von der Kälte hart wie Stein geworden und ließ sich nicht kneten. Die Freunde mußten also die trostlosen Klagelaute aushalten.

„Aaaaaaauuuuuuuuuu!" wimmerte es draußen, jetzt schon viel näher.

Lukas und Jim bissen die Zähne zusammen.

In diesem Augenblick blieb Emma stehen und stieß einen langen verzweiflungsvollen Pfiff aus. Irgendwie war sie von der schnurgeraden Linie abgekommen, und nun spürte sie plötzlich, daß direkt vor ihren Rädern der Abgrund gähnte.

„Verflixt!" sagte Lukas und versuchte nacheinander ein paar Hebel. Aber Emma zitterte bloß und weigerte sich weiterzufahren.

„Was hat sie denn?" fragte Jim mit schreckensweiten Augen.

„Keine Ahnung", knurrte Lukas. „Sie will nicht weiter. Wahrscheinlich haben wir den geraden Weg verloren."

„Und was wird jetzt?" flüsterte Jim.

Lukas antwortete nicht. Aber Jim kannte Lukas' Gesicht, wenn höchste Gefahr bestand. Dann wurde der Mund zu einem Strich, die Backenknochen traten hervor, und die Augen wurden ganz schmal.

„Auf jeden Fall darf das Feuer nicht ausgehen", sagte er schließlich. „Sonst sind wir verloren."

„Aber wir können doch nicht einfach hier stehenbleiben", wandte Jim ein.

Lukas zuckte nur die Achseln. Jim fragte nicht weiter. Wenn nicht mal Lukas wußte, was sie tun sollten, dann stand es wohl ziemlich schlimm.

Das Klagen des Windes hörte sich jetzt beinahe schadenfroh an. Es war, als ob der „Mund des Todes" schauerlich lachte:

„Huhuhuhuhohohooooooo!"

„Gib die Hoffnung nicht auf, alter Junge!" tröstete Lukas. Aber es klang nicht sehr überzeugend.

Sie warteten und warteten, und dabei überlegten sie beide angestrengt, was zu tun wäre. Aussteigen konnten sie nicht wegen der Kälte. Außerdem hätte es ja auch nichts genützt. Rückwärtsfahren ging nicht, denn Emma wagte nicht die kleinste Bewegung, weder vorwärts noch zurück. Was sollten sie tun? Nichts konnten sie tun. Aber sie mußten irgend etwas unternehmen! Jede Sekunde, die sie verloren, brachte sie dem Augenblick näher, wo die Kohlen zu Ende waren.

Während sie schweigend weiterschürten und ihr Gehirn zermarterten, ohne daß ihnen etwas einfiel, bereitete sich draußen ihre Rettung vor. Der Dampf, der aus Emmas Schornstein aufstieg, gefror nämlich in der eiskalten Luft und fiel als Schnee herunter. Der klagende Wind trieb die Flocken vor sich her, und nach und nach bedeckte sich die Umgebung rings um die Lokomotive mit Schnee. Die weißen Wirbel senkten sich über die schwarzen Felsen, und wo diese vom Schnee bedeckt waren, konnten sie das Licht nicht mehr aufschlucken, und auf einmal war der Weg zu erkennen. Mitten im schwarzen Nichts schwebte plötzlich ein Stück weiße Straße.

Jim bemerkte es zuerst. Er hatte ein Loch in die Eisblumen am Fenster gehaucht und versuchte hinauszuspähen.

„He, Lukas!" rief er. „Schau doch mal!"

Lukas sah hinaus. Dann richtete er sich auf, nickte Jim ernst zu, holte tief Luft und sagte:

„Wir sind gerettet."

Und dann zündete er sich eine neue Pfeife an.

Nun war Emma auch zu bewegen, weiterzufahren. Sie fand die gerade Linie wieder, und von neuem ging es hinein in die kohlpechrabenschwarze Finsternis.

„Huuuuuooooochchchchchchch!" stöhnte der Wind. Und es klang, als führen sie geradewegs in den geöffneten Todesrachen hinein.

„Oooooooaaaaaahhhhhhhh!" gähnte es. Und dann kamen sie auf der anderen Seite des Felsentores heraus und waren dem „Mund des Todes" entronnen.

„Hiiiiiiiüüüüüü!" seufzte es noch einmal hohl hinter ihnen her, aber es hörte sich schon viel ungefährlicher an. Und dann verhallte das Wehklagen hinter ihnen in der Ferne.

Sie hatten jetzt nur noch zehn Schaufeln Kohle. Aber zum Glück führte der Weg nun abwärts, denn der „Mund des Todes" lag ja an der höchsten Stelle. Lukas warf jede Minute eine Schaufel Kohlen aufs Feuer: Eine Minute — zwei Minuten — drei Minuten — vier — fünf — sechs — sieben Minuten — acht — neun — und — zehn Minuten — — — jetzt war die letzte Schaufel Kohle verheizt. Aber es wurde nicht heller. Immer langsamer rollte die Lokomotive. Gleich würde sie stehenbleiben . . .

Da, im allerletzten Augenblick, war es, als glitten sie durch einen Vorhang hindurch. Licht drang durch die vereisten Fenster herein, helles Sonnenlicht. Emma blieb stehen.

„So, Jim", sagte Lukas, „wie wär's mit einer kleinen Erholungspause?"

„In Ordnung", antwortete Jim und stieß einen tiefen Seufzer der Erleichterung aus.

Sie entfernten mühsam das dicke Eis von den Riegeln und stießen die Tür auf. Warme Luft strömte ihnen entgegen. Sie kletterten hinaus, um ihre erstarrten Glieder in der Sonne aufzutauen.

NEUNZEHNTES KAPITEL

in dem Lukas und Jim einen kleinen Vulkan reparieren und Emma ein anderes Gesicht bekommt

Die beiden Freunde standen breitbeinig vor ihrer Lokomotive, die Hände in den Hosentaschen, und schauten sich die Landschaft an.

Vor ihnen lag das „Land der tausend Vulkane" mit Tausenden und aber Tausenden von feuerspeienden Bergen in jeder Größe. Manche ragten hoch auf wie vielstöckige Häuser, andere wieder waren nur ganz klein, ungefähr wie Maulwurfshügel. Viele befanden sich gerade in voller Tätigkeit, das heißt, sie spuckten Feuer und Flammen, andere rauchten nur still vor sich hin. Aus einigen lief oben ein glühender Schlamm heraus, sie sahen aus wie Töpfe mit überkochendem Grießbrei.

Die Erde bebte ununterbrochen, und die Luft war erfüllt von an- und abschwellendem Grollen und Donnern. Plötzlich gab es einen heftigen Stoß, und mit lautem Krachen öffnete sich eine tiefe Erdspalte. Die ringsum liegenden Vulkane fingen an überzukochen, und der glühende Brei füllte die Kluft langsam wieder aus. Aber schon brach an einer anderen Stelle ein neuer Riß auf. In der Ferne erhob sich ein einzelner riesenhafter Gipfel. Er mochte wohl über tausend Meter hoch sein. Auch aus ihm rauchte es oben heraus.

Lukas und Jim betrachteten eine ganze Weile stumm diese wenig anheimelnde Gegend.

„Ich möcht' bloß wissen", sagte Jim endlich, „was passiert, wenn dieser große Berg da in der Mitte mal überkocht. Dann wird vielleicht das ganze Land mit glühendem Brei zugedeckt. Was glaubst du, Lukas?"

„Schon möglich", antwortete Lukas. Er war gerade mit ganz anderen Überlegungen beschäftigt. „Irgendwo muß hier also die Stadt der Drachen sein", murmelte er, „aber wo?"

„Ja, wo?“ sagte Jim. „Das müßte man wissen.“

„Selbst wenn wir's wüßten“, fuhr Lukas fort, „würde uns das auch nicht viel helfen. Wie sollten wir denn hinkommen?“

„Ja, wie?“ sagte Jim. „Hier können wir nicht weiterfahren. Wir würden im glühenden Brei steckenbleiben oder in eine Erdspalte stürzen. Man kann ja nie wissen, wo sie plötzlich aufbrechen.“

„Und selbst wenn wir das wüßten“, meinte Lukas, „würde es uns auch nichts nützen. Wir können nämlich nicht weiterfahren, weil wir keine Kohlen mehr haben.“

„Oh!“ antwortete Jim erschrocken, „daran hab' ich gar nicht gedacht. Das is' aber eine unangenehme Sache.“

„Verflixt unangenehm“, brummte Lukas. „Holz scheint es hier auch nirgends zu geben. Jedenfalls kann ich nichts entdecken, was einem Baum auch nur im entferntesten ähnlich sieht.“

Sie setzten sich erst einmal hin und aßen ein paar Butterbrote und tranken den Tee des Scheinriesen aus der goldenen Thermosflasche des Kaisers von China. Es mochte ungefähr vier Uhr nachmittags sein, also Teezeit. Außerdem verspürten sie sowieso einen großen Appetit, weil sie ja nicht zu Mittag gegessen hatten.

Als sie fertig waren, Lukas sich eine Pfeife ansteckte und Jim den Deckel auf die Thermosflasche schraubte, kam es ihnen plötzlich vor, als hätten sie ein Geräusch vernommen.

„Pst!“ sagte Jim, „hör mal!“ Sie lauschten. Und da war es wieder. Es klang, als weinte irgendwo ein kleines Schwein.

„Das hört sich an wie eine Stimme“, flüsterte Jim.

„Stimmt“, sagte Lukas, „wie ein Ferkel oder so was. Wollen doch mal sehen, was los ist.“

Sie standen auf und gingen dem Ton nach. Bald hatten sie die Stelle gefunden. Der Klagelaut kam aus einem Vulkan ganz in der Nähe. Aber dieser Vulkan schien erloschen. Er sprühte kein Feuer, es kam kein glühender Brei heraus, er rauchte nicht mal.

Jim und Lukas kletterten auf den Hügel hinauf, der ungefähr so groß war wie ein kleines Haus, und schauten von oben in das Kraterloch hinein. Das Weinen war jetzt ganz deutlich zu hören. Sogar ein paar Worte konnten die Freunde verstehen:

„Ach, ich kann nicht mehr, ich kann einfach nicht mehr! Ooooh, ich armer Wurm . . . !"

Aber zu sehen war nichts, es war stockfinster im Innern des Vulkans.

„Hallo!" rief Lukas hinunter, „ist da jemand?"

Jetzt war es plötzlich totenstill. Auch das Jammern hatte aufgehört.

„Hallo, hallo!" rief Jim mit heller Stimme, „wer is' denn da? Wer hat da eben ‚armer Wurm' gesagt?"

Zunächst blieb es still, aber plötzlich ertönte ein fürchterliches Gekreisch. Im Innern des Vulkans polterte und rumorte es ganz entsetzlich. Die beiden Freunde traten ein wenig zurück, falls vielleicht doch Feuer oder glühende Lava herauskäme.

Aber es geschah nichts dergleichen, sondern es erschien ein dicker Kopf mit großen runden Augen, ein Kopf, der entfernt an ein Nilpferd erinnerte, nur daß er gelb und blau getüpfelt war. Der Kopf saß auf einem zarten Körperchen, an dessen anderem Ende ein langer dünner

Schwanz hing, etwa wie bei einem noch nicht ausgewachsenen Krokodil. Breitbeinig stellte sich das eigenartige Wesen vor Lukas und Jim hin, stemmte die Ärmchen in die Seite und kreischte, so wild es nur konnte:

„Ich bin ein Drache! Puh!"

„Das freut mich", sagte Lukas, „ich bin Lukas der Lokomotivführer."

„Und ich bin Jim Knopf", fügte Jim hinzu.

Der Drache schaute die beiden Freunde verdutzt aus seinen runden Augen an und fragte dann mit einer quiekenden Ferkelstimme:

„Ja, habt ihr denn gar keine Angst vor mir?"

„Nein", antwortete Lukas, „warum sollten wir denn?"

Da fing der Drache fürchterlich zu weinen an, und dicke Tränen rollten aus seinen hervorstehenden Augen.

„Hu hu hu!" heulte das kleine Ungeheuer. „Das hat mir gerade noch gefehlt. Nicht mal Menschen halten mich für einen richtigen Drachen! Das ist ein Unglückstag heute! Hu hu huuuuuuuu!"

„Aber natürlich finden wir, daß du ein richtiger Drache bist", sagte Lukas begütigend. „Wenn wir überhaupt vor irgendwas in der Welt Angst hätten, dann wärst du es. Nicht wahr, Jim?"

Dabei zwinkerte er seinem Freund zu.

„Natürlich", bestätigte Jim. „Aber wir sind zufällig Leute, die niemals Angst haben. Sonst hätten wir schon welche vor dir, und nicht zu wenig!"

„Ach", jammerte der Drache und schluckte bekümmert, „ihr wollt mich nur trösten."

„Nein wirklich!" versicherte Lukas. „Du siehst doch sehr schrecklich aus."

„Ja", meinte Jim, „ganz scheußlich und furchtbar."

„Wirklich?" fragte der Drache ungläubig, und sein dickes Gesicht begann vor Vergnügen zu strahlen.

„Ganz bestimmt", sagte Jim. „Findet denn jemand, daß du kein richtiger Drache bist?"

„Ja, huuuuuhuhuuuuuüüu!" antwortete der Drache und fing aufs neue bitterlich zu schluchzen an. „Die reinrassigen Drachen lassen mich nicht in die Drachenstadt hinein. Sie behaupten, ich wäre bloß ein Halbdrache. Nur weil meine Mutter ein Nilpferd war! Aber mein Vater war ein richtiger Drache."

Lukas und Jim wechselten einen bedeutungsvollen Blick, der soviel hieß wie: Aha! Denn dieser Halbdrache konnte ihnen sicher verraten, wie sie weiterfahren mußten.

„Bist du deshalb so unglücklich?" fragte Lukas.

„Ach nein", schnuffelte der Halbdrache, „aber heute ist ein richtiger Unglückstag für mich. Mein Vulkan ist ausgegangen, und ich bring' und bring' ihn nicht wieder zum Brennen. Ich hab' schon alles versucht, aber es hilft nichts."

„Na, dann laß uns doch mal nachsehen!" bot Lukas an. „Wir sind Lokomotivführer und verstehen uns auf Sachen, die mit Feuer zusammenhängen."

Der Halbdrache wischte sich sofort die Tränen ab und machte runde Augen.

„Ach, das wäre aber wunderbar!" quiekte er. „Da wäre ich furchtbar dankbar. Es ist nämlich eine Schande für unsereins, wenn einem der Vulkan ausgeht."

„Ich verstehe", sagte Lukas.

„Übrigens", fuhr der Halbdrache eifrig fort, „ich habe mich noch gar nicht vorgestellt. Ich heiße Nepomuk."

„Das ist ein hübscher Name", sagte Lukas.

„Aber das ist doch ein Menschenname", warf Jim ein. „Paßt der denn für einen Drachen?"

„Meine Mutter, das Nilpferd", antwortete Nepomuk, „hat mich so getauft. Sie wohnte in einem Zoo und verkehrte viel mit Menschen. Daher kommt das. Drachen heißen meistens anders."

„Ach so!" sagte Jim.

Dann stiegen sie nacheinander durch den Krater in den Vulkan hinein.

Als sie unten waren, zündete Lukas ein Streichholz an und schaute sich um. Sie standen in einer geräumigen Höhle. Die eine Hälfte wurde von einem riesigen Kohlenberg ausgefüllt, auf der anderen Seite stand ein großer, offener Herd. Über dem Herd hing an einer Kette ein gewaltiger Kessel. Alles war rußgeschwärzt, und es stank atemberaubend nach Schwefel und allem möglichen anderen Zeug.

„Hübsch hast du's hier, Nepomuk", sagte Lukas höflich und blickte dabei nachdenklich auf den Kohlenhaufen.

„Aber du hast ja gar kein Bett!" meinte Jim verwundert.

„Ach, wißt ihr", sagte Nepomuk, der Halbdrache, „ich schlaf' am liebsten auf den Kohlen. Das macht so angenehm schmutzig, und man muß sich nicht jeden Morgen erst extra vollschmieren."

Bei Drachen ist es nämlich umgekehrt wie bei Menschen. Menschen waschen sich morgens und abends, damit sie immer schön sauber sind, und Drachen schmieren sich morgens und abends voll, damit sie immer hübsch schmutzig sind. Das gehört sich nun mal bei Drachen so.

Lukas hatte sich inzwischen an dem großen Herd zu schaffen gemacht. Nach ein paar Minuten hatte er den Fehler schon gefunden.

„Aha!" sagte er. „Der Rost ist 'rausgefallen und der Durchzug ist verstopft."

„Wird es lange dauern, das in Ordnung zu bringen?" fragte Nepomuk und sah aus, als wollte er gleich wieder losweinen.

Lukas war eben dabei, zu versichern, daß es gar nicht schwierig sei, als ihm etwas anderes einfiel. Er sagte:

„Ich will sehen, was ich tun kann. Eigentlich ist die Geschichte überhaupt nicht mehr zu reparieren. Du müßtest dir einen neuen Herd anschaffen. Aber vielleicht kann ich's noch mal schaffen. Du hast Glück, daß gerade zwei Lokomotivführer hergekommen sind."

Er hatte nämlich so seinen Plan, und da mußte er schon ein bißchen übertreiben.

„Jim", fuhr er mit tiefernster Miene fort, „klettere doch schnell mal hinaus und lauf zu unserer Lokomotive! Bring den Kasten mit den Spezialinstrumenten, du weißt schon, und vergiß nicht die Operationslampe!"

„In Ordnung", antwortete Jim ebenso ernsthaft, kletterte hinauf und war im Nu mit dem Werkzeugkasten und der Taschenlampe wieder zurück.

„So, mein lieber Nepomuk!" sagte Lukas mit gerunzelter Stirn. „Jetzt mußt du uns ein bißchen allein lassen, bitte. Ich und mein Assistent, wir können nämlich nicht arbeiten, wenn uns jemand dabei zuschaut."

Nepomuk warf einen ehrfürchtigen Blick auf den Kasten, in dem die Werkzeuge geheimnisvoll blinkten. Dann kletterte er aus dem Vulkan und setzte sich erwartungsvoll neben das Loch. Bald hörte er, wie unten gehämmert und gefeilt wurde. Die beiden Lokomotivführer schienen ja wirklich mächtig tüchtige Leute zu sein!

In Wirklichkeit hatte Lukas den Rost mit einem einzigen Handgriff eingesetzt und danach den Durchzug sauber gemacht. Alles war wieder in Ordnung. Die beiden Freunde saßen jetzt ganz gemütlich nebeneinander, zwinkerten sich schmunzelnd zu und klopften mit Hämmern und Feilen gegen den Herd und den Kessel, daß es sich anhörte wie in einer Schmiedewerkstatt.

Nach einer Weile fragte Nepomuk durch das Loch herunter:

„Kommt ihr gut vorwärts?"

„Es ist schwerer als ich dachte!" rief Lukas hinauf. „Aber ich hoffe, wir schaffen's!"

Und sie klopften und hämmerten weiter. Jim mußte sich das Lachen verbeißen. Nepomuk saß oben neben dem Krater, hörte der Arbeit zu und war überaus dankbar, daß er gerade im richtigen Augenblick zwei Lokomotivführern begegnet war.

Nach einer Weile meinte Lukas leise zu Jim:

„So, ich denke, jetzt ist es genug."

Sie hörten zu hämmern auf, und Lukas zündete das Feuer im Herd an.

Die Flammen züngelten auf, und der Qualm zog oben zum Loch hinaus. Alles funktionierte ausgezeichnet.

Als Nepomuk den Rauch aufsteigen sah, geriet er ganz außer sich vor Freude. Er hatte zuletzt doch ein wenig daran gezweifelt, ob die beiden Lokomotivführer einen so entsetzlich schwierigen Schaden beheben könnten. Jetzt tanzte er oben um das Loch herum und quiekte mit seiner Ferkelstimme:

„Es geht! Es geht! Mein Vulkan brennt wieder! Hurra! Es funktioniert!"

Jim und Lukas kletterten zu ihm hinauf.

„Vielen Dank!" sagte Nepomuk, als beide vor ihm standen.

„Bitte, gern geschehen!" erwiderte Lukas bedächtig. „Ich habe nun allerdings auch eine kleine Bitte."

„Ja? Was denn?" fragte Nepomuk, der Halbdrache.

„Weißt du", sagte Lukas, „mir sind nämlich gerade die Kohlen ausgegangen. Du hast doch einen ganz schönen Berg davon. Hättest du etwas dagegen, wenn wir unseren Tender aus deinem Vorrat neu auffüllen würden?"

„Aber gar nicht!" rief Nepomuk und lächelte freundlich, soweit das bei seinem Riesenmaul möglich war. „Ich werde das gleich selbst besorgen."

Jim und Lukas wollten helfen, aber Nepomuk bestand darauf, es allein zu tun.

„Ihr beide habt schwer für mich gearbeitet, ihr sollt euch jetzt ausruhen", erklärte er. Dann kletterte er in seinen Vulkan hinunter, tauchte gleich darauf mit einem großen Eimer voll Kohlen wieder auf, lief damit zu Emma hin und leerte ihn in den Tender. Dann kehrte er in seine Höhle zurück und füllte den Eimer aufs neue, und das wiederholte er so oft, bis der Tender gehäuft voll war. Die beiden Freunde schauten ihm zu und hatten ein etwas schlechtes Gewissen.

Endlich war der Halbdrache fertig.

„Uff!" keuchte er und wischte sich den Schweiß von der Stirn, „ich glaube, jetzt ist es genug! Es geht nichts mehr hinein!"

„Vielen Dank, Nepomuk!" sagte Lukas beschämt. „Das war aber wirklich sehr, sehr liebenswürdig von dir. Würdest du vielleicht gern mit uns Abendbrot essen?"

Es war nämlich inzwischen ziemlich spät geworden, und die Sonne senkte sich dem Horizont zu.

„Was habt ihr denn?" erkundigte sich Nepomuk und bekam sofort ganz gierige Augen.

„Tee und belegte Brote", antwortete Jim.

Nepomuk machte ein enttäuschtes Gesicht.

„Ach nein, danke", sagte er, „solche Sachen verträgt mein Magen nicht. Ich esse lieber eine ordentliche Portion Lava."

„Was is' Lava?" wollte Jim wissen. „Schmeckt das gut?"

„Lava ist die Lieblingsspeise aller Drachen", erklärte Nepomuk mit würdevollem Stolz. „Es ist ein glühender Brei aus geschmolzenem Eisen und Schwefel und allerhand anderen feinen Sachen. Ich habe einen großen Kessel voll. Wollt ihr mal versuchen?"

„Lieber nicht", sagte Jim und Lukas wie aus einem Mund.

Also holten sich die beiden Freunde ihren Proviant aus der Lokomotive, und Nepomuk holte sich seinen Kessel voll Lava. Dann setzten sie sich zusammen und aßen zu Abend. Allerdings war Nepomuk kein sehr appetitlicher Tischgenosse. Er schmatzte und schlürfte und spritzte mit dem glühenden Brei um sich herum, daß Jim und Lukas richtig achtgeben mußten, damit sie nicht ganz und gar bekleckert und angesengt wurden. Nepomuk war zwar nur ein Halbdrache, aber er gab sich alle Mühe, sich möglichst wie ein reinrassiger Drache zu benehmen.

Als er endlich satt war, kippte er den Rest aus seinem Kessel einfach in eine Erdspalte in der Nähe. Dann leckte er sich das Maul, klopfte sich auf den prallen Bauch und rülpste herzhaft. Dabei stiegen ihm zwei schwefelgelbe Rauchkringel aus beiden Ohren.

Auch die beiden Freunde hatten ihre Mahlzeit beendet. Jim brachte die restlichen Brote und die Thermosflasche in die Lokomotive zurück, während Lukas sich seine Pfeife ansteckte. Dann unterhielten sie sich noch eine Weile über dies und das. Schließlich sagte Lukas beiläufig:

„Wir möchten gerne in die Drachenstadt. Weißt du, wie man dahin kommt, Nepomuk?"

„Natürlich weiß ich, wie man hinkommt", erwiderte Nepomuk. „Was wollt ihr denn dort?"

Sie erklärten ihm ihr Vorhaben in aller Kürze. Als sie damit fertig waren, meinte Nepomuk:

„Eigentlich sollten wir Drachen ja zusammenhalten, und ich dürfte euch nichts verraten. Aber ihr habt mir geholfen, und die Drachen in Kummerland sind immer nur häßlich zu uns Halbdrachen und lassen uns nicht hinein. Ich werde also zu euch halten, damit sich die Drachen ärgern. Ich werde Rache üben. Seht ihr dort den hohen Gipfel?"

Er zeigte mit der Tatze auf den riesenhaften Vulkan, der in der Mitte des Landes lag.

„In diesem Berg", fuhr er fort, „liegt die Stadt der Drachen. Der Gipfel ist oben offen. Er ist nämlich ein Krater."

„Was is' das, ein Krater?" erkundigte sich Jim.

„Ein Krater ist – naja, ein Krater ist eben ein Krater", antwortete Nepomuk verwirrt. „Der Berg ist innen hohl und nach oben offen, ungefähr wie eine große Schüssel oder so was."

„Aha", sagte Jim.

„Und auf dem Boden dieses Kraters", erklärte Nepomuk weiter, „liegt eben die Drachenstadt Kummerland. Sie ist riesengroß und viele tausend Drachen wohnen dort. Sie haben sich dahin zurückgezogen, seit es auf der übrigen Welt für sie zu gefährlich geworden ist. Nur noch ganz selten machen einige von ihnen Ausflüge in andere Länder."

„Aber woher kommt der Rauch, der oben aus dem Berg steigt?" wollte Jim wissen. „Haben sie dort auch solche Herde wie du?"

„Natürlich“, antwortete Nepomuk, „aber hauptsächlich kommt er von den Drachen selber. Drachen speien doch Rauch und Feuer.“

Wie zum Beweis für seine Worte rülpste er wieder und ließ schwefelgelbe Dampfwölkchen und ein paar Funken aus seiner Nase und seinen Ohren aufsteigen. Es wirkte allerdings ein bißchen kümmerlich.

„Aha“, meinte Jim, „so is' das!“

„Und wie kommt man in die Drachenstadt hinein?“ fragte Lukas und stieß ebenfalls ein paar Rauchwölkchen aus.

„Ja, das ist es eben“, seufzte Nepomuk und stützte den dicken Kopf nachdenklich in die linke Tatze. „Es ist ganz unmöglich hineinzukommen. Sogar für mich.“

„Aber es muß doch einen Eingang geben?“ fragte Jim.

„Allerdings“, entgegnete Nepomuk, „es gibt einen, eine Höhle, die durch die Wand des Berges in die Drachenstadt hineinführt. Aber leider wird dieser Eingang Tag und Nacht von Drachenwächtern bewacht. Und die lassen niemand an sich vorbei, der nicht wie ein richtiger Drache aussieht.“

„Gibt es denn keinen zweiten Eingang?“ forschte Lukas.

„Nein“, meinte Nepomuk, „nicht daß ich wüßte.“

„Zum Beispiel einen Fluß, der aus der Drachenstadt herausfließt?“ deutete Lukas vorsichtig an.

„Nein“, versicherte Nepomuk, „davon habe ich nie gehört. Dieser Fluß müßte ja durch das ‚Land der tausend Vulkane‘ fließen, und wir Halbdrachen würden ihn kennen. Nein, es gibt keinen Fluß und keinen zweiten Eingang.“

„Das ist seltsam“, brummte Lukas. „Wir dachten nämlich, der Gelbe Fluß entspränge in der Drachenstadt.“

Aber Nepomuk schüttelte nachdrücklich den Kopf und erklärte: „Das kann nicht sein!“

„Wie sehen denn eigentlich reinrassige Drachen aus?“ fragte Jim in Gedanken versunken.

„Ach, ganz verschieden", antwortete Nepomuk. „Sie dürfen vor allem keinem anderen Tier ähnlich sehen, sonst sind sie nämlich nicht mehr reinrassig. Ich zum Beispiel sehe leider meiner Mutter, dem Nilpferd, entfernt ähnlich. Ja, und außerdem muß ein Drache eben Feuer und Rauch speien können."

Alle drei dachten eine Weile nach. Endlich schlug Jim vor:

„Vielleicht könnten wir Emma einfach als Drachen verkleiden? Sie sieht keinem anderen Tier ähnlich, und Feuer und Rauch speien kann sie auch."

„Jim!" rief Lukas überrascht. „Das ist eine ganz famose Idee!"

„Ja, wirklich", bestätigte Nepomuk. „Das wäre tatsächlich eine Möglichkeit. Ich kenne Drachen, die ganz ähnlich aussehen."

„Jetzt bleibt nur noch die Frage", meinte Lukas, „wie kommen wir bis zu dem Berg? Wir möchten natürlich nicht gern in eine Erdspalte fallen oder im glühenden Schlamm steckenbleiben."

„Nun, das ist ganz einfach", antwortete Nepomuk eifrig. „Ich führe euch hin, dann kann euch nichts passieren. Ich weiß nämlich genau, um welche Zeit und an welcher Stelle Erdspalten aufbrechen oder die Lavakessel ausgeleert werden. Ja, ja, wir Halbdrachen haben das natürlich untereinander festgelegt. Sonst würde ja alles drunter und drüber gehen."

„Ausgezeichnet!" sagte Lukas vergnügt. „Dann wollen wir uns gleich ans Werk machen und unsere gute alte Emma als Drachen verkleiden."

Nepomuk kletterte in seinen Vulkan hinab und schleppte einen Topf mit roter Rostschutzfarbe herbei. Außerdem setzte er einen Kessel Lava auf den Herd.

Jim und Lukas suchten alle Decken hervor und banden sie mit Stricken über das Führerhäuschen.

Als sie damit fertig waren, kam Nepomuk mit seiner Lava an, die inzwischen flüssig geworden war. Da er ein Halbdrache war, konnte er den glühenden Brei anfassen, ohne sich die Finger zu verbrennen.

Er knetete und strich und patschte auf der Emma herum und modellierte ihr oben einen großen Buckel und vorn eine lange häßliche Nase und an den Seiten Stacheln und Schuppen. Die Lava wurde, sobald sie abkühlte, hart wie Beton. Und ganz zuletzt bemalten sie das Ganze noch möglichst schauerlich mit der roten Farbe und pinselten der guten dicken Emma auf ihr gemütliches Gesicht eine gräßliche Drachenfratze auf. Emma ließ alles still über sich ergehen. Sie machte recht ratlose und dumme Augen dazu, denn sie verstand wieder einmal nichts von allem, was um sie her vorging.

Bei Sonnenuntergang war das Werk beendet. Lukas versteckte sich im Führerhäuschen und ließ Emma zur Probe ein bißchen herumfahren und Rauch und Feuerfunken speien. Es wirkte tatsächlich sehr drachenmäßig.

Dann verabredeten sie sich für den nächsten Morgen und gingen schlafen, Nepomuk auf seinen Kohlenhaufen und die beiden Freunde in das Führerhäuschen ihrer Drachen-Lokomotive.

ZWANZIGSTES KAPITEL

in dem Emma von einem reinrassigen Drachen zum Abendbummel eingeladen wird

Am nächsten Morgen brachen die Reisenden frühzeitig auf, denn Nepomuk hatte behauptet, der Weg zur Drachenstadt sei noch viel, viel weiter als es den Anschein hätte. Bald erwies sich, daß diese Warnung nicht übertrieben war. Wegen der vielen Erdspalten und Lavabäche konnten sie nämlich nicht einfach geradeaus fahren, sondern sie mußten fortwährend große Umwege machen. Es war wie in einem Irrgarten.

Nepomuk hatte sich ganz vorn auf Emmas Kessel gesetzt und benützte seinen dünnen Schwanz als Winker. Er streckte ihn mal rechts, mal links hinaus und zeigte Lukas auf diese Weise die Richtung an.

Auf ihrem Weg trafen sie ein paar andere Halbdrachen, die neugierig aus ihren Vulkanen herauslugten. Manche waren kaum größer als Maulwürfe oder Heuschrecken, andere hatten entfernte Ähnlichkeit mit Känguruhs oder auch mit Giraffen, je nach ihren verwandtschaftlichen Verhältnissen. Sobald sie die verkleidete Emma sahen, zogen alle erschrocken die Köpfe zurück. Offenbar glaubten sie, ein großer schrecklicher Drache spaziere durch ihr Land. Lukas und Jim waren von dieser Wirkung äußerst befriedigt.

Als sie endlich in die Nähe der Eingangshöhle zur Drachenstadt kamen, gab Nepomuk das Haltezeichen. Lukas brachte Emma zum Stehen, und der Halbdrache stieg ab.

„So", erklärte er, „jetzt findet ihr schon allein weiter. Ich lauf' lieber wieder nach Hause. Ich möchte nämlich keinem reinrassigen Drachen begegnen. Man weiß nie, wie sie gerade aufgelegt sind."

Die beiden Freunde bedankten sich nochmals herzlich für die Hilfe. Nepomuk wünschte ihnen guten Erfolg, und dann verabschiedeten sie sich voneinander.

Lukas und Jim fuhren mit Emma weiter, und der Halbdrache winkte ihnen nach, bis sie um eine Bergecke verschwanden.

Dann stapfte der Halbdrache den langen Weg zu seinem kleinen Vulkan zurück.

Wenige Minuten später hatte Emma den Eingang zur Drachenstadt erreicht.

Es war eine riesige, rußgeschwärzte Höhlenöffnung, aus der es ein wenig herausrauchte wie aus einem Ofenloch.

Über der Einfahrt zur Drachenstadt hing eine große Steinplatte, auf der zu lesen stand:

„So, Jim, alter Junge", sagte Lukas, „jetzt geht's los!"

„In Ordnung", antwortete Jim.

Und dann fuhren sie in die Höhle hinein. Es war stockfinster, und Lukas ließ Emmas Scheinwerferaugen aufstrahlen, damit sie den Weg sehen konnten.

Als sie etwa die Mitte der Höhle erreicht hatten, tauchten plötzlich aus der Finsternis zwei rotglühende Augen auf, so groß wie Fußbälle. Rasch zogen Lukas und Jim die Decken vor den Fenstern zu und lugten nur noch durch einen winzigen Spalt hinaus. Jetzt mußte es sich entscheiden, ob Emmas Drachenverkleidung echt wirkte. Wenn nicht – ja, was dann geschehen würde, war nicht auszudenken!

Langsam, ganz langsam rollte die Lokomotive auf die beiden rotglühenden Fußbälle zu. Sie gehörten zu einem Drachen, dessen Leib etwa dreimal so groß und dick war wie Emma. Er hatte einen widerlich langen Hals, der zu einer Spirale geringelt auf seinen Schultern lag. Darauf saß ein Kopf von der Größe und Form einer Kommode. Das Scheusal hockte aufrecht mitten auf dem Weg. Es schien ganz unmöglich, an ihm vorbeizukommen. Den langen, stachelbespickten Schwanz hatte es elegant über die linke Schulter geworfen, und mit der rechten Tatze kratzte es sich unerhört nachlässig seinen fetten gelbgrünen Bauch, auf dem ein dicker Nabelknopf wie ein Schlußlicht funkelte.

Als Emma vor ihm stehenblieb, streckte es ruckartig seine Halsspirale aus und betrachtete die Lokomotive von allen Seiten. Dabei brauchte es weder aufzustehen noch herumzugehen. Das war das Praktische an diesem schlauchartigen Körperteil. Nachdem der Drache Emma eingehend geprüft hatte, verbreitete sich ein freundliches Grinsen auf seinem Gesicht, was ihm einen äußerst unsympathischen Ausdruck verlieh.

„Hua! Hua! Hua!" lachte der Drache mit einer Stimme, die sich anhörte wie ein ganzes Sägewerk. „Du hast aberrrrr ein Parrrr hübsche, glänzzzzzende Augen!" Und dann lachte er wieder: „Hua! Hua! Hua!"

„Er hält Emma für ein Drachenfräulein", flüsterte Lukas. „Das ist ausgezeichnet."

Der Drache grunzte und zwinkerte schelmisch mit einem roten Fußballauge. Dabei versuchte er Emma in die Seite zu kneifen. Sie stieß einen erschrockenen Pfiff aus.

„Hua! Hua! Hua!" lachte der Drache und schüttelte seinen fetten gelbgrünen Bauch, daß das Schlußlicht auf und nieder tanzte. „Du gefällst mirrrr. Hast wirrrrklich hübsche Augen. Und stinkst auchchchch so gut nachchchch Rauchchchchch!"

Emma schlug verschämt ihre Scheinwerferaugen nieder. Sie genierte sich entsetzlich und wußte ganz und gar nicht, was sie von diesen Komplimenten halten sollte.

Jim und Lukas, die durch den Spalt zwischen den herunterhängenden Decken hinausspähten, entdeckten jetzt, daß sich neben der Haupthöhle noch ein Seitenraum befand, wo im Feuerschein ein paar Drachen von der gleichen Sorte saßen. Offensichtlich warteten sie darauf, ihren Kollegen bei der Wache abzulösen. Der versuchte eben, Emma unter dem Kinn zu krabbeln, wobei er sie blöde und neckisch anglotzte.

„Sssssssag mir deine Adrrrrresssse, dann hol' ichchchch dichchchch späterrrr zzzzu einem kleinen Spazzzierrrrrgang ab. Ichchch hab' bald dienstfrrrrrrei!"

Emma blickte den Drachen verständnislos an.

„Jetzt wird's brenzlig!" flüsterte Lukas. „Hoffentlich schöpft er keinen Argwohn."

„Chchchch!" fauchte der Drache ärgerlich. „Gesprrrächig bissssst du ja nichchchcht gerrrade, du dicke, gerrrrräucherrrte Drrrachenwurrrrst!"

Jim und Lukas wechselten einen besorgten Blick. Doch zum Glück rief in diesem Augenblick einer der anderen Drachen aus dem Nebenraum herüber:

„Achchch, Brrrüll-Popel, nun laßßßß dochchch die Kleine in Rrrrrruhe! Siehst dochchchch, daßßßß sie mit dirrrr nichchcht rrrrrreden mag."

„Gott sei Dank!" seufzte Jim leise.

„Grrrrr!" grollte der Drache und spuckte wütend eine grüne Stichflamme mit lila Rauch aus. „Also machchch, daßßß du weiterrrr kommst! Chchchchch!"

Damit gab er erbost den Weg frei. Lukas zog am Hebel, Emma setzte sich in Bewegung und rollte so rasch wie möglich davon. Vorsichtshalber sorgte Lukas dafür, daß sie dabei möglichst viel Rauch und Funken ausstieß, als ob sie empört und beleidigt sei, damit der Drache nicht am Ende noch nachträglich Argwohn schöpfte.

Bald hatten sie die Höhle durchquert und vor ihnen lag die Stadt der Drachen. Es war auf den ersten Blick zu erkennen, daß es sich um eine richtige Großstadt handelte. Die Häuser waren aus riesigen grauen Steinblöcken gebaut und Hunderte von Stockwerken hoch. Die Straßen glichen finsteren Schluchten. Wenn man den Kopf zurücklegte und senkrecht nach oben schaute, konnte man vielleicht gerade noch ein kleines Fleckchen Himmel sehen. Aber dieses kleine Fleckchen Himmel war völlig verdüstert von den dicken Rauch- und Gasschwaden, die überall aufstiegen. Wie Nepomuk schon erzählt hatte, wurde dieser abscheuliche Brodem von den Drachen verursacht, die zu Tausenden in den Straßen herumwimmelten und Feuer und Rauch aus ihren Mäulern, Nasen und Ohren bliesen. Manche Drachen hatten zu allem Überfluß sogar noch eine Art Auspuff hinten an der Spitze ihres Schwanzes, aus dem ebenfalls dicker grüner und gelber Qualm dampfte.

Es herrschte ein entsetzlicher Lärm. Die Drachen kreischten, rasselten, knurrten, polterten, zankten sich, gröhlten, johlten, husteten, schrien, heulten, lachten, pfiffen, beschimpften sich, niesten, keuchten, ächzten, stampften, klirrten, zischten, und ich weiß nicht, was noch alles.

Übrigens gab es die verschiedensten Sorten von Drachen. Manche waren bloß so klein wie Dackel, andere dagegen hatten die Ausmaße eines ganzen Güterzuges. Viele patschten und watschelten dick und schwabblig daher wie Kröten von der Größe eines Autos. Wieder andere sahen eher aus wie telegrafenstangenlange magere Raupen. Einige hatten über tausend Füße, manche besaßen nur ein einziges Bein, auf dem sie ganz absonderlich herumhüpften, und noch andere hatten überhaupt keine Beine, sondern rollten sich wie Tonnen die Straße entlang. Das machte natürlich einen ohrenbetäubenden Spektakel. Außerdem gab es sogar Drachen, die Flügel hatten. Sie flogen teils wie Fledermäuse, teils schwirrten sie wie riesige Käfer oder Libellen herum. Sie brummten und rasselten durch die stickige Luft und flogen geschäftig an den vielen Stockwerken hinauf und hinunter. Alle schienen es immerfort ganz unerhört eilig zu haben. Sie rannten hastig durcheinander, rempelten sich an, stiegen übereinander weg, trampelten unbekümmert auf Köpfe und Glieder der anderen und benahmen sich überhaupt sehr unliebenswürdig.

Wo Jim und Lukas einen Blick in die Fensterhöhlen werfen konnten, sahen sie Drachen bei den verschiedensten Beschäftigungen. Manche kochten zum Beispiel gerade auf dem Feuer, das aus ihren Nasenlöchern sprühte, Kaffee, oder buken Pfannkuchen. Natürlich handelte es sich dabei um Drachenkaffee und Drachenpfannkuchen aus Teer und Knochenmehl, gewürzt mit Gift und Galle, Glasscherben und rostigen Reißnägeln.

Nur etwas konnten die beiden Freunde nirgends entdecken: Kinder. Weder Drachenkinder, noch andere. Richtige Drachen bekommen nämlich keine Kinder. Sie haben das auch gar nicht nötig, weil sie nicht sterben, außer wenn jemand sie tötet. Von allein sterben sie nie, sondern werden einfach immer älter. Und andere Kinder gab es natürlich erst recht nicht, und das war sehr gut. Sie hätten ja nirgendwo einen Platz zum Spielen gehabt. Auf den Straßen wären sie einfach totgetrampelt worden, und Wiesen oder so etwas Ähnliches gab es nicht. Es gab auch keine Bäume zum Hinaufklettern. Es gab überhaupt nichts Grünes. Rund um diese unzähligen Straßenschluchten mit ihrem Gestank und ihrem Lärm stieg der Rand des großen Kraters auf wie eine riesenhafte dunkle Mauer. Wie man sieht, trug diese Stadt nicht zu Unrecht ihren Namen: Kummerland.

EINUNDZWANZIGSTES KAPITEL

in dem Jim und Lukas eine Schule in „Kummerland" kennenlernen

Als Emma eine Weile in den Straßen umhergeirrt war, tauchte eine unvorhergesehene Schwierigkeit auf. Wie sollten die beiden Freunde in dieser riesigen Stadt jemals die „Alte Straße" finden? Sie konnten ja nicht einfach aussteigen und jemand danach fragen. Es gab nur die eine Möglichkeit: Sie mußten sich aufs Geratewohl auf die Suche machen. Das konnte allerdings Stunden dauern, aber da half nun einmal nichts. Doch sie hatten Glück. Schon an der nächsten Straßenkreuzung entdeckte Lukas, als er vorsichtig zwischen den Decken hinauslugte, an einer Ecke ein Steinschild mit der Aufschrift:

Jetzt brauchten sie nur noch den Hausnummern zu folgen, die über den Eingängen eingemeißelt waren.

Kurze Zeit später hatten sie auch schon das Haus Nummer 133 gefunden.

„Hast du Angst, Jim?" fragte Lukas leise.

Jim dachte schnell nochmal an den Scheinriesen,

und daß alles von nahem besehen vielleicht gar nicht so gefährlich sein würde, wie es jetzt schien. Entschlossen sagte er:

„Nein, Lukas."

Und dann fügte er, um bei der vollen Wahrheit zu bleiben, hinzu: „Jedenfalls nicht viel."

„Schön", meinte Lukas, „dann kann's also losgehen."

„Ja", antwortete Jim, „es kann losgehen."

Lukas lenkte Emma vorsichtig durch das riesige Haustor. Sie kamen in ein Treppenhaus, das so geräumig war wie eine Bahnhofshalle. Die Treppe führte in einer gewaltigen Spirale immer rundherum, höher und höher hinauf. Es war nicht zu erkennen, wo sie endete. Fahle Düsternis lag über dem großen Raum. Merkwürdigerweise bestand die Treppe nicht aus Stufen, sondern sie stieg wie eine gewundene Straße aufwärts. In ganz Kummerland durfte es nämlich keine Stufen geben, und der Grund dafür ist leicht einzusehen: Große Stufen hätten die kleinen dackelartigen Drachen nicht ersteigen können, und niedrige Stufen mußten wieder viel zu unbequem für die güterzuggroßen Drachen sein. Also wurden Stufen ganz weggelassen. Außerdem hatte diese Lösung noch einen anderen Vorzug. Eben kam nämlich ein Drache von oben heruntergesaust. Er hatte sich einfach auf seinen horngepanzerten Schwanz gesetzt und rutschte wie auf einem Rodelschlitten die Treppenspirale abwärts.

Die beiden Freunde waren sehr zufrieden, daß es keine Stufen gab, da sie für Emma ein unüberwindliches Hindernis dargestellt hätten. So konnten sie nun ganz bequem hinauffahren.

Und das taten sie auch, immer rundherum, bis sie in der dritten Etage ankamen.

Vor der ersten Türe links hielten sie an. Sie war so hoch und breit, daß ein zweistöckiger Autobus ohne Schwierigkeiten durchgekommen wäre. Aber leider war die Öffnung mit einer riesigen Steinplatte verschlossen:

war darauf eingemeißelt. Darunter befand sich ein steinerner Türklopfer in Gestalt eines Totenschädels, der einen Ring zwischen den Zähnen hielt.

Lukas las Jim leise die Inschrift vor.

„Sollen wir klopfen?" fragte Jim zweifelnd.

Lukas schüttelte den Kopf. Er spähte vorsichtig nach allen Seiten hinaus. Als er sah, daß kein Drache in der Nähe war, stieg er rasch entschlossen aus und stemmte sich mit aller Kraft gegen die große Steinplatte. Tatsächlich, sie ließ sich mit äußerster Anstrengung bewegen. Lukas schob sie aus dem Weg, soweit es ging, dann kletterte er in das Führerhaus zurück.

„Besser, wir haben Emma bei uns", erklärte er flüsternd, setzte die Lokomotive in Bewegung und fuhr so geräuschlos wie möglich in die Wohnung hinein. Drinnen hielt er noch einmal an, kroch hinaus und schob die Steinplatte wieder zu. Dann winkte er Jim. Der Junge kletterte vorsichtig aus dem Führerhäuschen.

„Darf man denn einfach ohne Erlaubnis mit einer Lokomotive in eine fremde Wohnung hineinfahren?" flüsterte er besorgt.

„In diesem Fall geht es nicht anders", antwortete Lukas leise. „Jetzt müssen wir erst mal die Lage auskundschaften."

Sie ließen Emma stehen, schärften ihr aber ein, sich ja mucksmäuschenstill zu verhalten. Dann schlichen sie, Lukas voran und Jim hinter ihm drein, den langen finsteren Flur entlang. An jeder Türöffnung blieben sie stehen und lugten vorsichtig in die Räume hinein. Nirgends war jemand zu sehen, weder ein Mensch, noch ein Drache. Alle Möbel in den Zimmern waren ganz und gar aus Steinen: Steintische, Steinsessel, Steinsofas, auf denen Steinkissen lagen, und an einer Wand hing sogar eine große Uhr, ganz und gar aus Steinen, deren Tick-Tack unheimlich steinern durch die Stille klang. Fenster gab es nicht, statt ihrer befanden sich in den Wänden ziemlich hoch oben Löcher, durch die trübes Tageslicht hereinfiel.

Als die beiden Freunde sich vorsichtig dem anderen Ende des Ganges näherten, hörten sie plötzlich aus dem letzten Zimmer eine schrille, häßliche Stimme, die laut und wütend aufbrüllte. Dann war es wieder still. Jim und Lukas lauschten angespannt. Jetzt kam es ihnen vor, als vernähmen sie ganz leise, kaum hörbar, eine ängstliche Kinderstimme, die stockend etwas aufsagte. Die Freunde wechselten einen bedeutungsvollen Blick. Rasch schlichen sie auf die Tür dieses Raumes zu und spähten hinein.

Vor ihnen lag ein großer Saal, in dem drei Reihen steinerner Schulbänke standen. An diesen Pulten saßen etwa zwanzig Kinder aus den verschiedensten Ländern, Indianerkinder und weiße Kinder und kleine Eskimos und braune Jungen mit Turbanen auf dem Kopf, und in der Mitte saß ein ganz entzückendes kleines Mädchen mit zwei schwarzen Zöpfen und einem zarten Gesicht wie eine chinesische Porzellanpuppe. Das war ohne Zweifel Prinzessin Li Si, die Tochter des Kaisers von China.

Alle Kinder waren mit Eisenketten an die Schulbänke gefesselt, so daß sie sich zwar bewegen, aber nicht weglaufen konnten. An der hinteren Wand des Saales stand eine große steinerne Schultafel, und daneben erhob sich wie ein Kleiderschrank ein riesiges Pult aus einem Felsblock. Dahinter saß ein ganz besonders scheußlicher Drache. Er war noch ein gutes Stück größer als Emma, die Lokomotive, aber sehr viel dünner, geradezu mager. Er hatte eine spitze Schnauze, die mit dicken Warzen und Borsten bedeckt war. Die kleinen stechenden Augen blickten durch funkelnde Brillengläser, und in einer Tatze hielt er einen Bambusstock, den er beständig durch die Luft pfeifen ließ. Ein dicker Adamsapfel tanzte an dem langen dünnen Hals auf und nieder, und aus dem großen grausamen Maul ragte ein einziger langer Zahn unsagbar abstoßend hervor. Es war klar: Dieser Drache konnte niemand anderer sein als Frau Mahlzahn.

Die Kinder saßen alle sehr aufrecht da und wagten nicht, sich zu bewegen. Sie hatten ihre Hände vor sich auf die Pulte gelegt und blickten mit angstvollen, verstörten Augen auf den Drachen.

„Das sieht ja aus wie eine Schule", flüsterte Lukas Jim ins Ohr.

„O jemine!" hauchte Jim, der noch nie eine Schule gesehen hatte. „Is' Schule immer so?"

„Gott bewahre!" raunte Lukas. „Manche Schulen sind sogar ganz nett. Allerdings sind dort keine Drachen als Lehrer, sondern einigermaßen vernünftige Leute!"

„Rrrrrruhe!" schrie jetzt der Drache und ließ den Stock durch die Luft pfeifen. „Werrrr hat da eben geflüsterrrrt?"

Lukas und Jim verstummten und zogen ihre Köpfe zurück. Angstvolles Schweigen herrschte in der Klasse.

Jims Blick wanderte immer wieder zu der kleinen Prinzessin hin. Und jedesmal, wenn er sie ansah, gab es ihm einen kleinen Stich im Herzen. Die kleine Prinzessin gefiel ihm gar zu gut. Er konnte sich nicht erinnern, jemals vorher jemanden getroffen zu haben, der ihm gleich von Anfang an so sehr gefallen hatte. Außer Lukas natürlich. Aber das war etwas ganz anderes. Lukas war nicht gerade schön, das konnte man bei aller Freundschaft nicht behaupten. Aber die kleine Prinzessin war es. Sie war so reizend und schien dabei so zart und zerbrechlich, daß Jim sofort den Wunsch hatte, sie zu beschützen. Alle Angst war plötzlich wie weggeblasen, und er war fest entschlossen, Li Si zu befreien, koste es, was es wolle!

Der Drache funkelte die Kinder mit seinen Brillengläsern wütend an und schrie mit einer schrillen. keifenden Stimme:

„Achchchch, ihrrr wollt mirrrr nichchcht antworrrten, werrr da eben geflüsterrrt hat? Na, warrrtet nurrrrr!"

Der Adamsapfel tanzte erbost auf und nieder, und plötzlich kreischte das Ungeheuer:

„Wiiiiiiviiiiiel issssst – siiiiieben mal achchcht? Du da!"

Ein Indianerjunge, auf den der Drache mit dem Stock gezeigt hatte, sprang auf. Er war noch sehr klein, vielleicht erst vier oder fünf Jahre alt. Aber er hatte schon drei Federn in seinem schwarzen Haarschopf. Wahrscheinlich war er ein Häuptlingssohn. Er blickte Frau Mahlzahn aus großen verstörten Augen an und stammelte:

„Sieben mal acht ist – sieben mal acht – das ist – das ist –"

„Das ist, das ist!" keifte der Drache giftig. „Wirrrd's bald?"

„Sieben mal acht ist zwanzig", sagte der kleine Indianerjunge entschlossen.

„Ssssso?" zischte der Drache höhnisch, „wassss du nichchchcht sagst. Zwanzig ist dassssss?"

„Nein, n-n-n-nein!" stotterte der kleine Indianerjunge verwirrt. „Ich wollte sagen fünfzehn."

„Schlußßßßß!" schrie der Drache schrill und funkelte den kleinen Indianer mit seinen Brillengläsern an. „Du weißßßt es also nichchcht? Du bisssst dassss dümmste und faulste Kind, das ich kenne. Und Dummheit und Faulheit müsssssen bestrrrrraft werrrden!"

Damit stand der Drache auf, ging auf den Jungen zu, legte ihn über die Bank und hieb wütend auf ihn ein. Als die Exekution vorüber war, setzte sich der Drache befriedigt schnaufend wieder hinter sein Pult. Dem kleinen Indianer standen die Augen voller Tränen, aber er weinte nicht. Indianer sind ja bekanntlich sehr tapfer.

Jim war vor Zorn und Empörung ganz fahl im Gesicht geworden, trotz seiner schwarzen Hautfarbe.

„So eine Gemeinheit!" knirschte er.

Lukas nickte. Er konnte nicht reden, sondern ballte nur die Fäuste.

Jetzt fragte der Drache lauernd:

„Wiiiiiviiiiel issst also siiiieben mal achchcht? Li Si?"

Jims Herz setzte einen Schlag aus. Es durfte nicht geschehen, daß auch die kleine Prinzessin Prügel bekam! Aber es war ja ganz unmöglich, daß sie die Antwort auf so eine schwere Frage wußte. Er mußte sofort etwas unternehmen!

Aber Jim hatte nicht bedacht, daß Li Si ein chinesisches Kind war, und daß chinesische Kinder schon mit vier Jahren die schwersten Rechnungen bewältigen können.

Die kleine Prinzessin stand auf und sagte mit einer Stimme, die so süß klang wie das Gezwitscher eines kleinen Vogels.

„Sieben mal acht ist sechsundfünfzig."

„Achchch!" fauchte der Drache ärgerlich, weil es nämlich richtig war. „Und wiiiieviiiel isssst drrrreizehn weniger sechchchsss?"

„Dreizehn weniger sechs", antwortete Li Si mit ihrer Vogelstimme, „ist sieben."

„Bahhhh!" machte der Drache wütend, „du kommst dirrr wohll sehrrr klug vorrrr, weil du alles weißßßt, wasssss? Du bist ein ganz frrrreches, eingebildetes Ding, verrrrstehst du? Aber warrrte nurrrr, ob du auchchch das kannsssst: Sag mirrr soforrrt das Einmaleins mit siiiieben auf! Aber ein bißßßchen schnell, wenn's beliiiiiebt!"

„Einmal sieben ist sieben", begann Li Si, und es klang, als sänge eine Nachtigall. „Zweimal sieben ist vierzehn, dreimal sieben ist einundzwanzig ..." und so fuhr sie fort und sagte das ganze Einmaleins mit sieben richtig auf. Jim hätte es nie für möglich gehalten, daß sich so etwas so hübsch anhören könnte. Der Drache lauschte gespannt, aber nur, um einen Fehler zu entdecken. Dabei ließ er den Stock boshaft durch die Luft pfeifen.

Jetzt flüsterte Lukas:

„Jim!"

„Ja?"

„Hast du Mut?"

„Ja."

„Gut, Jim. Hör zu: Ich weiß jetzt, wie wir's machen. Wir werden dem Drachen noch eine Gelegenheit geben, die Kinder freiwillig herauszurücken. Wenn er nicht darauf eingeht, dann müssen wir Gewalt anwenden, obwohl ich Gewalt nicht leiden kann."

„Wie wollen wir's denn machen, Lukas?"

„Du mußt hingehen und mit ihm verhandeln, Jim. Erzähl dem Drachen, was du willst. Das überlasse ich dir. Aber verrate ihm nichts von Emma und mir! Ich warte mit Emma hier draußen, und wenn es sein muß, dann kommen wir dir zu Hilfe. Alles klar?"

„In Ordnung", sagte Jim entschlossen.

„Mach's gut!" flüsterte Lukas und schlich davon, um die Lokomotive zu holen.

Inzwischen war die kleine Prinzessin mit dem Einmaleins fertig geworden. Sie hatte keinen Fehler gemacht. Aber gerade deshalb war der Drache erst recht wütend. Er lief auf Li Si zu, knuffte sie und schrie:

„Ssssssssso, und nun bildessst du dirrrr wohl ein, du könntest michch damit ärrrrgerrrrn, daß du keinen Fehlerrrrr gemachchcht hast, du hochchchchnäsiges und eingebildetes Görrrrrr! Wassssss? Wiiiiie? Antworrrrrrrrte, wenn man dich frrrrrragt!"

Die Prinzessin blieb stumm. Was hätte sie auch antworten sollen?

„Wasss!" zischte der Drache, „du bist wohl zu stolzzzz, mir zu antworrrrten, he? Na, das werde ich dir austrrrrreiben! Warrrrte nurrrr! Du bist hochchchmütig und eitel. Und Hochchmut und Eitelkeit müssssen bestrrrrrrraft werrrrrden!"

Eben wollte der Drache die kleine Prinzessin über die Bank legen, als plötzlich eine helle zornige Jungenstimme rief:

„Einen Augenblick, Frau Mahlzahn!"

Der Drache wandte sich erstaunt um und sah einen kleinen schwarzen Jungen in der Tür stehen, der ihn furchtlos anblickte.

„Sie dürfen Li Si nichts tun", sagte Jim fest.

„He, du frrrrrecher schwarrrrzer Drrrreckspatz!" grunzte der Drache verblüfft. „Wo kommst du denn her, und werrrr bist du überrrrrhaupt?"

„Ich bin Jim Knopf", antwortete Jim ruhig. „Ich komm' von Lummerland, um die Prinzessin Li Si zu befreien. Und die andern Kinder auch."

Durch die Schar der Kinder ging ein Tuscheln und Flüstern, und alle schauten Jim mit großen Augen an. Besonders die kleine Prinzessin war sehr beeindruckt, wie der kleine schwarze Junge da so gefaßt und mutig dem riesigen Ungeheuer gegenübertrat.

Der Drache teilte schnell nach allen Seiten ein paar Püffe und Knüffe aus und kreischte empört: „Rrrrruhe! Wassss fällt euch denn ein, ihrrrr ungezogene Rrrrrassselbande!"

Dann wandte er sich wieder zu Jim und fragte mit scheinheiliger Freundlichkeit, wobei er die Lippen ganz spitz machte:

„Hat dich die ‚Wilde Drrrrreizehn' zzzzzu mirrrrr geschickt, mein Kleinerrrrrr?"

„Nein", erwiderte Jim, „mich hat niemand geschickt."

In den stechenden Augen des Drachen flackerte es unsicher.

„Wasss heißßßt dassss?" zischelte er. „Bissst du etwa von allein zu mirrr gekommen? Vielleichchcht gar, weil du michchchch gerrrrn hast?"

„Nein", antwortete Jim, „das nicht. Aber ich will das Geheimnis meiner Herkunft erforschen, und da könnten Sie mir vielleicht dabei helfen."

„Warrrrum gerrrrade ichchchch?" fragte der Drache lauernd.

„Weil auf dem Paket, in dem ich nach Lummerland gekommen bin, eine Dreizehn als Absender gestanden hat und als Adresse Frau Malzaan oder so ähnlich."

„Achchchch!" stieß der Drache überrascht hervor, und ein boshaftes Grinsen verbreitete sich langsam über sein warzenbedecktes Gesicht. „D u u u u u bist das also, mein Herzzzzzchen! Ich habe dichchch schon seit langer Zzzzzzeit erwarrrrrtet."

Jim lief ein kalter Schauer über den Rücken, aber er faßte sich sofort wieder und fragte höflich:

„Können Sie mir vielleicht sagen, wer meine richtigen Eltern sind."

„Du brrrrauchst nicht längerrrr zu suchen, mein Goldkind", kicherte der Drache. „Du gehörrrrst nämlich mirrrrrrr!"

„Das hab' ich zuerst auch gemeint", entgegnete Jim entschlossen. „Aber jetzt weiß ich, daß ich mit Ihnen nichts zu tun hab'."

„Aberrr ich habe dichchchch dochchchch von der ‚Wilden Dreizehn' gekauft!" knurrte der Drache und blinzelte hinterlistig.

„Das is' mir gleich", versetzte Jim. „Ich fahr' lieber wieder nach Lummerland."

„Wirrrrrklich?" fragte der Drache tückisch. „Wirrrrst du mirrrr das antun? Wassss du nicht sagst, mein Bürrrrrrschchen!"

„Ja", sagte Jim. „Und die Prinzessin werd' ich mitnehmen. Und die andern Kinder auch."

Aberrrr wenn ich nun die Kinderrrr nicht herrrrausgebe?" erkundigte sich der Drache, immer noch mit lauernder Sanftheit.

„Sie werden schon müssen, Frau Mahlzahn!" antwortete Jim und wechselte einen raschen Blick mit der kleinen Prinzessin.

Jetzt brach der Drache in ein kreischendes Hohngelächter aus:

„Hi hi hi hi hi! Hat man schon je einen solchen Dummkopf gesehen!? Ho ho ho ho ho! Er issst wahrhaftig von allein zzzzzu mirrrr gekommen! Da bisssst du mirrrr ja schön in die Falle gegangen. Har har har!"

„Sie sollten lieber nicht so laut lachen!" rief Jim zornig. „Geben Sie die Kinder freiwillig heraus oder nicht?"

Der Drache mußte sich geradezu die Seiten halten vor Heiterkeit. „Nein!" prustete er. „Nein, du schmutzige kleine Krrrrabbe, das werrrde ich bestimmt nichchchcht tun."

Plötzlich brach sein Gelächter ab. Er funkelte Jim gefährlich an und knurrte:

„Alle diese Kinderrrr gehörrrren mirrrr, mirrrr ganz allein, verrrstehst du? Niemand hat mehr ein Rrrrrecht auf sie. Ich habe sie alle von der ‚Wilden Dreizehn' gekauft. Ich habe dafür bezzzzahlt! Jetzt gehörrrren sie mirrrrrrrrr!"

„Aber woher hat die ‚Wilde Dreizehn' die Kinder, die sie Ihnen verkauft?" fragte Jim und blickte dem Drachen fest in die Augen.

„Das geht dich garrrr nichts an!" fauchte der Drache erbost.

„Doch, Frau Mahlzahn!" antwortete Jim tapfer. „Das geht mich schon was an. Die kleine Prinzessin zum Beispiel is' geraubt worden!"

Der Drache geriet völlig außer sich vor Wut. Er peitschte den Boden mit seinem langen Schwanz und kreischte:

„Das ist mirrrrr ganzzzz gleich! Jetzt gehört sie jedenfalls mirrrrrrr!!!! Und du gehörrrrst auch mirrrrrrrrr!!!!!!! Und deine Heimat wirst du niemals wiedersehen, du Schwachchchchchkopf! Ich lasse dich nie wieder forrrrrrrrrrrrrrrrtttttttt!"

Dabei stampfte er langsam auf Jim zu.

„Chchchchchch!" fauchte er. Zzzzzzzur Begrüsssssssung werde ich dich erst einmal tüchchchchchchtig durrrrrrchprügeln, mein Herzzzzzzchen, daßßßßß dir dein vorlautes Mundwerrrrrk verrrrrrrrgeht!"

Und er griff mit seiner riesigen Tatze nach dem Jungen. Aber Jim wich geschickt aus. Der Drache schlug mit dem Stock um sich, aber die Hiebe gingen ins Leere. Wie ein Wiesel lief Jim um das große steinerne Pult und die Schulbänke herum. Der Drache blieb ihm hart auf den Fersen, aber es gelang ihm nicht, den Jungen zu erwischen. Er wurde immer erboster, und vor Wut und Ärger lief er rot und grün an, und auf seinem Leib bildeten sich überall Warzen und Beulen. Es war wirklich ein äußerst unappetitlicher Anblick.

Jim geriet allmählich außer Atem. Er mußte husten und nach Luft ringen, denn der Drache spuckte fortwährend Rauch und Feuer. Wo mochte nur Lukas bleiben? Er hatte doch versprochen, mit Emma zu Hilfe zu kommen. Der ganze große Raum war bereits voller Qualm, und Jim konnte kaum noch sehen, wohin er lief. Da endlich erscholl Emmas heller Pfiff. Der Drache fuhr herum und erblickte durch die Rauchschwaden ein furchterregendes Ungetüm, das mit hellflammenden Augen auf ihn zu kam. Dieses Ungeheuer schien zwar nicht ganz so groß zu sein wie er selbst, aber dicker und kräftiger.

„Wasssss wollen Sie hierrrrrr?" kreischte der Drache in äußerster Wut. „Werrrrr hat Ihnen errrrrrrlaubt . . . ?"

Weiter kam er nicht mehr, denn Emma brauste wie ein Orkan auf ihn los und versetzte ihm mit ihren Puffern einen heftigen Stoß. Der Drache schlug mit seinen mächtigen Tatzen und dem langen gepanzerten Schwanz zurück. Und nun entspann sich zwischen den beiden ein Zweikampf von furchtbarer Wildheit.

Der Drache heulte und kreischte und fauchte und spie ununterbrochen Feuer und Rauch gegen Emma und setzte ihr so hart zu, daß es eine ganz Weile fraglich schien, wer die Oberhand behalten würde. Aber Emma ließ sich nicht einschüchtern. Sie spuckte ebenfalls aus Leibeskräften Funken und Rauch und rollte wieder und wieder zu einem neuen Angriff vor. Nach und nach ging dabei ihre Drachenverkleidung in Stücke, und es kam immer deutlicher zum Vorschein, daß sie kein Ungeheuer, sondern eine Lokomotive war.

Die Kinder, die angekettet auf ihren Bänken bleiben mußten und nicht weglaufen konnten, verfolgten den Zweikampf anfangs voller Entsetzen. Als sie aber die wahre Natur des fremden Drachen entdeckten, jubelten sie und feuerten Emma begeistert an:

„Eine Lokomotive!“ schrien sie. „Bravo, Lokomotive! Hoch die Lokomotive!“

Schließlich holte Emma zu einem letzten Anlauf aus und traf den Drachen noch einmal mit aller Wucht, und der Drache fiel um und lag hilflos auf dem Rücken und streckte alle viere von sich.

Lukas sprang aus dem Führerhäuschen und rief:

„Schnell, Jim! Wir müssen ihn fesseln, ehe er wieder zu sich kommt!“

„Aber womit?“ fragte Jim, noch völlig atemlos.

„Hier, mit unseren Ketten!“ schrie aufgeregt der kleine Indianer. „Nehmt ihm den Schlüssel ab. Er trägt ihn an einer Schnur um den Hals!“

Jim sprang zu dem Drachen und biß den Strick mit seinen Zähnen durch. Dann schloß er geschwind die Schlösser an den Ketten der nächstsitzenden Kinder auf. Als er zu der kleinen Prinzessin kam, bemerkte er, daß sie errötete und mit einer allerliebsten Bewegung ihr Köpfchen wegdrehte.

„Das Biest kommt schon wieder zur Besinnung!“ rief Lukas. „Mach schnell!“

Sie wickelten eine Kette um die Schnauze des Drachen, damit er auf jeden Fall das Maul nicht mehr aufreißen konnte. Danach fesselten sie ihm die Vorder- und Hinterbeine.

„So!“ seufzte Lukas befriedigt und wischte sich den Schweiß von der Stirn, als Jim den Schlüssel im letzten Schloß umdrehte. „Jetzt kann nicht mehr viel passieren.“

Nachdem Jim alle Kinder befreit hatte, gab es natürlich zunächst einmal ein riesiges Hallo. Alle waren ganz außer Rand und Band vor Freude. Sie lachten und jubelten und schrien durcheinander, und die Kleinsten hüpften herum und klatschten in die Hände.

Lukas und Jim saßen lächelnd inmitten des Trubels. Die Kinder drängten sich um sie und bedankten sich wieder und wieder. Auch zu Emma gingen sie hin, lobten sie gebührend und klopften sie auf den dicken

Leib. Ein paar Jungen kletterten sogar schon auf ihr herum und begutachteten alle Einzelheiten. Emmas verbeultes Gesicht strahlte vor Vergnügen und Rührung.

Lukas ging auf den Flur hinaus und legte den schweren Riegel an der steinernen Wohnungstür vor.

„So, Leute", sagte er zu den Kindern, als er zurückkam, „vorläufig sind wir in Sicherheit. Niemand kann uns jetzt überraschen. Wir haben ein bißchen Zeit. Ich schlage vor, wir beraten erst mal, wie wir am besten aus dieser ungemütlichen Drachenstadt herauskommen können. Durch die Eingangshöhle, wo wir hereingekommen sind, ist die Flucht zu gefährlich, fürchte ich. Erstens ist Emmas Verkleidung kaputt gegangen, und zweitens haben wir auch nicht alle im Führerhäuschen Platz. Die Drachenwächter würden bestimmt was merken. Wir müssen uns also einen anderen Plan ausdenken."

Eine Weile dachten alle angestrengt nach, aber keinem fiel eine Lösung ein. Plötzlich fragte Jim mit gerunzelter Stirn: „Li Si, wo hast du eigentlich damals deine Flaschenpost ins Wasser geworfen?"

„In den Fluß, der hinter unserm Haus entspringt", antwortete die Prinzessin.

Jim und Lukas wechselten einen Blick der Verwunderung, und Lukas schlug sich aufs Knie und rief: „Also doch! Sollte Nepomuk uns angeschwindelt haben?"

„Kann man den Fluß von hier aus sehen?" erkundigte sich Jim.

„Ja", antwortete die Prinzessin, „kommt, ich zeige ihn euch."

Sie führte die beiden Freunde in einen Raum auf der gegenüberliegenden Seite des Flurs. Dort standen etwa zwanzig kleine steinerne Betten. Es war der Schlafsaal, in den der Drache jeden Abend die Kinder eingesperrt hatte. Wenn man eines der Betten an die Wand schob und sich darauf stellte, dann konnte man oben durch ein Felsenloch hinausschauen. Und tatsächlich – dort unten lag in der Mitte eines merkwürdigen dreieckigen Platzes ein riesiges rundes Brunnenbecken, in dem ein mächtiger

Quell eigenartigen goldgelben Wassers entsprang, das über die Ränder des steinernen Brunnens strömte und einen breiten Fluß bildete, der sich durch den düsteren Grund der Häuserschluchten davonschlängelte.

Nachdenklich blickten Lukas und Jim auf diesen Ursprung des Gelben Flusses hinunter, denn daß es sich um diesen handelte, war nicht zu bezweifeln. Inzwischen waren alle Kinder in den Schlafsaal herübergekommen und standen erwartungsvoll um die beiden Freunde herum.

„Wenn Li Sis Flaschenpost mit der Strömung bis nach China geschwommen ist", meinte Jim zögernd, „dann müßten wir's doch vielleicht auch können."

Lukas nahm die Pfeife aus dem Mund.

„Donnerwetter, Jim", brummte er, „das ist eine Idee! Nein, das ist mehr als eine Idee, das ist bereits ein fertiger Plan und zwar der kühnste! Es wird eine Fahrt ins vollkommen Unbekannte." Er kniff die Augen zusammen und paffte unternehmungslustig vor sich hin.

„Ich kann aber nicht schwimmen", wandte ein kleines Mädchen ängstlich ein.

Lukas schmunzelte.

„Macht nichts, kleines Fräulein. Wir haben nämlich ein prächtiges Schiff. Unsere gute dicke Emma schwimmt wie ein Schwan. Allerdings brauchen wir dazu Teer oder Pech, um alle Ritzen zu kalfatern."

Aber das war zum Glück keine Schwierigkeit, denn Pech gab es in der Vorratskammer des Drachen gleich mehrere Fässer voll – wovon die beiden Freunde sich sofort überzeugen konnten. Es gehörte ja zu den hauptsächlichsten Nahrungsmitteln der Bewohner von Kummerland.

„Paßt auf, Leute", sagte Lukas, „wir warten am besten, bis es Nacht ist. Im Schutz der Dunkelheit treiben wir mit der Strömung auf unserer Lokomotive aus der Drachenstadt hinaus, und morgen früh sind wir schon weit weg von hier."

Die Kinder stimmten dem Plan begeistert zu.

„Gut", schlug Lukas vor, „dann ist es am vernünftigsten, wir legen uns jetzt alle ein bißchen aufs Ohr und schlafen auf Vorrat. Einverstanden?"

Das waren alle. Zur Sicherheit schloß Jim noch das Klassenzimmer ab, in dem Emma auf den gefesselten Drachen aufpaßte, dann machten es sich alle auf den steinernen Betten im Schlafsaal gemütlich, so gut es eben ging, und schlummerten ein. Nur Lukas saß in einer Ecke des Raumes in einem riesigen steinernen Ohrenbackenstuhl, schmauchte seine Pfeife und bewachte die Träume der Kinder.

Der kleine Indianer träumte von seinem heimatlichen Wigwam und von seinem Großonkel, dem Häuptling „Weißer Adler", der ihm eine neue Feder verlieh. Und der kleine Eskimo träumte von einem kugeligen Schneehaus, über dem die Nordlichter am Himmel spielten, und von seiner weißhaarigen Tante Ulubolo, die ihm eine Tasse heißen Lebertran vorsetzte. Und das kleine Mädchen aus Holland sah im Traum die unermeßlichen Tulpenfelder seiner Heimat und mitten drin das kleine weiße Häuschen seiner Eltern, vor dem viele mühlensteingroße runde Käse lagen. Und die kleine Prinzessin ging im Traum an der Hand ihres Vaters über eine zierliche Brücke aus Porzellan.

Jim Knopf war im Traum in Lummerland. Er saß in der kleinen Küche bei Frau Waas. Die Sonne schien zum Fenster herein, und er erzählte von seinen Abenteuern. Und die kleine Prinzessin Li Si saß neben Frau Waas und hörte ihm voll Bewunderung zu.

So träumte jedes Kind von seinem Lande, und währenddessen brach allmählich die Dunkelheit herein, und es näherte sich die Stunde des Aufbruchs.

ZWEIUNDZWANZIGSTES KAPITEL

in dem die Reisenden unter die Erde geraten und wundervolle Dinge sehen

Es war inzwischen ganz dunkel geworden. Die steinerne Uhr im Nebenzimmer schlug zehnmal. Es war Zeit.

Lukas weckte die Kinder. Sie zündeten einige Pechfackeln an, um Licht zu haben. Dann holten sie aus der Vorratskammer eines der Teerfässer, hoben es mit vereinten Kräften auf den Herd in der Drachenküche und machten ein mächtiges Feuer darunter, bis der schwarze Brei zu brodeln anfing. Als es soweit war, holte Lukas die Lokomotive Emma aus dem Klassenzimmer herüber in die Küche, und dann machte er sich mit Jim zusammen daran, alle Ritzen an den Fenstern und Türen des Führerhäuschens wasserdicht zu verschließen, indem sie vorsichtig das heiße Pech hineinschmierten. Die Kinder schauten ihnen verwundert zu.

„Was wollen wir eigentlich mit dem Drachen anfangen?" fragte Jim während der Arbeit. „Sollen wir ihn gefesselt liegen lassen?"

Lukas überlegte eine Weile, dann schüttelte er den Kopf. „Nein, dann würde er bald verhungern. Wir haben ihn besiegt, und es wäre nicht sehr großmütig, wenn wir uns jetzt an einem wehrlosen Gegner so grausam rächen würden. Obwohl er es natürlich verdient hätte."

„Aber wenn wir ihn frei lassen", meinte Jim besorgt, „dann wird er bestimmt Lärm schlagen und uns nicht fortlassen."

Lukas nickte gedankenvoll. „Also bleibt uns nichts anderes übrig, als ihn mitzunehmen. Ich möchte auch noch ganz gern einiges von ihm wissen. Außerdem soll er natürlich eine gerechte Strafe bekommen."

„Aber er ist doch viel zu schwer!" rief Jim. „Emma wird untergehen, und außerdem bleibt für uns selbst kein Platz mehr übrig, wenn er mitfährt."

„Richtig", antwortete Lukas und schmunzelte, „darum wird sich das Biest dazu bequemen müssen, hinter uns her zu schwimmen."

„Dazu müßten wir ihm aber die Fesseln abnehmen", wandte Jim ein und zog seine Stirn kraus. „Er ist furchtbar stark und wird sich sträuben."

„Glaub' ich nicht", erwiderte Lukas und lachte vergnügt. „Das machen wir ganz einfach. Das eine Ende der Kette befestigen wir an Emmas Hinterteil und das andere an dem einzigen Zahn des Drachens. Der steht ja so weit heraus, daß wir ihm dazu das Maul ruhig zugebunden lassen können. Ehe wir abfahren, befreien wir seine Vorder- und Hinterbeine. Und wenn er sich sträubt mitzukommen, dann wird er das am eigenen Zahn ziemlich unangenehm spüren. Wirst sehen, er wird so folgsam sein wie ein Lamm."

Diesen Plan fanden alle sehr gut. Sobald sie mit dem Kalfatern fertig waren, rollten sie Emma in das Klassenzimmer zurück. Als der Drache sie kommen sah, hob er den Kopf. Er war wieder ganz munter, wie es schien. Allerdings war er zu gut gefesselt, als daß er hätte gefährlich werden können. Er mußte sich vorerst damit begnügen, bösartig mit den Augen zu funkeln und ab und zu gelbe Rauchschwaden aus Ohren und Nasenlöchern zu blasen. Nachdem ihm Lukas jedoch erklärt hatte, daß er hinter ihnen drein schwimmen sollte, fuhr er in die Höhe und rüttelte verzweifelt an seinen Ketten.

„Hör auf!“ sagte Lukas streng. „Es hilft dir nichts, also sei vernünftig.“

Der Drache schien es einzusehn, jedenfalls ließ er den Kopf auf den Boden sinken, schloß die Augen und tat, als sei er tot. Allerdings erntete er dadurch kein Mitleid, wie er vielleicht gehofft hatte.

Beim Schein der Pechfackeln holte Lukas eine Zange aus dem Werkzeugkasten und hängte alle restlichen Ketten, die noch auf den Schulbänken lagen, zu einer einzigen zusammen. Darauf befestigte er das eine Ende dieser langen Kette an Emmas Hinterteil und das andere an dem großen Zahn des Drachens. Dieses Ende machte er besonders sorgfältig fest, damit das Untier nicht etwa unterwegs seine Fessel abstreifen konnte.

Als er fertig war, befahl er den Kindern, auf die Lokomotive hinaufzuklettern und Platz zu nehmen. Nur er und Jim blieben noch unten. Nachdem alle saßen, stellte Lukas sich vorne neben Emma, um sie zu führen, da er ja nun nicht mehr ins Innere des Häuschens hineinkonnte. Dann gab er Jim einen Wink, der daraufhin die Fesseln an den Vorder- und Hintertatzen des Drachens löste und schnell beiseite sprang.

„Komm, Emma!“ sagte Lukas.

Die Lokomotive fuhr an, und die Kette spannte sich. Der Drache schlug die Augen auf und erhob sich schwerfällig. Kaum hatte er jedoch begriffen, daß seine Füße frei waren, da versuchte er mit aller Kraft, sich gegen die Kette zu stemmen, ganz wie Jim es vorausgesehen hatte. Aber im gleichen Augenblick entrang sich seiner Brust ein schmerzliches Stöhnen, denn der Zahn war seine empfindliche Stelle und tat durch den starken Zug ganz verflixt weh. Es blieb ihm nichts anderes übrig, als wohl oder übel hinter Emma her zu trotten. Dabei war deutlich zu sehen, daß er vor Wut fast platzte. Seine kleinen Augen glühten in allen Farben.

Als sie die Wohnungstür erreicht hatten, rief Lukas den Kindern zu: „Löscht die Fackeln aus! Das Licht würde uns verraten!“

Nachdem das geschehen war, zog er mit Jim zusammen die schwere steinerne Tür auf, und dann bewegte sich der seltsame Zug leise und in vollständiger Dunkelheit über die Treppenspirale abwärts ins Erdgeschoß und auf die Straße hinaus.

Ein paar Drachen, die sich verspätet hatten, stampften auf der gegenüberliegenden Straßenseite vorüber. Die Kinder wagten kaum zu atmen. Zum Glück bemerkten die Bestien nichts, erstens wegen der Finsternis, und zweitens, weil sie wie gewöhnlich viel zu sehr damit beschäftigt waren, sich über irgend etwas zu ärgern und vor sich hin zu schimpfen.

Vorsichtig lenkte Lukas die Lokomotive um das Haus herum, und bald war der Fluß erreicht. Das Wasser strahlte ein seltsames schwaches Goldlicht aus. Es leuchtete von selbst, so daß man seine eiligen Wellen durch die Nacht schimmern sah.

Lukas brachte Emma zum Stehen und untersuchte das Ufer. Es fiel flach nach dem Wasser zu ab. Befriedigt kam er wieder zurück und raunte zu den Kindern hinauf:

„Bleibt nur ganz ruhig sitzen! Und du, meine gute dicke Emma", fuhr er fort, „mußt jetzt noch einmal Schiff spielen. Mach's gut! Ich verlasse mich auf dich."

Damit drehte er den Hahn an der Unterseite des Kessels auf, und das Wasser aus Emmas Innerem lief gluckernd ab. Als der Kessel leer war, drehte er den Hahn wieder zu und schob gemeinsam mit Jim die Lokomotive so nahe an das abschüssige Ufer heran, daß sie von alleine weiterrollen konnte. Rasch sprangen die beiden Freunde hinauf und kletterten zu den Kindern auf das Dach.

„Festhalten!" rief Lukas gedämpft, als Emma sanft in den Fluß hineinglitt. Die Strömung war ziemlich stark. Sie erfaßte sogleich die schwimmende Lokomotive und trieb sie mit sich fort.

Der Drache, wasserscheu wie alle seinesgleichen, stand noch am Ufer und stellte sich entsetzlich an. Er hatte auch allen Grund dazu, denn er wußte wohl, daß die Berührung mit dem Wasser sein Feuer auslöschen und obendrein noch seinen Schmutz abwaschen würde, und das kam ihm ganz unvorstellbar schrecklich vor. Zunächst machte er noch ein paar klägliche Versuche, sich gegen die ziehende Kette zu stemmen, dann lief er eine Weile am Ufer hinter der Lokomotive her, aber schließlich kam eine Brücke, und nun half alles nichts mehr. Er piepte nur noch ein paarmal leise durch die Nase wie ein kleiner Hund, mehr konnte er mit der zugeketteten Schnauze ja nicht mehr sagen, dann ergab er sich in sein Schicksal und plantschte und prustete in die Wellen hinein. Erst zischte es und dampfte es, und als sich die Wolken etwas verzogen hatten, zeigte sich, daß der Drache ausgezeichnet schwimmen konnte, wenn er mußte. So trieben sie eine Weile vollkommen lautlos durch die nächtliche Drachenstadt.

Wo mochte dieser Fluß nur hinführen? Hatte Nepomuk die beiden Freunde angelogen und ging der Strom doch durch das „Land der tausend Vulkane"? Oder gab es da vielleicht irgendein Geheimnis, von dem der Halbdrache nichts gewußt hatte?

Die Strömung nahm jetzt merklich zu. Sie wurde geradezu reißend. Soweit in der Dunkelheit etwas zu sehen war, näherten sich die Reisenden dem Stadtrand und damit der riesigen Kraterwand, welche die Stadt wie eine Festungsmauer umgab.

„Achtung!" rief Lukas plötzlich, der mit Jim zusammen rittlings auf dem vordersten Ende des Kessels saß. Alle duckten sich, und dann ging es hinein in die völlig undurchdringliche Finsternis eines Felsentors. Immer schneller schossen sie dahin. Ringsum war nichts mehr zu erkennen. Nur das Toben und Zischen der entfesselten Wassermassen dröhnte in ihren Ohren.

Lukas machte sich Sorgen wegen der Kinder. Wenn er mit Jim allein gewesen wäre, hätte ihm die Gefahr weiter nicht viel ausgemacht. Sie beide waren ja inzwischen an die wildesten Abenteuer gewöhnt. Aber die Kinder, wie würden sie diese Fahrt überstehen? Sie waren doch zum Teil noch ziemlich klein, und außerdem waren ja auch Mädchen dabei. Sicher hatten sie scheußliche Angst. Aber jetzt konnten sie schließlich alle nicht mehr zurück, und es war auch völlig unmöglich, ihnen bei diesem Donnergetöse Trost und Mut zuzusprechen. Lukas konnte nichts tun als abwarten, was geschehen würde.

Die rasende Fahrt ging abwärts, immer hinunter, tiefer und tiefer. Die Kinder drückten die Augen zu und klammerten sich fest aneinander und an die Lokomotive. Hören und Sehen verging ihnen bei diesem Sturz, der kein Ende zu nehmen schien, als sollte es ins Innere der Erde gehen.

Endlich, endlich ließ die Strömung etwas nach, und die schäumenden Wellen beruhigten sich. Und abermals nach einer Weile zog der Fluß wieder so still und eilig dahin, wie zu Anfang der Fahrt, nur daß die Reisenden sich jetzt tief, tief irgendwo unter der Erdoberfläche befanden. Als sie nach und nach ihre Augen wieder zu öffnen wagten, sahen sie ein eigenartiges und wundervolles buntes Zauberlicht durch die Dunkelheit schimmern. Aber es war noch nichts deutlich erkennbar.

Lukas wandte sich zu den Kindern um und rief: „Haben wir auch niemand verloren? Sind wir noch vollzählig?"

Die Kinder waren noch recht benommen und brauchten eine ganze Weile, um nachzuzählen, ob sie noch alle da waren. Aber schließlich konnten sie Lukas melden, daß alles in Ordnung sei.

„Und was macht der Drache?" fragte Lukas nach hinten. „Hängt er noch an der Kette? Lebt er noch?"

Ja, auch dem Drachen war nichts Ernstliches passiert, außer daß er ziemliche Mengen Wasser hatte schlucken müssen.

„Wo sind wir eigentlich?" wollte ein kleiner Junge mit einem Turban auf dem Kopf wissen.

„Keine Ahnung", antwortete Lukas, „ich hoffe, es wird bald heller, dann werden wir ja sehen." Und er zündete sich seine Pfeife an, die ihm bei der Schußfahrt in die Tiefe ausgegangen war.

„Jedenfalls sind wir bestimmt auf dem Weg nach Ping!" tröstete Jim, weil er sah, daß ein paar von den Kleinsten anfangen wollten zu weinen.

Die Kinder beruhigten sich schnell und begannen, neugierig herumzuschauen. Das schwache Zauberlicht hatte sich mittlerweile zu einer purpurroten Dämmerung verstärkt, in deren Schein zu erkennen war, daß der Fluß gerade durch eine hohe, gewölbte Höhle zog. Die Helligkeit kam von Hunderttausenden von roten Edelsteinen, die in armlangen Kristallen an den Wänden und an der Decke wuchsen. Diese Rubine funkelten und glitzerten und glommen wie unzählige Laternen. Es war ein ganz unbeschreiblicher Anblick.

Nach einer Weile änderte sich das Licht. Es wechselte in ein leuchtendes Grün hinüber und wurde ausgestrahlt von einem ganzen Wald riesiger Smaragde, die wie gewaltige Eiszapfen von der Decke der Höhle fast bis auf die Wasseroberfläche herunter hingen. Einige Zeit später zog der Fluß durch eine niedrige, langgestreckte Grotte, in der violette Beleuchtung herrschte, hervorgebracht von Millionen feinster Amethystkristalle, die wie Moos die Felswände überzogen. Dann wieder durchquerten sie eine Halle, die in hellstem Glanz erstrahlte, so daß die Kinder fast die Augen schließen mußten. Dort hingen gewaltige Trauben von klaren, blitzenden Diamanten an der Decke wie Hunderte von Kronleuchtern.

So ging es immer weiter. Die Kinder hatten längst aufgehört zu schwatzen. Anfangs flüsterten sie sich noch hin und wieder etwas zu, aber schließlich verstummten sie ganz und versanken völlig im Anschauen dieser unterirdischen Wunderwelt. Manchmal trieb die Strömung die Lokomotive so nahe an die Wände der Höhlen heran, daß jedes der Kinder sich ein paar Juwelen abbrechen und zur Erinnerung mitnehmen konnte.

Wieviele Stunden so vergangen waren, hätte wohl niemand von der Reisegesellschaft sagen können, als Lukas bemerkte, daß die Strömung plötzlich wieder beträchtlich zunahm. Die Felswände rückten enger und immer enger zusammen und nahmen allmählich eine rote Färbung an, hin und wieder von breiten weißen Streifen und Zickzacklinien

unterbrochen. Zugleich wurde das farbige Zauberlicht immer schwächer, denn es gab keine Edelsteine mehr. Schließlich war es stockdunkel wie zu Anfang der unterirdischen Reise. Nur noch ganz selten blitzte der Strahl eines vereinzelten Kristalls durch die Finsternis. Dann hörte auch das auf. Das Wasser begann wieder zu gurgeln und zu zischen, und die Reisenden machten sich schon auf eine neue Sturzfahrt in noch tiefere Tiefen gefaßt.

Aber diesmal stand ihnen eine sehr viel erfreulichere Überraschung bevor. Zum zweitenmal durchfuhren sie ein Felsentor, und auf dem schäumenden Wasser schoß Emma mit ihren Passagieren und dem Drachen im Schlepptau ins Freie hinaus!

Eine wunderbare klare Sternennacht empfing sie. Der Fluß zog jetzt in einem breiten Bett ruhig und majestätisch dahin. Zu beiden Seiten waren die Ufer von gewaltigen, uralten Bäumen eingesäumt. Ihre Stämme waren durchsichtig wie farbiges Glas! Der Nachtwind rauschte in den Zweigen und zugleich war von überall her ein zartes Klingen zu hören wie von abertausend winzigen Glöckchen. Und nun glitt die Lokomotive unter einer Brücke hindurch, die sich in zierlichem Bogen über den Fluß spannte — eine Brücke aus schimmerndem Porzellan!

Fassungslos vor Staunen blickten die Reisenden umher. Die erste, die schließlich ihre Sprache wiederfand, war die kleine Prinzessin Li Si.

„Hurra!" rief sie, „das ist China! Wir sind in meinem Land! Jetzt sind wir gerettet!"

„Aber das kann doch nicht sein!" sagte Jim. „Von China nach Kummerland haben wir viele Tage gebraucht und jetzt sind wir doch höchstens ein paar Stunden unterwegs."

„Kann mir's auch nicht denken", brummte Lukas verdutzt. „Wenn das nur keine Täuschung ist!"

Jim kletterte auf den Schornstein, um bessere Aussicht zu haben. Forschend betrachtete er die ganze Gegend, dann schaute er zurück. Das

Felsentor, aus dem sie vor ein paar Minuten gekommen waren, befand sich am Fuße eines gewaltigen Gebirges, das sich quer durch das ganze Land zog. Jeder einzelne Gipfel war rot und weiß gemustert. Es gab keinen Zweifel mehr, es war „Die Krone der Welt".

Jim stieg vom Schornstein herunter und sagte langsam und beinahe feierlich zu den Kindern, die ihn erwartungsvoll anstarrten: „Wahrhaftig, wir sind in China!"

„Jim!" jubelte die kleine Prinzessin, „o Jim, ich freue mich, ich freue mich, ich freue mich!"

Und da sie gerade neben ihm stand, gab sie ihm vor lauter Freude einen Kuß auf den Mund. Jim stand wie vom Blitz gerührt.

Die Kinder lachten und schrieen und umarmten einander, kurz, sie tobten so, daß Emma ganz bedenklich zu schwanken anfing und beinahe umgekippt wäre, wenn Lukas nicht zur Ruhe gemahnt hätte.

„Ich kann mir die Sache nur so erklären", sagte er zu Jim, als Emma wieder ruhig dahinschwamm, „daß wir unterirdisch ein ganz mächtiges Stück Weg abgekürzt haben. Was meinst du, Jim?"

„Bitte?" fragte Jim. „Hast du was gesagt?"

Und er bemühte sich sichtlich, seine fünf Sinne wieder in ihre richtige Ordnung zu bekommen, denn es war ihm noch immer, als träumte er.

„Schon gut, alter Junge", brummte Lukas und schmunzelte in sich hinein. Er hatte natürlich gemerkt, warum sein Freund außer der kleinen Prinzessin nichts mehr rings um sich her sah und hörte. Also wandte er sich zu den Kindern und schlug vor, jedes sollte ihm seine Geschichte erzählen. Sie hätten ja sowieso noch ein gutes Ende bis nach Ping zu fahren, und er sei gespannt, zu hören, wie jedes von ihnen eigentlich nach Kummerland zu dem Drachen gekommen wäre.

Damit waren alle einverstanden. Lukas zündete sich eine neue Pfeife an, und dann begann als erstes der Kinder die kleine Prinzessin Li Si ihre Geschichte zu erzählen.

DREIUNDZWANZIGSTES KAPITEL

in dem die Prinzessin von China ihre Geschichte erzählt und Jim sich ganz plötzlich über sie ärgern muß

„Es war in den großen Ferien", so begann Li Si zu erzählen, „und ich hatte wie jedes Jahr an den Meeresstrand fahren dürfen. Mein Vater hatte mir sogar erlaubt, sieben Freundinnen einzuladen, damit ich mich nicht langweilen sollte. Und dann waren noch drei ältere Hofdamen mitgefahren, die auf uns achtgeben sollten.

Also, wir wohnten alle zusammen in einem kleinen hübschen Schloß aus himmelblauem Porzellan. Gleich vor der Haustür rauschte das Meer auf den goldenen Sand.

Die Hofdamen sagten uns jeden Tag, daß wir nur in der Nähe des Schlosses spielen sollten und daß wir ja nicht weiter weg laufen dürften, damit uns nichts passiert. Zuerst sah ich es ja auch ein und blieb immer in Rufweite, aber als die Hofdamen uns jeden Tag immer wieder dasselbe sagten, obwohl wir ja alle ganz folgsam gewesen waren, da wurde mein Widerspruchsgeist plötzlich wach. Ich habe leider einen furchtbar starken Widerspruchsgeist. Kurz und gut, eines Tages lief ich weg und wanderte auf eigene Faust am Meeresstrand entlang. Nach einer Weile konnte ich von weitem sehen, wie die Hofdamen und die Freundinnen anfingen, mich zu suchen. Aber statt zu rufen, versteckte ich mich in einem Binsenbusch. Nach einer Weile kamen meine Spielkameradinnen und die Hofdamen ganz in der Nähe vorüber, und alle riefen immerfort meinen Namen und schienen schrecklich ängstlich und aufgeregt zu sein. Aber ich saß in meinem Versteck und muckste mich nicht.

Nach einer Weile kam der Suchtrupp wieder zurück, und ich hörte, wie sie sagten, sie wollten jetzt in der anderen Richtung gehen, und ich könnte ja unmöglich so weit fortgelaufen sein. Ich lachte mir ins Fäustchen, und als sie weg waren, schlüpfte ich aus meinem Versteck und wanderte weiter am Strand entlang, immer weiter von dem Schloß fort. Ich sammelte hübsche Muscheln in meine Spielschürze und dabei sang ich ein kleines Lied vor mich hin, das ich inzwischen gedichtet hatte, um mir die Zeit zu vertreiben. Es ging so:

Ach wie herrlich, ach wie schön,
ganz allein am Strand zu gehn.
Ich bin die Prinzessin Li Si,
weil ich nicht will, mich finden nie sie!
Hum didel dum,
Schrum!

Ich habe das übrigens ganz allein gedichtet, und es war ziemlich schwer auf Li Si einen passenden Reim zu finden. Während ich so ging und sang, merkte ich plötzlich, daß der Strand gar nicht mehr so schön sandig war, sondern daß ich schon seit einer ganzen Weile am Rand einer Felsenküste entlanglief, die steil ins Meer abfiel. Mir war gar nicht mehr ganz wohl, aber das wollte ich vor mir selber nicht zugeben. Ich ging also immer weiter. Auf einmal sah ich draußen auf dem Meer ein Segelschiff auftauchen, das in rasend schneller Fahrt näher kam, direkt auf die Stelle der Küste zu, wo ich stand. Es hatte blutrote Segel, und auf dem größten war mit schwarzer Farbe eine riesige 13 aufgemalt."

Hier überlief ein Schauer Li Si und sie schwieg einen Augenblick.

„Jetzt wird's interessant!" brummte Lukas und wechselte einen bedeutungsvollen Blick mit Jim. „Erzähle weiter!"

„Das Schiff legte direkt vor mir an der Küste an", fuhr die Prinzessin, die noch in der Erinnerung etwas blaß geworden war, fort. „Ich war so erschrocken, daß ich wie angewurzelt stehen blieb. Übrigens war das Schiff so groß, daß seine Seitenwand noch ein ganzes Stück höher war als die Felsenküste, auf der ich stand. Und nun sprang ein großer Mann

zu mir herunter, der unbeschreiblich erschreckend aussah. Er hatte einen ganz sonderbaren Hut auf dem Kopf, auf dem ein Totenschädel mit zwei gekreuzten Knochen gemalt war. Er trug eine bunte Jacke und Pluderhosen und hohe Stulpenstiefel. Und in seinem Gürtel steckten viele Dolche und Messer und Pistolen. Unter seiner großen Hakennase hing ein langer schwarzer Schnurrbart, der bis auf den Gürtel herunter reichte. Er hatte auch große goldene Ohrringe, und seine Augen waren klein und standen so eng beieinander, daß es aussah, als ob er immer schielen würde.

Als er mich sah, rief er: ‚Ha, ein kleines Mädchen! Das ist ein prächtiger Fang!'

Er hatte eine ganz rauhe, tiefe Stimme und ich wollte schnell davonrennen, aber er packte mich an meinen Zöpfen und lachte. Dabei sah man seine Zähne, die groß und gelb waren wie bei einem Pferd. Er sagte: ‚Du kommst uns gerade recht, du kleine Kröte!' Ich schrie und wehrte mich, aber jetzt war natürlich niemand da, der mir helfen konnte. Der große Mann hob mich hoch und warf mich – hopp! – auf das Schiff hinauf.

Während ich durch die Luft flog, dachte ich noch: ‚Wenn ich doch nur nicht...' und wollte eigentlich fertig denken: ‚weggelaufen wäre!' Aber dazu kam ich nicht mehr, weil ich nämlich im selben Moment oben auf dem Schiffsdeck von einem anderen Mann aufgefangen wurde, der dem vorigen so ganz und gar bis aufs letzte Haar gleich sah, daß ich im ersten Augenblick meinte, es wäre derselbe. Aber das war ja nicht gut möglich. Als ich nun auf die Planken des Verdecks niedergestellt wurde und mich umschauen konnte, sah ich, daß auf dem Schiff noch eine ganze Menge Männer waren, die alle einander so zum Verwechseln ähnlich sahen wie ein Ei dem anderen. Deshalb konnte ich sie auch zu Anfang noch nicht einmal zählen, weil sie natürlich nicht stillhielten, sondern durcheinander liefen und ich mir keinen merken konnte.

Zuerst steckten mich die Seeräuber in einen Käfig. Es war so eine Art großes Vogelbauer, das an einem dicken Haken am Mastbaum aufgehängt war. Jetzt war auf einmal mein ganzer Mut von vorher verschwunden, und ich weinte so, daß meine Spielschürze ganz naß wurde, und ich bat die Männer, mich doch wieder frei zu lassen. Aber die Kerle kümmerten sich überhaupt nicht mehr um mich. Das Schiff segelte in Windeseile davon, und bald war die Küste verschwunden und weit und breit nur noch Wasser.

So verging der erste Tag. Am Abend kam einer der Burschen und steckte mir ein paar Scheiben trockenes Brot zwischen die Gitterstäbe. Auch einen kleinen Krug mit Trinkwasser schob er in meinen Käfig. Aber ich hatte keinen Hunger und rührte das Brot nicht an. Nur von dem Wasser nippte ich ein wenig, denn von der heißen Sonne und dem vielen Weinen war ich sehr durstig geworden.

Als es dunkel zu werden anfing, zündeten die Seeräuber einige Laternen an, dann rollten sie ein großes Faß in die Mitte des Verdecks und setzten sich im Kreis darum herum. Jeder hatte einen großen Humpen und füllte ihn an dem Faß, und dann fingen sie an zu trinken und mit gröhlender Stimme wüste Lieder zu singen. Eines davon habe ich sogar behalten, weil sie es immer und immer wieder sangen. Wahrscheinlich war es ihr Lieblingslied. Es ging so:

‚Dreizehn Mann saßen auf einem Sarg,
Ho! Ho! Ho! – und ein Faß voller Rum.
Sie soffen drei Tage, der Schnaps war stark,
Ho ! Ho! Ho! – und ein Faß voller Rum.
Sie liebten das Meer und den Schnaps und das Gold.
Ho! Ho! Ho! – und ein Faß voller Rum.
Bis einst alle dreizehn der Teufel holt,
Ho! Ho! Ho! – und ein Faß voller Rum.‘

Übrigens konnte ich die Männer jetzt zählen, und es waren tatsächlich dreizehn, wie sie in ihrem Lied gesungen hatten. Plötzlich verstand ich auch, warum sie eine 13 auf ihre Segel gemalt hatten.“

Hier unterbrach Jim die Erzählung der kleinen Prinzessin und bemerkte: „Und ich verstehe jetzt, warum der Absender auf meinem Paket eine 13 war.“

„Welcher Absender auf was für einem Paket?“ fragte Li Si. „Du hast schon bei deiner Verhandlung mit dem Drachen so etwas erwähnt, und ich wollte es dich schon längst fragen.“

„Wenn ihr nichts dagegen habt", mischte sich jetzt Lukas ins Gespräch, dann soll jetzt erst mal Li Si ihre Geschichte zu Ende erzählen, damit alles hübsch der Reihe nach geht. Nachher erzählt dann Jim, was ihm passiert ist. Sonst gibt's nur einen Durcheinander."

Das sahen alle ein, und Li Si fuhr in ihrer Erzählung fort:

„Wie die Seeräuber so beisammen saßen und tranken, konnte ich übrigens merken, daß sie sich sogar untereinander dauernd verwechselten und sich mal mit dem einen, mal mit dem andern Namen anredeten. Das schien sie allerdings nicht weiter zu stören. Offenbar wußte keiner von ihnen genau, wie er eigentlich hieß und ob er nun der eine war, oder der andere. Es schien ihnen auch ziemlich egal zu sein, das zu wissen, weil es ja nicht weiter wichtig war. Nur ihren Käptn konnten sie sofort erkennen, denn der hatte zum Unterschied von ihnen allen einen roten Stern am Hut stecken. Ihm gehorchten alle widerspruchslos.

Am zweiten Tag aß ich dann doch ein wenig von dem trocknen Brot, weil ich sehr hungrig war. Sonst war alles genauso wie am Tag vorher. Als es Abend geworden war und die Seeräuber wieder um das Branntweinfaß herumsaßen, hörte ich, wie der Käptn zu den anderen sagte: ‚Hört zu, Brüder! Morgen um Mitternacht treffen wir uns wieder an der verabredeten Stelle mit dem Drachen. Er wird sich freuen.'

Dabei schaute er zu mir hinauf und grinste.

‚Das ist gut, Käptn', hörte ich einen der anderen sagen, ‚da gibt's wieder neuen Schnaps. War ja auch die höchste Zeit. Das Faß da ist schon beinah leer.'

Daß diese Worte irgendwas mit mir zu tun hatten, war mir klar, wenn ich auch nicht wußte was. Wie mir zumute war, könnt ihr euch vorstellen.

In der nächsten Nacht wehte ein schneidender Wind und jagte schwarze Wolkenfetzen am Vollmond vorüber, so daß es abwechselnd hell und wieder finster wurde. Ich fror schrecklich in meinem Käfig. Gegen Mitternacht sah ich plötzlich einen Moment lang am Horizont

etwas durch die Dunkelheit blinken, auf das sich unser Schiff zubewegte. Als wir näher kamen und der Mond wieder für einige Augenblicke hervorleuchtete, erkannte ich, daß es ein paar nackte, schroffe Klippen aus blankem Eisen waren, die aus dem Meer aufragten. Und auf einer dieser Klippen saß wartend ein riesiger Drache. Seine schwarzen Umrisse hoben sich deutlich gegen den sturmzerfetzten Himmel ab.

‚Chchchchch!' fauchte er, als das Seeräuberschiff neben ihm anlegte, dabei schoß eine giftgrüne und eine violette Stichflamme aus je einem seiner Nasenlöcher. ‚Habt ihrrrrr wiederrrrr was fürrrrr michchchchch, ihrrrrr Burrrrrschen?'

‚Und ob!' rief der Kapitän zu ihm hinüber. ‚Diesmal ist's ein besonders feines kleines Mädchen!'

‚Sssssssso?' zischte der Drache und grinste boshaft. ‚Und was wollt ihrrr dafürrr haben, ihrrr alten Gaunerrrrrrr?'

‚Dasselbe wie immer', antwortete der Kapitän. ‚Ein Faß voll echtem Kummerländer Branntwein, Marke Drachengurgel. Das ist der einzige Schnaps auf der Welt, der mir und meinen Brüdern scharf genug ist. Wenn du nicht willst, fahren wir wieder ab.'

Sie handelten noch eine Weile hin und her, aber schließlich gab der Drache das Faß voll Branntwein heraus, auf dem er die ganze Zeit gesessen hatte, und dafür bekam er von den Seeräubern den Käfig mit mir drin. Nachdem sie schließlich noch ausgemacht hatten, wann sie sich das nächste Mal treffen wollten, verabschiedeten sie sich. Eine kurze Weile war durch das Pfeifen des Windes noch der Gesang der Dreizehn zu hören, dann verschwand das Schiff in der Ferne.

Der Drache nahm jetzt meinen Käfig und hielt ihn die Höhe, um mich eingehend und gründlich zu mustern. Endlich sagte er: ‚Ssssso, mein Kind. Mit Puppenspielen, Faulenzen, Spazierrrrrengehn, Ferrrrrrien und all diesem Firrrrrlefanz ist es jetzzzzzzt ein für allemal vorrrrrbei. Es wird höchchchste Zzzzzzeit, daßßßß du einmal den Errrrnst des Lebens kennenlerrrrrrnst.'

Und dann wickelte er meinen Käfig in eine dicke, vollkommen undurchsichtige Decke, so daß ich nun ganz und gar im Dunkeln saß, und von allem, was draußen vorging, nichts mehr sah und kaum etwas hörte.

Zunächst schien allerdings gar nichts zu geschehen. Ich wartete und begann mich schon zu fragen, ob der Drache mich vielleicht einfach stehen gelassen hatte. Aber wozu hatte er mich denn eingehandelt? Wie lange dieses Warten dauerte, weiß ich nicht mehr, weil ich nämlich einschlief. Es wird euch vielleicht wundern, wieso man in einer so aufregenden Situation einschlafen kann, aber ihr müßt bedenken, daß ich seit dem Augenblick, als mich die Seeräuber fingen, kaum ein Auge zugetan hatte vor Angst und auch wegen der Kälte des Windes. Unter der Decke war es warm und dunkel und – kurz, ich schlief ein.

Plötzlich schreckte ich auf. Ich hörte entsetzlichen Lärm. Es war ein Rattern und ein Zischen und ein Kreischen, ihr könnt es euch nicht vorstellen. Und dazu wurde mein Käfig hin und hergeschüttelt, und dann ging es hinauf und hinunter, daß mir im Magen so komisch wurde, als säße ich in einer Achterbahn. Das dauerte vielleicht eine halbe Stunde, dann hörte es plötzlich auf. Eine Weile blieb es ganz still, schließlich fühlte ich, wie mein Käfig niedergestellt wurde. Das Tuch wurde fortgenommen, und als ich mich umsah – ich brauche es euch ja nicht weiter zu beschreiben, denn ihr alle habt ja die Wohnung von Frau Mahlzahn kennengelernt. Das einzige, was mich tröstete, war, daß ich nicht ganz allein und verlassen in all dem Unglück war, sondern daß es noch andere Kinder gab, denen es ebenso ging.

Ja, jetzt ist eigentlich nicht mehr viel zu erzählen. Das Leben, das jetzt anfing, war schrecklich langweilig und traurig. Wir saßen jeden Tag von morgens bis abends an die Schulbänke gefesselt und mußten lesen, schreiben, rechnen und noch anderes lernen. Mir erging es eigentlich noch am glimpflichsten von allen, weil ich schon lesen, schreiben und rechnen konnte wie alle chinesischen Kinder in meinem Alter. Aber meine Klassenkameraden mußten es zum Teil erst lernen, und der Drache quälte sie ganz gemein. Wenn er übrigens keine gute Laune hatte, und das war fast immer, dann war es ganz egal, ob wir Fehler machten oder nicht, wir wurden auf jeden Fall angeschrien und verhauen.

Sobald es Nacht wurde, schloß der Drache uns von den Bänken los und trieb uns mit Püffen in den Schlafsaal hinüber. Abendessen bekamen wir eigentlich nie, weil Frau Mahlzahn jeden Tag einen anderen Grund fand, uns zur Strafe ohne Essen ins Bett zu schicken. Unterhalten durften wir uns auch nicht, nicht einmal flüsternd. Das war streng verboten. Der Drache setzte sich jeden Abend so lange zu uns, bis er sicher war, daß wir alle schliefen.

Aber eines Nachts war es mir gelungen, ihn zu täuschen. Kaum war er gegangen, stand ich auf – mein Bett stand ganz an der Außenwand – kletterte auf das Kopfende hinauf und schaute durch das Felsenloch hinaus. Ich sah sofort, daß es viel zu hoch war, um zu fliehen, aber ich entdeckte den Fluß, der unten vorbeizog. Ich überlegte, was ich tun könne, und plötzlich fiel mir eine kleine Puppenflasche ein, die ich in meiner Spielschürze gefunden und als Andenken an Zuhause aufgehoben hatte. Sofort stand mein Plan fest. Rasch und leise weckte ich die anderen Kinder und sagte ihnen, was ich vorhatte. Eines hatte einen Bleistiftstummel und ein anderes ein Fetzchen sauberes Papier. Dann schrieb ich den Brief, tat den Zettel in das Fläschchen, verschloß es mit einem Restchen Wachs, das sich auch noch fand, und dann kletterte einer der Jungen, der gut werfen konnte, auf mein Bett und warf die Flaschenpost durch das Felsenloch hinaus in den Fluß.

Von da an hofften wir, daß vielleicht irgend ein netter Mensch das Fläschchen eines Tages finden und zu meinem Vater bringen würde. So warteten wir Tag für Tag – bis ihr kamt und uns befreitet. Und jetzt sind wir hier."

So beendete die kleine Prinzessin ihre Erzählung. Nach ihr berichteten nun die anderen Kinder der Reihe nach, wie es ihnen ergangen war. Da waren zum Beispiel fünf braune Kinder mit Turbanen, die alle auf einmal überfallen worden waren, als sie mit ihren Elefanten zusammen ein abendliches Erfrischungsbad im Fluß nahmen. Der kleine Indianerjunge dagegen hatte sich beim Fischen mit seinem Kanu zu weit auf das Meer hinaus gewagt. Das Eskimokind wiederum hatte auf einem Eisberg gesessen, mit dem es unterwegs nach dem Nordpol war, um dort seine Großtante zu besuchen. Einige der Kinder waren auf Ozeandampfern gefahren, die unterwegs, mitten auf dem Meer, von den Piraten überfallen und erobert worden waren. Alles Geld und alle wertvollen Dinge, ebenso die Kinder, hatten die Seeräuber auf ihr eigenes

Schiff hinüber gebracht und dann den ausgeraubten Dampfer mit Mann und Maus versenkt.

Es mußten wirklich vollkommen gewissenlose und verwegene Burschen sein, diese Dreizehn.

So verschieden die Erlebnisse der Kinder auch waren, sobald sie einmal die eisernen Klippen erreicht hatten, war es ihnen allen ganz gleich ergangen wie der kleinen Prinzessin. Wie sie von dort in die Steinwohnung des Drachen gekommen waren, konnte keines von ihnen sagen.

Zu guter Letzt erzählte Jim auf das Drängen der Kinder, besonders der kleinen Prinzessin hin, was er und Lukas alles erlebt hatten, ehe sie den Weg in die Drachenstadt fanden.

„Und eines weiß ich jetzt genau“,

beendete er seinen Bericht, noch ganz in Gedanken an die Schule, die er in Kummerland gesehen hatte: „Lesen und Schreiben möcht' ich überhaupt nicht lernen. Und Rechnen auch nicht. Dazu hab' ich keine Lust."

Li Si blickte ihn von der Seite an, zog die Augenbrauen hoch und sagte: „Ach, kannst du es denn noch nicht?"

„Nein", antwortete Jim. „Ich brauch's ja auch nicht."

„Aber du bist doch schon mindestens ein Jahr älter als ich!" meinte Li Si verwundert. Und dann fügte sie hinzu: „Wenn du willst, dann zeig' ich dir, wie es geht."

Jim schüttelte den Kopf.

„Ich find', das sind ganz überflüssige Sachen, die bloß lästig sind und zu nichts nützen. Das Lernen hält einen nur von wichtigen Dingen ab. Ich bin bis jetzt ganz gut ohne Lesen und Schreiben ausgekommen."

„Da hat er ganz recht!" rief der kleine Indianer.

„Nein", sagte die kleine Prinzessin mit Nachdruck, „diese Sachen sind schon nützlich. Wenn ich zum Beispiel nicht schreiben gelernt hätte, dann hätte ich keine Flaschenpost abschicken können, und niemand hätte uns gerettet."

„Die ganze Flaschenpost hätte dir aber nichts geholfen", widersprach Jim, „wenn wir euch nicht herausgeholt hätten."

„Jawohl!" rief der kleine Indianer.

„So?" antwortete die kleine Prinzessin ein wenig schnippisch, „dir hat eben Lukas der Lokomotivführer geholfen. Aber was wäre aus euch und aus uns geworden, wenn Lukas ebensowenig hätte lesen können wie du?"

Jim wußte nicht mehr, was er antworten sollte. Er spürte, daß Li Si vielleicht nicht ganz unrecht hatte, aber gerade deshalb ärgerte er sich. Wie kam die kleine Prinzessin dazu, ihm solche weisen Lehren zu geben? Immerhin hatte er sie vor kurzem erst unter Lebensgefahr befreit. Mut und Tapferkeit waren doch wohl etwas mehr wert als Gescheitheit. Jedenfalls hatte er nun einmal keine Lust zu lernen und damit basta!

Jim machte ein so finsteres Gesicht, daß Lukas ihm lachend auf die Schulter schlug und rief: „Jim, alter Junge, schau mal dort hin!"

Und er zeigte zum östlichen Horizont, auf den sie sich mit der Strömung des Flusses zubewegten. Dort ging eben mit unbeschreiblicher Pracht die Sonne auf, so daß alle Wellen glänzten wie pures Gold. Und kurz darauf sahen die Reisenden in der Ferne noch etwas anderes golden blinken und gleißen: Es waren die tausend Dächer von Ping.

VIERUNDZWANZIGSTES KAPITEL

in dem Emma eine seltene Auszeichnung bekommt und die Reisenden ausgiebig und ganz verschieden frühstücken

Es dauerte nicht lang, da hatten Lukas und Jim mit Hilfe der Kinder die Lokomotive an Land gezogen. Auch der Drache kroch aufs Ufer und blieb vor Erschöpfung wie tot liegen. Es war ihm anzusehen, daß ihm vorderhand die Lust vergangen war, sich schlecht zu benehmen.

Etwa eine halbe Stunde später hatten Lukas und Jim Emma wieder landflott gemacht. Die kalfaterten Türen waren vom Pech befreit, der Kessel war wieder voll Wasser, und darunter prasselte ein lustiges Feuer.

Alle waren so eifrig bei der Arbeit, daß keiner von den Reisenden den chinesischen Landgendarm bemerkte, der auf einem hochrädrigen Fahrrad in einiger Entfernung die Landstraße entlangkam. Als er die Gruppe der Reisenden bemerkte, hielt er an und überlegte, ob es sich vielleicht um irgendwelche gefährlichen ausländischen Truppen handeln könne. Nachdem er aber festgestellt hatte, daß es fast nur Kinder waren, ließ er diese Vermutung fallen und fuhr etwas näher heran. Als er

jedoch um das letzte Gebüsch herum einbog, wäre er um ein Haar auf den Schwanz des Drachen gefahren. Zu Tode erschrocken riß er sein Rad herum und jagte davon, als ob hundert Teufel hinter ihm her wären. Mit heraushängender Zunge erreichte er die Hauptstadt und meldete seinem Vorgesetzten, was er gesehen hatte.

„Mann!“ rief der, „das ist die größte Glücksnachricht, die überhaupt möglich ist! Dafür wird Sie der Kaiser mindestens zum Generalgendarm ernennen, Sie Glückspilz!“

„Wiewiewieso?“ stotterte der Gendarm.

„Ja, wissen Sie denn wirklich nicht, was Sie da gesehen haben?“ schrie der Vorgesetzte in höchster Aufregung. „Dafür gibt es doch nur eine Erklärung: Es sind die beiden ehrenwerten Lokomotivführer mit ihrer Lokomotive. Und wenn sie tatsächlich den Drachen mitgebracht haben, dann muß auch unsere Prinzessin Li Si bei ihnen sein. Wir müssen sofort dem Kaiser Meldung machen!“

Und die beiden Gendarmen rannten zum kaiserlichen Palast. Allerdings nicht ohne die Neuigkeit unterwegs durch alle Gassen zu schreien.

Es ist einfach nicht zu beschreiben, was für eine Aufregung in der Hauptstadt auf diese Nachricht hin entstand. Wie ein Lauffeuer flog die Botschaft von Mund zu Mund, und in kürzester Zeit wußte jedermann in Ping, bis herab zum winzigsten Kindeskind, was für ein überaus freudiges Ereignis noch diesen Morgen bevorstand. Und da auch nicht einer in der ganzen Stadt war, der nicht auf irgendeine Weise mithelfen wollte, den Empfang der Heimkehrer so festlich wie möglich zu gestalten, waren in kürzester Zeit alle Straßen, durch die die Lokomotive auf ihrem Weg zum Palast kommen mußte, mit Blumen, Bändern, Fahnen, Luftschlangen und Transparenten geschmückt. Und zu beiden Seiten der Straßen stand die Menschenmenge dicht gedrängt und wartete auf den Einzug der ehrenwerten Helden.

Und schließlich kamen sie. Schon lange ehe sie zu sehen waren, hörte man viele Straßen weit die brausenden Hochrufe aus hunderttausend Kehlen. Emma mußte langsam fahren, denn der angekettete Drache war so schwach, daß er sich nur noch mühsam und Schritt für Schritt hinter ihr herschleppen konnte. Im Führerhäuschen standen Lukas und Jim und winkten aus den Fenstern nach links und rechts. Auf dem Dach saßen die Kinder, und in ihrer Mitte stand Li Si, die kleine Prinzessin.

Sie war zeitweilig kaum noch zu sehen in den Wolken von Blumen, die die Chinesen aus allen Fenstern der vielstöckigen Häuser andauernd über die Ankömmlinge ausschütteten, und die anderen, die die Straßen säumten, winkten mit Papierfähnchen und warfen ihre runden Hüte in die Luft und schrieen „Hoch!" und „Bravo!" und „Vivat!" und was man eben bei solchen Gelegenheiten in China sonst noch so schreit.

Übrigens konnte man noch den ganzen Tag lang in allen Kaufläden alles umsonst bekommen, was man nur haben wollte. Denn niemand hatte an diesem Freudentag Lust, Geld zu verdienen. Jeder wollte jedem Geschenke machen. So sind die Chinesen eben, wenn sie sehr glücklich sind.

Hinten dem Drachen – natürlich in respektvollem Abstand – bildete sich ein Zug von singenden und lachenden Chinesen, die so ausgelassen tanzten, daß ihre Zöpfe wie Propeller kreiselten. Und je näher die Lokomotive dem kaiserlichen Palast kam, desto länger wurde dieser Festzug.

Der Platz vor dem Palast war gedrängt voll von jubelnden Leuten. Und als Emma schließlich vor den neunundneunzig Silberstufen anhielt, sprangen oben die Flügel der großen Ebenholztüre auf, und der Kaiser

kam mit wehendem Gewand die Treppe heruntergeeilt. Hinter ihm sah man Ping Pong, der sich an einem Zipfel des kaiserlichen Mantels festhielt, um mitzukommen.

„Li Si!“ rief der Kaiser, „meine liebe, kleine Li Si!“

„Vater!“ rief Li Si, sprang einfach von dem Dach der Lokomotive herunter, und der Kaiser fing sie in seinen Armen auf und drückte sie an sich und küßte sie immer wieder. Alle Chinesen auf dem Platz waren gerührt und schneuzten sich und wischten sich die Augen vor Ergriffenheit.

Inzwischen begrüßten Lukas und Jim den kleinen Ping Pong und bewunderten den winzig kleinen goldenen Schlafrock, den er jetzt anhatte. Ping Pong erklärte ihnen, daß er mittlerweile anstelle des abgesetzten Herrn Pi Pa Po zum Oberbonzen ernannt worden sei und die beiden Freunde gratulierten ihm herzlich.

Als der Kaiser schließlich mit der Begrüßung seiner Tochter fertig war, wandte er sich Lukas und Jim zu und umarmte sie beide. Er konnte vor Freude kaum sprechen. Dann schüttelte er all den anderen Kindern die Hände und sagte:

„Jetzt kommt erst einmal herein, meine Lieben, und stärkt euch mit einem guten Frühstück. Ihr seid doch gewiß sehr hungrig und müde. Jeder von euch darf sich wünschen, was er am liebsten mag."

Schon wollte er sich umdrehen, um seine Gäste in den Palast zu führen, da zupfte ihn Ping Pong am Ärmel, flüsterte ihm etwas zu und zeigte unauffällig mit dem Daumen auf Emma.

„Richtig!" rief der Kaiser bestürzt, „wie konnte ich das nur vergessen!"

Er winkte nach der Ebenholztür hinauf. Jetzt erschienen dort zwei Leibwächter. Der eine trug einen großen Stern aus purem Gold in den Händen, der so groß war wie ein Suppenteller. Der andere hielt wie eine Schleppe eine riesengroße Schleife, die an dem Stern befestigt war. Es war blaue Seide, auf der mit silbernen Buchstaben gestickt stand:

"EMMA"

"DER BESTEN LOKOMOTIVE DER WELT"

Und auf dem Stern waren folgende Worte eingraviert:

"IN BEWUNDERUNG UND DANKBARKEIT"

Und auf der Rückseite stand:

"VON PUNG GING, DEM KAISER VON CHINA"

Und nun hielt der Kaiser folgende kleine Ansprache:

„Liebe Emma! Es gibt heute auf der ganzen Welt keinen glücklicheren Menschen als mich, weil ich meine kleine Tochter wiederbekommen habe. An deinem verbeulten Gesicht sehe ich, daß du für sie große Gefahren erduldet und Kämpfe ausgestanden hast. Als ein kleines Zeichen meiner großen Dankbarkeit möchte ich dir gerne diesen Orden verleihen. Ich habe ihn von meinen Hofgoldschmieden für den Fall eurer glücklichen Heimkehr anfertigen lassen. Ich weiß zwar nicht, ob Lokomotiven großen Wert auf Orden legen. Aber ich möchte gern, daß in Zukunft alle Leute sehen sollen, was für eine besondere Lokomotive du bist. Darum nimm ihn hin und trage ihn!"

Während die beiden Leibwächter Emma die Schleife mit dem Stern umhängten, brachen die abertausend Chinesen erneut in brausende Hochrufe aus.

Inzwischen hatte Ping Pong, der vor lauter Aufregung immerfort in die Höhe hüpfte und herumrannte und sich keinen Augenblick still halten konnte, nach dem Oberhoftierwärter des kaiserlichen Parks geschickt und ihm ausrichten lassen, er solle sofort mit seinen Gehilfen kommen und den Drachen abholen. Kaum war die Zeremonie der Ordensverleihung vorüber, da kam dieser auch schon mit sechs starken Knechten und einem riesigen Käfig, der auf Rädern fuhr und von vier Pferden gezogen wurde. Der Drache war so kleinlaut, daß er ohne Sträuben in den Käfig hineintrottete, nachdem Lukas ihn von der Kette befreit hatte. Als das Fuhrwerk davonrollte, fragte Lukas:

„Wo bringt ihr ihn denn hin? Ich muß nämlich noch mit ihm reden."

„Wir sperren ihn vorläufig einmal in das alte Elefantenhaus", antwortete Ping Pong mit wichtiger Miene. „Du kannst ihn jederzeit besuchen, ehrenwerter Führer einer ordengeschmückten Lokomotive."

Lukas nickte befriedigt und folgte mit Jim und den anderen Kindern dem Kaiser und der kleinen Prinzessin in den Palast, um im Thronsaal erst einmal gemütlich zu frühstücken.

Emma konnte natürlich nicht mit, sondern mußte auf dem Platz zurückbleiben, aber den ganzen Tag drängten sich die Chinesen um sie, die jetzt selbstverständlich kein bißchen Angst mehr vor ihr hatten. Sie fütterten sie mit Öl, weil ein weiser Mann irgendwo gelesen hatte, daß Lokomotiven gerne Öl mögen, und putzten an ihr herum und wuschen ihr den Schmutz ab und rieben sie mit feinen Tüchern blank, bis sie schließlich strahlte und blinkte, als ob sie neu wäre.

Währenddessen saßen der Kaiser und Li Si mit ihren Gästen auf der Terrasse vor dem Thronsaal in der Morgensonne beim Frühstück. Und wie versprochen, bekam jedes Kind das, was es am liebsten mochte. Der kleine Eskimo zum Beispiel aß Walfischschnitten und trank dazu eine große Tasse Lebertran. Der Indianerjunge bekam Maisbrot und am Spieß gebratene Büffelscheiben, und danach rauchte er aus seiner kleinen Friedenspeife genau vier Züge, in jede Himmelsrichtung einen. Kurz und gut, jedes Kind hatte das, was es bei ihm zu Hause gab. Das waren natürlich lang entbehrte Genüsse! Jim und Lukas taten sich an frischen Honigsemmeln und einer großen Kanne Kakao gütlich. Und zum erstenmal seit langer Zeit griff auch der Kaiser wieder tüchtig zu.

Als der Oberhofkoch Schu Fu Lu Pi Plu erschien, um sich zu erkundigen, wie es den ehrenwerten Gästen schmeckte, wurde er von Jim und Lukas mit fröhlichem Hallo begrüßt. Der Oberhofkoch hatte sich übrigens zur Feier des Tages wieder seine allergrößte Kochmütze aufgesetzt, die so groß war wie ein Federbett.

Der Kaiser fragte ihn, ob er sich nicht ein bißchen zu ihnen setzen wolle, um die Geschichten der Kinder und der beiden Freunde mit anzuhören. Herr Schu Fu Lu Pi Plu hatte gerade etwas Zeit und nahm gerne Platz.

Nach der Reihe erzählten nun alle noch einmal ihre Abenteuer dem gespannt lauschenden Kaiser. Als sie damit fertig waren und auch alles aufgegessen hatten, meinte Lukas:

„Ich schlage vor, Leute, wir legen uns jetzt alle für eine Weile aufs

Ohr. Wir haben die ganze Nacht kein Auge zugetan. Ich jedenfalls bin zum Umfallen müde."

Die meisten der Kinder hatten schon mehrmals heimlich gegähnt, und das kleinste war bereits vor einer ganzen Weile auf seinen Kissen eingeschlafen. So waren alle recht froh über den Vorschlag.

„Nur noch eine Frage zuvor, meine Freunde!" sagte der Kaiser. „Habt ihr Lust, ein paar Wochen bei uns zu Gast zu bleiben und euch erst einmal richtig zu erholen? Ihr seid herzlich eingeladen. Oder", fügte er lächelnd hinzu, „wollt ihr vielleicht lieber sofort in eure Heimatländer fahren?"

„Ach, bitte, wenn es sich machen ließe", antwortete der kleine Indianer, „ich möchte lieber schnell nach Hause. Je eher, je lieber."

„Ich auch! Ich auch!" riefen die anderen Kinder.

„Gut", meinte der Kaiser verständnisvoll, „ich hätte euch natürlich sehr gern noch eine Weile zu Gast gehabt. Aber ich sehe ein, daß ihr lieber heim wollt. Mein Oberbonze Ping Pong wird veranlassen, daß sofort ein Schiff ausgerüstet wird."

„Danke!" sagte der kleine Indianer erleichtert.

Für jeden war inzwischen ein eigenes Gemach vorbereitet worden, in dem ein wundervolles Himmelbett stand. Man kann sich vorstellen, wie herrlich die Kinder, die so lange Zeit auf steinernen Betten hatten liegen müssen, in den weichen Seidenkissen schlummerten.

Die beiden Freunde hatten natürlich ein gemeinsames Zimmer bekommen, in dem ein zweistöckiges Himmelbett stand. Jim zog seine Schuhe aus und kletterte über eine kleine Leiter in die obere Etage hinauf. Er hatte sich noch kaum auf den seidenen Decken ausgestreckt, als er auch schon fest eingeschlafen war.

Lukas dagegen saß auf dem Rand der unteren Etage und stützte nachdenklich das Kinn in die Hand. Ihm gingen verschiedene sehr schwierige Fragen durch den Kopf:

Die kleine Prinzessin war nun also glücklich wieder bei ihrem Vater.

Auch die übrigen Kinder würden bald zu Hause sein. Soweit war alles gut. Aber was sollte aus ihm und Jim werden? Sie beide konnten ja nicht einfach nach Lummerland zurückkehren. Einmal deshalb, weil König Alfons ganz bestimmt sehr erbost darüber war, daß sie damals, ohne etwas zu sagen, mit Emma die Insel verlassen hatten, anstatt seinen Anordnungen zu folgen. Es bestand wenig Aussicht, daß er ihnen jetzt ohne weiteres erlauben würde, wiederzukommen. Und selbst wenn der König nicht mehr böse auf sie wäre, könnten sie nicht zurückkehren, weil sonst alles wieder ganz genauso sein würde wie damals, als sie sich entschlossen hatten, alle drei wegzufahren. Schließlich war Lummerland inzwischen ja nicht größer geworden. Sollten sie sich nicht vielleicht doch von der dicken, alten Emma trennen, sie hier in China lassen und nur zu zweit nach ihrer Insel zurückfahren? Lukas stellte sich vor, was er ohne Emma in Lummerland tun würde. In Gedanken versunken schüttelte er den Kopf. Von Emma konnte er sich nicht trennen. Jetzt, nach all den Abenteuern, die sie zusammen erlebt hatten und in denen sie so treu und zuverlässig gewesen war, weniger denn je. Nein, das war auch keine Lösung. Aber vielleicht war der erhabene Kaiser damit einverstanden, daß sie hier blieben und eine Eisenbahnlinie quer durch China legten. Das war natürlich ein bißchen traurig, denn China war trotz allem ein fremdes Land, aber es war die einzige Möglichkeit, und irgendwo mußten sie ja bleiben, wenn sie nicht immer weiter durch die Welt fahren wollten.

Lukas seufzte, stand auf und ging leise aus dem Zimmer, um sich mit dem Kaiser zu besprechen. Er fand ihn auf der Terrasse vor dem Thronsaal unter einem Sonnenschirm sitzend und in einem Geschichtenbuch lesend.

„Verzeihen Sie, wenn ich störe, Majestät", sagte Lukas, als er auf ihn zutrat.

Der Kaiser schlug sein Buch zu und rief erfreut:

„Mein lieber Lukas, das ist ausgezeichnet, daß wir uns einmal allein unterhalten können. Ich möchte nämlich gerne mit Ihnen eine Angelegenheit von großer Wichtigkeit ins reine bringen."

„Das möchte ich auch", antwortete Lukas ernst, während er dem Kaiser gegenüber Platz nahm, „aber sagen Sie erst, was Sie auf dem Herzen haben."

„Wie Sie sich vielleicht erinnern", begann der Kaiser, „habe ich mich öffentlich verpflichtet, meine Tochter demjenigen zu vermählen, der sie aus der Drachenstadt befreit."

„Ja, das haben Sie getan, Majestät", antwortete Lukas.

„Aber nun seid ihr ja zwei", fuhr der Kaiser fort. „Was ist da zu tun? Wer von euch beiden soll sie denn bekommen?"

„Das ist ganz einfach", meinte Lukas bedächtig. „Derjenige, den sie selbst am liebsten mag und dem sie zuerst einen Kuß gegeben hat."

„Und wer ist das?" fragte der Kaiser gespannt.

„Jim Knopf natürlich", sagte Lukas. „Wenn ich mich nicht irre, haben die beiden sich sehr gern –" und schmunzelnd setzte er hinzu: „Wenn sie sich auch vorläufig über manche Dinge noch nicht ganz einig geworden sind, zum Beispiel, ob es nötig ist, lesen und schreiben zu lernen. Jedenfalls passen sie sehr gut zueinander, finde ich. Und außerdem war es Jim, der Li Si befreit hat. Darüber besteht kein Zweifel. Ich und Emma, wir haben ihm bloß dabei geholfen."

„Ach, das freut mich aber wirklich", erwiderte der Kaiser befriedigt. „Ich bin übrigens ganz Ihrer Meinung, lieber Freund. Die beiden passen wirklich sehr gut zueinander. Zwar sind sie noch ein bißchen zu klein, um zu heiraten, aber sie können sich ja zunächst einmal verloben."

„Das überlassen wir den beiden am besten selbst", schlug Lukas vor.

„Richtig", stimmte der Kaiser zu, „wir wollen uns nicht zu sehr einmischen. Aber sagen Sie, lieber Lukas, wie kann ich mich denn nun bei Ihnen bedanken? Leider habe ich nur diese eine Tochter, sonst würde ich Ihnen ebenfalls eine Prinzessin zur Frau geben. Doch das geht ja nun leider nicht. Haben Sie vielleicht irgendeinen Wunsch, den ich erfüllen kann? Bitte, sprechen Sie ihn aus! Aber es soll wirklich ein großer Wunsch sein, der größte, den Sie haben."

„Den können Sie mir nicht erfüllen, Majestät", antwortete Lukas und schüttelte langsam den Kopf. „Der wäre nämlich, daß ich mit Jim und Emma zusammen nach Lummerland zurückkehren könnte. Aber Sie wissen ja, warum wir von dort weggefahren sind. Die Insel ist nicht groß genug für uns alle. Es wäre ein Wunder nötig, um diesen Wunsch in Erfüllung gehen zu lassen. Aber ich habe eine andere Bitte, Majestät: Lassen Sie mich eine Eisenbahnlinie quer durch China anlegen. Das wäre nützlich für Sie und Ihre Untertanen, und meine gute alte Emma käme endlich wieder auf ordentliche Schienen."

„Mein verehrter Freund", sagte der Kaiser mit leuchtenden Augen, „ich danke Ihnen, daß Sie bei uns bleiben wollen. Sie bereiten mir eine große Freude damit. Ich werde sofort befehlen, daß Ihnen das schönste und längste Eisenbahngleis mit den prunkvollsten Bahnhöfen gebaut wird, das die Welt je gesehen hat. Ich hoffe Ihnen dadurch ein wenig zu helfen, Ihre geliebte Heimatinsel nach und nach vergessen zu können."

„Danke schön", antwortete Lukas. „Sie meinen es gut, Majestät. Das ist sehr nett von Ihnen."

In diesem Augenblick trat der kleine Ping Pong auf die Terrasse heraus, verneigte sich tief und piepste:

„Erhabener Kaiser, das Schiff für die Kinder liegt im Hafen. Heute abend gegen Sonnenuntergang ist es bereit, in See zu stechen."

„Sehr schön", erwiderte der Kaiser und nickte Ping Pong zu, „du bist wirklich ein außerordentlich tüchtiger Oberbonze."

Lukas stand auf.

„Ich glaube, fürs erste haben wir alles besprochen, Majestät. Wenn Sie nichts dagegen haben, dann lege ich mich jetzt auch schlafen. Ich bin todmüde."

Der Kaiser wünschte ihm angenehme Ruhe, und Lukas ging in das Zimmer mit dem zweistöckigen Himmelbett zurück. Jim, der von der

Abwesenheit seines Freundes nichts gemerkt hatte, atmete ruhig und tief im Schlaf. Lukas streckte sich auf dem unteren Bett aus, und während er schon am Einschlummern war, dachte er: „Was Jim wohl dazu sagen wird, daß wir hierbleiben und nicht nach Lummerland heimfahren? Oder wird er vielleicht noch lieber allein nach Hause zurückkehren wollen und mich und Emma verlassen? Ich könnt's schon verstehen."

Und Lukas seufzte tief, und dann schlief auch er.

FÜNFUNDZWANZIGSTES KAPITEL

in dem Frau Mahlzahn sich verabschiedet und ein Brief aus Lummerland ankommt

Es war gegen Mittag, als Lukas und Jim durch heftiges Pochen an die Tür aus dem Schlaf geweckt wurden.

„Macht auf! Macht auf! Es ist sehr wichtig!" hörten sie ein piepsendes Stimmchen rufen.

„Das is' Ping Pong", sagte Jim, kletterte aus der 1. Etage herunter und öffnete die Tür.

Herein schoß der winzige Oberbonze, ganz außer Atem, und zwitscherte: „Verzeiht, ihr erhabenen Freunde, wenn ich eure Ruhe so unsanft unterbreche, aber ich soll einen schönen Gruß vom Drachen ausrichten, und ihr sollt doch so freundlich sein und sofort zu ihm kommen, es wäre dringend."

„Nanu!" brummte Lukas, etwas ungehalten. „Was soll denn das bedeuten? Er soll sich gefälligst gedulden."

„Er sagte", schnatterte Ping Pong, „er müsse sich von euch verabschieden, aber er wolle euch vorher noch etwas mitteilen."

„Verabschieden?“ fragte Lukas verdutzt. „Was fällt denn dem ein?“

„Ich glaube, es ist ernst“, meinte Ping Pong mit besorgter Miene. „Er macht so einen sonderbaren Eindruck, als ob er . . . als ob er . . .“

„Als ob er was?“ forschte Lukas. „Sprich nur zu Ende.“

„Ich weiß nicht recht“, stieß der kleine Oberbonze hervor. „Ich glaube, er stirbt.“

„Er stirbt?“ rief Lukas und wechselte einen bestürzten Blick mit Jim. Das hatten sie natürlich, trotz allem, wieder nicht gewollt. „Na, das wäre eine schöne Geschichte!“

Rasch schlüpften sie in ihre Schuhe und folgten Ping Pong eilig in den Garten des Palastes. Sie fanden den Drachen in einem großen, halb verfallenen Pavillon, der vor Jahren als Stall für die kaiserlichen weißen Elefanten gedient hatte. Hier lag er hinter dicken Gitterstäben, hatte den Kopf auf die Tatzen gelegt und hielt die Augen geschlossen, als ob er schliefe.

Ping Pong hielt sich vorsichtig im Hintergrund, während Lukas und Jim nahe an die Gitterstäbe herantraten.

„Na, was gibt's denn?“ fragte Lukas. Seine Stimme klang unwillkürlich ein wenig freundlicher, als er beabsichtigt hatte.

Der Drache antwortete nicht, rührte sich auch nicht, statt dessen geschah etwas sehr Merkwürdiges. Es war nämlich, als liefe plötzlich von der Spitze der Schnauze über den ganzen riesigen Leib bis zum Schwanzende ein goldener Schimmer.

„Hast du das gesehen?“ flüsterte Lukas, und Jim antwortete ebenso leise: „Ja, was kann er nur haben?“

Jetzt öffnete der Drache langsam seine kleinen Augen, die aber nicht mehr wie früher tückisch funkelten, sondern nur noch sehr, sehr müde aussahen.

„Danke, daß ihr gekommen seid“, murmelte der Drache mit schwacher Stimme. „Verzeiht, aber ich kann nicht mehr lauter sprechen. Ich bin so schrecklich müde – so schrecklich müde . . .“

„Hör mal, er schnarrt und zischt gar nicht mehr", flüsterte Jim. Lukas nickte. Dann fragte er laut:

„Sagen Sie, Frau Mahlzahn, Sie werden doch nicht sterben?"

„Nein", antwortete der Drache, und es war, als ob für eine Sekunde ein Lächeln über sein häßliches Gesicht huschte. „Es geht mir ganz gut, macht euch keine Sorgen um mich. Ich habe euch nur rufen lassen, um mich bei euch zu bedanken . . ."

„Wofür denn?" fragte Lukas, zum erstenmal genauso verblüfft wie Jim, der vor Staunen wieder mal kugelrunde Augen bekam.

„Dafür, daß ihr mich überwunden habt, ohne mich zu töten. Wer einen Drachen überwinden kann, ohne ihn umzubringen, der hilft ihm, sich zu verwandeln. Niemand, der böse ist, ist dabei besonders glücklich, müßt ihr wissen. Und wir Drachen sind eigentlich nur so böse, damit jemand kommt und uns besiegt. Leider werden wir allerdings dabei meistens umgebracht. Aber wenn das nicht der Fall ist, so wie bei euch und mir, dann geschieht etwas sehr Wunderbares . . ."

Der Drache schloß die Augen und schwieg eine Weile, und wieder lief dieser merkwürdige goldene Schimmer über seinen Leib. Lukas und Jim warteten stumm, bis er seine Augen wieder öffnete und mit noch matterer Stimme fortfuhr:

„Wir Drachen wissen sehr viel. Aber solange wir nicht überwunden worden sind, fangen wir damit nur Arges an. Wir suchen uns jemand, den wir mit unserem Wissen quälen können – so wie ich zum Beispiel die Kinder. Ihr habt es ja gesehen. Wenn wir aber verwandelt sind, dann heißen wir ‚Goldener Drache der Weisheit', und man kann uns alles fragen, wir wissen alle Geheimnisse und lösen alle Rätsel. Aber das kommt alle tausend Jahre nur einmal vor, weil eben die meisten von uns getötet werden, ehe es zur Verwandlung kommt."

Wieder schwieg der Drache und zum drittenmal huschte der goldene Schimmer über ihn hin. Aber diesmal war es, als bliebe eine winzige Spur des Goldes an seinen Schuppen hängen, nur so viel wie der Hauch von Glanz, den man an den Fingern behält, wenn man einen Schmetterling berührt hat. Es dauerte ziemlich lange, bis er wieder seine Augen aufschlug und kaum noch hörbar weitersprach:

„Das Wasser des Gelben Flusses, in dem ich geschwommen bin, hat mein Feuer ausgelöscht. Jetzt bin ich sterbensmüde. Wenn der goldene Schimmer das nächste Mal über mich gehen wird, werde ich in einen tiefen Schlaf versinken, und es wird aussehen, als wäre ich tot. Aber ich werde nicht sterben. Ich werde ein ganzes Jahr lang reglos liegen. Bitte, sorgt dafür, daß mich niemand berührt in dieser Zeit. Nach einem Jahr, von dieser Stunde an, werde ich aufwachen und ein ‚Goldener Drache der Weisheit' sein. Dann kommt zu mir, und ich werde euch alle Fragen beantworten. Denn ihr beide seid meine Herren, und was ihr mir befehlt, werde ich tun. Um euch aber meine Dankbarkeit zu beweisen, möchte ich euch schon jetzt einen Gefallen tun. Ein wenig von meiner zukünftigen Weisheit habe ich nämlich schon, wie ihr an dem goldenen Schimmer sehen könnt, der an mir hängengeblieben ist. Wenn ihr also etwas wissen wollt, dann fragt mich. Aber eilt euch, es bleibt wenig Zeit."

Lukas kratzte sich hinter dem Ohr. Jim zupfte ihn am Ärmel und flüsterte ihm zu: „Lummerland!"

Lukas verstand sofort und fragte:

„Emma, die Lokomotive, Jim Knopf und ich, wir sind alle drei von Lummerland fortgegangen, weil für einen von uns kein Platz mehr war. Was sollen wir tun, damit wir wieder zurückkönnen, ohne daß es zu eng wird. Lummerland ist nämlich nur sehr klein."

Eine ganze Weile sagte der Drache nichts, und Jim fürchtete schon, er sei eingeschlafen. Aber schließlich kam die nur noch gehauchte Antwort:

„Stecht morgen genau bei Sonnenaufgang in Richtung Lummerland in See. Am zweiten Tag eurer Heimreise werdet ihr um zwölf Uhr mittags auf dem Punkt 321 Grad 21 Minuten 1 Sekunde westliche Länge und 123 Grad 23 Minuten und 3 Sekunden nördliche Breite einer schwimmenden Insel begegnen. Ihr dürft euch aber nicht verspäten, sonst treibt sie vorbei, und ihr findet sie nicht mehr. Diese Art von Inseln ist sehr selten. Nehmt euch auch ein paar Zweige von Korallenbäumen mit, die vom Meeresgrund emporwachsen, und werft sie neben Lummerland ins Wasser, genau dort, wo ihr die schwimmende Insel verankert. Aus den Korallenzweigen werden Bäume wachsen, die die Insel von unten stützen, und bis Jim ein ganzer Untertan sein wird, ist daraus ein festes Eiland geworden, ebenso haltbar und sicher wie Lummerland ... vergeßt nicht ..."

„Bitte!" rief Jim, der sah, daß der Drache die Augen schloß, „woher haben mich die Dreizehn geraubt, eh' sie mich in das Postpaket gesteckt haben?"

„Ich ... kann nicht ..." flüsterte der Drache. „Verzeiht ... das ... ist eine ... lange ... Geschichte ... aber ... jetzt ..."

Er verstummte, und zum letztenmal lief der goldene Schimmer über seine Schuppen.

„Lebt ... wohl ... lebt ... wohl", hauchte er kaum noch vernehmbar, dann sank er auf die Seite. Es sah tatsächlich ganz so aus, als wäre er gestorben. Nur, daß der Goldglanz sich verstärkt hatte.

„Da ist nichts mehr zu machen", sagte Lukas gedämpft. „Wir müssen bis nächstes Jahr warten. Aber der Rat, den er uns gegeben hat, ist nicht schlecht. Vorausgesetzt, daß die Geschichte mit der schwimmenden Insel stimmt."

Was sich gerade mit dieser bisher so unerfreulichen Person ereignet hat", bemerkte Ping Pong, der inzwischen seine Furcht überwunden hatte und zu den beiden Freunden getreten war, „ist höchst rätselhaft und geheimnisvoll. Wenn es euch recht ist, so wollen wir zum erhabenen Kaiser gehen und ihm davon berichten."

Damit raffte er seinen winzigen goldenen Schlafrock zusammen und schritt eilig davon. Lukas und Jim folgten ihm ...

Eine Viertelstunde später saßen sie alle drei dem Kaiser im Thronsaal gegenüber und besprachen mit ihm das Geschehene.

„Wahrhaftig", sagte der Kaiser endlich, „ich habe in meinem langen Leben viel gesehen und gehört, aber nichts scheint mir so wunderbar, meine Freunde. Selbstverständlich werde ich veranlassen, daß die Verwandlung des Drachen durch nichts und niemand gestört wird."

„Dann könnten wir also morgen früh beruhigt in Richtung Lummerland in See stechen und sehen, ob wir der schwimmenden Insel wirklich begegnen", meinte Lukas und paffte hoffnungsvoll. „Das wäre natürlich schon sehr viel wert."

„Meinst du", fragte Jim, „daß König Alfons der Viertel-vor-Zwölfte uns erlauben würde, die Insel neben Lummerland zu pflanzen?"

„Aber warum sollte er das denn nicht?" rief der Kaiser verwundert. „Er wird sich sehr darüber freuen."

„So einfach ist das leider nicht, Majestät", meinte Lukas. „Wir haben Ihnen nämlich noch nicht erzählt, daß Jim und ich damals mit Emma einfach auf und davon sind, bei Nacht und Nebel sozusagen. Niemand auf Lummerland wußte etwas davon. Der König und Frau Waas werden vermutlich ziemlich böse auf uns sein. Sie werden sagen, Jim sei ausgerissen, und ich hätte die Schuld. Von ihrem Standpunkt aus haben sie ja auch nicht ganz unrecht. Vielleicht wollen sie nicht, daß wir zurückkommen."

„Ich werde mitfahren", bot der Kaiser an, „und König Alfons alles erklären."

Doch in diesem Augenblick schlug sich der kleine Ping Pong plötzlich vor die Stirn und rief:

„Ach, du liebe Zeit! Du liebe Zeit! Ich bitte euch fünftausendmal um Vergebung, ihr ehrenwerten Lokomotivführer!"

„Was is' denn passiert?" erkundigte sich Jim.

„Etwas Schreckliches ist passiert, etwas ganz Entsetzliches!" piepste Ping Pong außer sich. „Über all dem Trubel mit eurer Ankunft und der

Ausrüstung des Schiffes für die Kinder und der Geschichte mit dem Drachen habe ich das Wichtigste vergessen. Ach, ich Unglückswurm! Ich vergeßliches Fliegengehirn!"

„Beruhige dich, Ping Pong!" mahnte der Kaiser, „und sage uns, was es gibt!"

„Schon vor drei Tagen ist ja ein Brief für die beiden ehrenwerten Lokomotivführer angekommen", jammerte der Oberbonze. „Ein Brief aus Lummerland!"

„Was? Her damit!" riefen Jim und Lukas wie aus einem Mund.

Ping Pong raste davon, wie er bisher nur einmal gerast war, damals, als es um die Rettung der beiden Freunde vor der Palastwache ging.

„Woher können sie denn in Lummerland wissen, wo wir sind?" fragte Jim aufgeregt.

„Na, erinnerst du dich denn nicht mehr?" sagte Lukas. „Wir haben ihnen doch geschrieben, eh' wir in die Drachenstadt aufbrachen. Das muß der Antwortbrief sein. Jetzt muß es sich entscheiden. Wo bleibt denn Ping Pong?"

Aber noch bevor Lukas ausgesprochen hatte, war der winzige Oberbonze schon wieder da und überreichte Lukas einen ziemlich dicken Brief, der mit rotem Siegellack verschlossen und mit dem Wappen König Alfons des Viertel-vor-Zwölften versehen war. Die Adresse lautete:

An Lukas den Lokomotivführer
und Jim Knopf
zur Zeit in *Ping (Hauptstadt von China)*
Kaiserlicher Palast.

Und auf der Rückseite stand:

Absender: König Alfons der Viertel-vor-Zwölfte
Frau Waas
Herr Ärmel
Lummerland

Lukas riß den Umschlag auf, und seine dicken Finger zitterten ein wenig, als er das Papier auseinanderfaltete. Es waren drei Blätter. Er las vor, was auf dem ersten stand:

„Lieber Lukas der Lokomotivführer! Lieber Jim Knopf!

Durch euren Brief wissen wir ja nun Gott sei Dank endlich, wo ihr seid. Glaubt mir, als wir merkten, daß ihr nicht mehr hier wart, trauerte das ganze Volk von Lummerland, das heißt, soviel vom Volk eben noch da war. Auch ich selbst trauerte ganz erheblich. Alle Fahnen auf meinem Schloß tragen seither Trauerflor. Es ist sehr still und einsam geworden auf unserer kleinen Insel. Niemand pfeift mehr zweistimmig in den Tunnels, wie Lukas und Emma es taten, und niemand rutschte mehr von dem großen Gipfel herunter wie Jim Knopf. Wenn ich an Sonn- und Feiertagen um Viertel vor zwölf ans Fenster trete, ist kein Jubel mehr zu hören. Meine restlichen Untertanen stehen so traurig da, daß es mir das Herz zerbricht. Das gute Erdbeereis von Frau Waas will keinem von uns mehr schmecken.

Das hatte ich natürlich nicht beabsichtigt, als ich damals anordnete, die dicke alte Emma abzuschaffen. Ich habe inzwischen eingesehen, daß diese Maßnahme für uns alle keine befriedigende Lösung darstellt.

Darum bitte ich euch nun alle drei, zurückzukehren, so bald ihr könnt. Wir sind euch bestimmt nicht böse und hoffen nur, daß auch ihr uns nicht mehr böse seid. Ich weiß mir zwar noch immer keinen Rat, was einmal werden soll, wenn Jim Knopf größer wird und eine eigene Lokomotive und ein eigenes Eisenbahngleis braucht, aber wir werden schon irgend einen anderen Ausweg finden. Also kommt bald!

Mit besonders huldvoller Gnade schreibt dies

König Alfons der Viertel-vor-Zwölfte."

„Lukas!" stammelte Jim, dessen Augen größer und größer geworden waren, „das bedeutet doch . . ."

„Augenblick!" sagte Lukas, „es geht noch weiter."

Er faltete das zweite Papier auseinander und las:

„Mein lieber kleiner Jim! Lieber Lukas!

Wir sind alle furchtbar traurig und wissen gar nicht mehr, was wir anfangen sollen ohne euch. Ach Jim, warum hast du mir denn nichts davon gesagt, daß du unbedingt fortfahren wolltest. Ich hätte es schließlich schon verstanden. Und ich hätte dir wenigstens ein paar warme Sachen zum Anziehen mitgegeben und ein paar Taschentücher, weil du sie doch immer so schnell schmutzig machst. Vielleicht mußt du jetzt frieren, und am Ende erkältest du dich noch. Ich mache mir schreckliche Sorgen um dich. Ist das auch nicht zu gefährlich, in die Drachenstadt zu fahren? Gib nur schön acht auf dich, daß dir nichts passiert, und sei immer recht brav, mein kleiner Jim. Und wasch dir auch immer schön den Hals und die Ohren, hörst du? Ich weiß ja nicht, was Drachen eigentlich für Leute sind, aber sei auf jeden Fall stets höflich. Und wenn ihr die Prinzessin nach Hause gebracht habt, dann komm schnell zu

deiner Frau Waas.

PS: Lieber Lukas! Nun hat Jim also erfahren, daß ich nicht seine wirkliche Mutter bin. Vielleicht ist es ja Frau Mahlzahn, an die damals das Paket adressiert war. Ich bin sehr traurig, aber andererseits freue ich mich für meinen kleinen Jim, wenn er jetzt seine richtige Mama findet. Ich hoffe nur, sie ist nicht allzu böse auf mich, weil ich ihn bei mir behalten habe. Bitten Sie doch Frau Mahlzahn, daß der Junge nach Lummerland zu Besuch kommen darf, damit ich ihn nochmal sehen kann. Oder vielleicht hat sie Lust mit herzukommen? Dann würde ich sie auch kennenlernen, das wäre das allerbeste. Und nicht wahr, Sie sorgen schon dafür, daß Jim sich nicht in Gefahr begibt? Er ist so ein leichtsinniger kleiner Bub. Herzliche Grüße!

Frau Waas."

Lukas faltete nachdenklich das Blatt zusammen. Jim hatte Tränen in den Augen. Ach ja, das war Frau Waas, wie sie leibte und lebte, so lieb und gut!

Nun las Lukas auch noch den dritten Brief vor:

„Sehr geschätzter Herr Lokomotivführer! Mein lieber Jim Knopf!

Hiermit schließe ich mich der Bitte Seiner Majestät und unserer allseits verehrten Frau Waas auf das innigste an. Ich komme mir nahezu überflüssig vor, seit Jim mir keine Streiche mehr spielt. Und Sie, Herr Lokomotivführer, sind ein Mann, dessen Rat und Tat niemand in ganz Lummerland entbehren kann. Meine Wasserleitung tropft, und ich vermag sie nicht in Ordnung zu bringen. Kehren Sie doch freundlichst beide umgehend zurück!

Mit vorzüglicher Hochachtung! Ihr sehr geehrter Herr Ärmel!"

Jim mußte wieder lachen und wischte sich die Träne ab, die ihm über die schwarze Backe gelaufen war. Dann fragte er:

„Jetzt könnten wir doch eigentlich morgen früh losfahren?"

Lukas schmunzelte:

„Fragt sich nur noch, womit. Muß unsere gute dicke Emma wieder mal herhalten, oder könnten wir ein Schiff bekommen, Majestät?"

„Ich schlage vor, wir fahren auf meinem Staatsschiff", erwiderte der Kaiser.

„Wir?" fragte Lukas überrascht. „Haben Sie ‚wir' gesagt?"

„Natürlich", erwiderte der Kaiser, „Sie beide, meine Tochter Li Si und ich selbst. Ich möchte nämlich gerne Frau Waas kennenlernen, die mir eine sehr liebe und achtenswerte Frau zu sein scheint. Außerdem muß ich doch auch König Alfons den Viertel-vor-Zwölften besuchen, da unsere beiden Länder ja vermutlich in absehbarer Zeit diplomatische Beziehungen anknüpfen werden."

Dabei blickte er lächelnd auf Jim.

„Donnerwetter!" rief Lukas lachend, „das wird ja ein tolles Gedränge auf Lummerland geben. Unsere Insel ist nämlich wirklich sehr klein, Majestät."

Dann wandte er sich an Ping Pong und erkundigte sich:

„Können wir morgen früh in See stechen?"

„Wenn ich sogleich meine Befehle erteile", piepste der Oberbonze, „dann ist das Staatsschiff bis morgen früh bereit."

„Famos", antwortete Lukas, „dann erteile doch bitte gleich deine Befehle!"

Ping Pong hüpfte in die Höhe und rannte davon. Für einen so winzigen Oberbonzen war das alles ja eigentlich ein bißchen viel, aber dafür war er nun eine Respektsperson in China und durfte einen goldenen Schlafrock tragen. Würden bringen eben Bürden, wie schon ein altes chinesisches Sprichwort sagt.

SECHSUNDZWANZIGSTES KAPITEL

in dem die Kinder Abschied nehmen und eine schwimmende Insel eingefangen wird

Zum Nachmittagstee wurden alle Kinder geweckt und kamen zum Kaiser und den beiden Freunden auf die Terrasse heraus. Dann aßen alle gemeinsam. Als sie fertig waren, gingen sie hinunter auf den Platz vor dem Palast. Dort standen jetzt in einer langen Reihe viele zierliche chinesische Kutschen mit kleinen weißen Pferdchen davor. Die Wägelchen waren bunt bemalt und hatten seidene Baldachine, zum Schutz gegen die Sonne. Das erste war besonders prächtig, darin nahm der Kaiser mit seiner Tochter Platz. Die Kinder verteilten sich in den anderen Kutschen, immer zwei oder drei in einer. Natürlich durften sie selber lenken. Lukas und Jim wollten lieber mit Emma fahren.

Der Zug setzte sich in Bewegung, an der Spitze der Kaiser mit Li Si und am Schluß Emma mit den beiden Freunden. Unter brausenden Hochrufen des Volkes ging es aus der Stadt hinaus, immer auf der geraden Straße, auf der Jim und Lukas einmal gekommen waren. So gelangten sie schließlich gegen Abend zur Mündung des Gelben Flusses, wo der Seehafen lag.

An der Mole lagen zwei große Segelschiffe. Matrosen kletterten in der Takelage herum, und andere zogen mit „Ho ruck! Hoooo ruck!" riesige Segel in die Höhe. Eines der beiden Schiffe war schon fast fertig zur Abfahrt und mußte nur noch auf günstigen Wind warten. Bei Einbruch der Dunkelheit sollte es mit den Kindern davonsegeln, um sie in ihre Heimatländer zu bringen. Das andere Schiff hatte noch keine Segel gesetzt. Dort waren die Matrosen noch mit dem Einladen des Proviants beschäftigt. Es war sehr viel schöner und prächtiger als das andere. An seinem haushohen Bug war eine große goldene Figur zu sehen, die ein

Einhorn darstellte. Links und rechts daneben war folgender Name aufgemalt:

PUNG GING

So hieß ja der Kaiser von China. Also war das wohl das Staatsschiff, das am nächsten Morgen nach Lummerland in See stechen sollte.

Als die Sonne untergangen war, begann plötzlich ein sanfter, aber anhaltender Wind vom Lande her zu wehen. Der Kapitän des Kinderschiffes, ein lustiger alter Seebär mit einer runden, roten Nase, kam von seinem Schiff herunter und meldete, daß alles zur Abfahrt bereit sei.

Der Kaiser rief seine kleinen Gäste zusammen und sagte:

„Meine lieben Freunde und Freundinnen! Mit Bedauern vernehme ich, daß die Stunde der Trennung geschlagen hat. Es war eine große Freude für mich, euch alle kennenzulernen. Ich wünschte, wir könnten noch eine Weile zusammenbleiben, aber ihr wollt in eure fernen Heimatländer, und das ist durchaus verständlich, wenn man bedenkt, wie lange ihr schon von zu Hause fort seid. Grüßt eure Eltern, Verwandten und Freunde von mir und schreibt bald, ob ihr gut angekommen seid. Und

wenn ihr Lust habt, dann besucht mich doch bald einmal wieder. Vielleicht in den nächsten großen Ferien, ja? Ihr seid jederzeit herzlich willkommene Gäste. Und was die dreizehn Piraten betrifft, die euch geraubt haben, so könnt ihr ganz beruhigt sein. Sie werden ihrer gerechten Strafe nicht entrinnen. Ich werde in nächster Zeit ein Kriegsschiff ausrüsten, das sie gefangen nehmen wird. Und nun lebt wohl, meine Lieben!"

Danach ergriff Lukas das Wort.

„Tja, Leute", sagte er und paffte heftig, „ich kann nicht viele Worte machen. Tut mir leid, daß wir uns schon wieder trennen müssen, aber es ist ja nicht für immer —"

„Bestimmt nicht!" rief der kleine Indianerjunge dazwischen.

„Schreibt Jim und mir auch mal eine Ansichtspostkarte, damit wir sehen, wie es bei euch zu Hause ist. Und wenn ihr uns besuchen wollt, dann kommt nur nach Lummerland. Wir freuen uns. Und jetzt also gute Fahrt und auf baldiges Wiedersehen!"

Nun gab es ein allgemeines Händeschütteln und Abschiednehmen, und jedes Kind bedankte sich noch einmal bei Jim und Lukas, und natürlich auch bei der guten dicken Emma, für die Rettung und beim Kaiser von China für seine Freundlichkeit. Dann gingen die Kinder unter Führung des Kapitäns an Deck ihres Schiffes. Als alle oben an der Reling standen, begann im Hafen ein ungeheures Feuerwerk. Das war eine Überraschung, die der kleine Ping Pong sich ausgedacht hatte. Die Raketen stiegen meilenhoch in den Nachthimmel und sprühten und leuchteten in den märchenhaftesten Farben. Dazu spielte eine chinesische Musikkapelle ein Abschiedslied. Und die Wellen des Meeres rauschten wunderbar dazu. Dann wurde der Anker gelichtet und das Schiff setzte sich langsam und majestätisch in Bewegung. Alle riefen „Auf Wiedersehen!" und winkten. Jeder war gerührt und hatte Tränen in den Augen. Am meisten heulte natürlich Emma, obgleich sie wie gewöhnlich nicht ganz verstand, was eigentlich los war. Sie hatte eben ein sehr zartes Gemüt und war ganz erheblich gerührt, einfach so.

Langsam glitt das Schiff auf das nächtliche Meer hinaus und entschwand den Blicken der Zurückbleibenden. Jetzt lag der Hafen plötzlich ganz still und verlassen da.

„Es scheint mir das beste", schlug der Kaiser vor, „wenn wir heute nacht schon an Bord unseres Schiffes schlafen. Es sticht morgen noch vor Tagesgrauen in See, und wenn wir jetzt schon an Bord gehen, dann brauchen wir nicht so früh aufzustehen. Beim Frühstück sind wir schon weit draußen auf dem Meer."

Die beiden Freunde und die kleine Prinzessin waren natürlich sofort einverstanden.

„Dann wollen wir jetzt von Ping Pong, meinem Oberbonzen, Abschied nehmen", meinte der Kaiser.

„Ja, fährt er denn nicht mit?" fragte Jim.

„Das geht leider nicht", antwortete der Kaiser. „Jemand muß mich doch während meiner Abwesenheit vertreten. Ping Pong ist der Richtige dazu. Er ist zwar noch sehr klein, aber schon sehr fähig, wie ihr gesehen habt. Außerdem nehme ich nicht an, daß sich während meiner Reise hier sehr viel ereignen wird. Ping Pong kann ja ein anderes Mal nach Lummerland fahren, diesmal soll er für mich regieren."

Aber der winzige Oberbonze war nirgends zu entdecken. Sie suchten den ganzen Hafen nach ihm ab, und schließlich fanden sie ihn. Er saß in einer der kleinen Kutschen und war, von den ungeheuren Anstrengungen des Tages erschöpft, fest eingeschlafen.

„Höre, Ping Pong", sagte der Kaiser sanft.

Der Oberbonze fuhr auf, rieb sich die Augen und fragte etwas weinerlich: „Ja — bitte — ist etwas nicht in Ordnung?"

„Es tut mir leid, daß ich dich wecken muß", fuhr der Kaiser lächelnd fort. „Wir möchten uns nur von dir verabschieden. Du wirst mich während meiner Abwesenheit vertreten. Ich weiß, daß ich mich auf dich verlassen kann."

Ping Pong verneigte sich tief vor dem Kaiser und der kleinen

Prinzessin. Dabei fiel er vor lauter Verschlafenheit beinahe um. Jim konnte ihn gerade noch halten. Er schüttelte ihm die winzige Hand und sagte:

„Besuch uns auch bald mal, Ping Pong!"

„Und grüße Herrn Schu Fu Lu Pi Plu von uns!" fügte Lukas hinzu.

„Sehr gern", murmelte Ping Pong, dem die Augen schon wieder zufielen. „Gewiß werde ich das tun – ich werde alles tun – alles – sobald meine Pflichten – oh, ihr ehrenwerten Lokomotivführer – lebt über alle Maßen wohl – und – und – und –" Dabei gähnte er und piepste: „Entschuldigt bitte, aber ihr wißt ja, ein Säugling in meinem Alter..."

Damit war er eingeschlafen, und sein leises Schnarchen hörte sich an wie das Zirpen einer Grille.

Als die beiden Freunde mit Li Si und dem Kaiser auf ihr Schiff gingen, fragte Lukas:

„Meinen Sie, daß Ping Pong den Regierungsgeschäften gewachsen ist?"

Der Kaiser nickte lächelnd:

„Ich habe alles vorbereitet. Es kann nichts passieren. Es soll eine Auszeichnung für den kleinen Oberbonzen sein, weil er so tüchtig war."

Dann schauten sie noch nach, ob Emma, die die Matrosen inzwischen auf das Schiff transportiert hatten, auch gut untergebracht war. Sie stand auf dem Hinterdeck und war mit Seilen fest angebunden, damit sie nicht herunterrollen konnte, wenn das Schiff auf den Wellen schaukelte. Sie schlief auch schon und schnaufte leise und regelmäßig vor sich hin.

Es war alles in bester Ordnung.

Also wünschten die beiden Freunde dem Kaiser und Li Si eine gute Nacht, dann gingen sie alle in ihre Kajüten und legten sich schlafen.

Als sie am nächsten Morgen erwachten, schwamm das Schiff schon weit draußen auf dem Meer. Es war strahlendes Wetter. Ein kräftiger, anhaltender Wind blähte die riesigen Segel. Wenn es so blieb, dann würde die Rückfahrt nach Lummerland nicht einmal halb so lange dauern wie damals die Reise auf der Emma nach China.

Nach dem Frühstück, das sie mit dem Kaiser und der kleinen

Prinzessin gemeinsam einnahmen, gingen Jim und Lukas zum Kapitän auf die Kommandobrücke hinauf und erklärten ihm die Sache mit der schwimmenden Insel, die ihnen am zweiten Tag pünktlich um zwölf Uhr mittags bei 321 Grad 21 Minuten und 1 Sekunde westlicher Länge und 123 Grad 23 Minuten und 3 Sekunden nördlicher Breite begegnen sollte.

Der Kapitän, dessen Gesicht so von Wind und Wetter gegerbt war, daß die Haut aussah wie ein alter lederner Handschuh, sperrte vor Staunen Mund und Nase auf.

„Da soll mich doch gleich ein betrunkener Haifisch beißen!" brummte er. „Ich fahre jetzt schon ein halbes Jahrhundert zur See, aber eine schwimmende Insel hab' ich noch nie gesehen. Woher wißt ihr denn so genau, daß morgen mittag gerade dort eine vorbeikommt?"

Die beiden Freunde sagten es ihm. Der Kapitän kniff ein Auge zu und knurrte: „Ihr wollt mich wohl verulken?"

Aber Jim und Lukas versicherten, daß es ihr voller Ernst sei.

„Na", sagte der Kapitän schließlich und kratzte sich hinter dem Ohr, „wir werden ja sehen. Wir kommen nämlich sowieso morgen mittag genau über den Punkt, den ihr angegeben habt. Falls das Wetter so bleibt."

Die beiden Freunde stiegen wieder zum Kaiser und der kleinen Prinzessin hinunter. Dann setzten sie sich an eine windgeschützte Stelle auf das Vorderdeck und spielten zu viert Mensch-ärgere-dich-nicht. Li Si kannte das Spiel noch nicht, und Jim erklärte es ihr. Und nachdem sie es zweimal gespielt hatten, konnte sie es schon besser als die drei anderen und gewann in einem fort. Jim wäre es lieber gewesen, wenn sie sich ein wenig ungeschickt angestellt hätte. Dann hätte er ihr helfen können. Aber so war sie es, die ihm gute Ratschläge gab und die Gescheitere war. Das war ihm natürlich nicht besonders angenehm.

Als sie dann später beim Mittagessen saßen, erkundigte sich der Kaiser plötzlich:

„Sagt einmal, Jim und Li Si, wann soll denn eigentlich eure Verlobung gefeiert werden?"

Die kleine Prinzessin wurde ein wenig rot und sagte mit ihrer Vogelstimme: „Das muß Jim bestimmen."

„Ja", sagte Jim mit runden Augen, „ich weiß auch nicht. Ich richt' mich ganz nach dir, Li Si."

Aber sie schlug die Augen nieder und schüttelte den Kopf.

„Nein, du mußt es sagen."

„Also", erklärte Jim nach kurzem Nachdenken, „dann feiern wir die Verlobung, wenn wir in Lummerland sind."

Damit waren alle einverstanden. Und der Kaiser meinte: „Die Hochzeit könnt ihr dann später feiern, wenn ihr groß genug seid."

„Ja", sagte die kleine Prinzessin, „wenn Jim lesen und schreiben kann."

„Ich will aber nicht solche Sachen lernen!" rief Jim.

„Doch, bitte, Jim!" bat Li Si. „Du mußt lesen, schreiben und rechnen lernen! Tu es für mich!"

„Warum?" fragte Jim. „Du kannst es doch selbst, wozu soll ich es denn auch noch lernen?"

Die kleine Prinzessin senkte ihr Köpfchen und sagte leise und stokkend: „Jim, ich kann doch nicht – es ist nämlich – es geht doch nicht – also, ich möchte eben, daß mein Bräutigam nicht nur mutiger ist als ich, er soll auch viel klüger sein, damit ich ihn bewundern kann."

„So", sagte Jim und machte ein verstocktes Gesicht.

„Also ich finde", brummte Lukas begütigend, „wir sollten uns darüber jetzt nicht streiten. Vielleicht will Jim selber eines Tages lesen und schreiben lernen, und dann wird er's auch tun. Und wenn er nicht will, ist es auch gut. Wir sollten ihm das ruhig selbst überlassen, meine ich."

Danach wurde über diese Sache nicht weiter gesprochen, aber Jim mußte doch noch ab und zu an das denken, was die kleine Prinzessin zuletzt gesagt hatte.

Es war am nächsten Tag, kurz vor zwölf Uhr mittags und die vier saßen gerade beim Essen, als plötzlich der Matrose hoch oben im Mastkorb durch die hohle Hand herunterrief:

„Laaaaaaand in Sicht!“

Alle sprangen auf und rannten nach vorne zum Bug, um Ausschau zu halten. Jim, der ein Stückchen in die Takelage hinaufgeklettert war, sah es als erster.

„Eine Insel!“ schrie er aufgeregt. „Da – eine ganz kleine Insel!“

Und als sie näher kamen, sahen auch die anderen das kleine Eiland, das anmutig durch die Wellen dahintrieb.

„He!“ rief Lukas zum Kapitän hinauf, „was sagen Sie jetzt?“

„Ich will mich von einem erkälteten Walroß platt walzen lassen!“ antwortete der Kapitän. „Wenn ich's nicht selber sähe, würde ich's nicht glauben. Wie fangen wir das Ding denn ein?“

„Habt Ihr vielleicht zufällig ein großes Fischnetz an Bord?“ fragte Lukas.

„Haben wir!“ rief der Kapitän zurück. Er gab den Matrosen Befehl, die Netze auszulegen. Das geschah, während das Schiff in einem großen Kreis um das Eiland herumfuhr. Das letzte Ende ließen sie nicht ins Wasser, sondern machten es auf Deck fest. Und als sie schließlich an ihrem Ausgangspunkt zurückgekehrt waren, holten sie auch den Anfang des Netzes wieder ein, und nun lag das schwimmende Eiland wie in einer großen Schlinge im Schlepptau des Segelschiffes. Die Matrosen zogen es nahe heran, damit man es genau betrachten konnte.

Der Drache hatte wirklich ein Lob dafür verdient, daß er den Freunden gerade diese Insel angegeben hatte. Eine bessere gab es wohl auf der ganzen Welt nicht. Sie war zwar noch etwas kleiner als Lummerland, aber beinahe noch hübscher. Drei grüne Rasenterrassen, auf denen verschiedene Bäume standen, erhoben sich stufenweise. Unter den Bäumen waren übrigens drei durchsichtige, wie sie in China wuchsen. Darüber freute sich die kleine Prinzessin besonders. Um die Insel herum lief ein flacher Sandstrand, der ganz famos zum Baden geeignet war. Und auf der obersten Terrasse entsprang ein kleiner Bach und rauschte in mehreren Wasserfällen bis ins Meer hernieder. Natürlich gab es auch eine

Menge wunderschöner Blumen und bunter Vögel, die in den Zweigen der Bäume ihre Nester gebaut hatten.

„Wie gefällt dir die Insel, Li Si?“ fragte Jim.

„O Jim, sie ist einfach wundervoll!“ sagte die kleine Prinzessin begeistert.

„Is’ sie nicht vielleicht ein bißchen klein?“ erkundigte sich Jim. „Ich mein’, im Verhältnis zu China.“

„O nein!“ rief die Prinzessin. „Ich finde ein kleines Land viel hübscher als ein großes. Besonders wenn es eine Insel ist.“

„Dann is’ ja alles in Ordnung“, meinte Jim zufrieden.

„Man könnte ein paar schöne Tunnels bauen“, stellte Lukas fest. Quer durch die Terrassen durch. Was meinst du, Jim? Es soll ja deine Insel werden.“

„Tunnel?“ sagte Jim nachdenklich. „Das wär’ famos. Aber ich hab’ ja noch nicht einmal eine Lokomotive.“

„Willst du denn immer noch Lokomotivführer werden?“ fragte Lukas.

„Freilich“, antwortete Jim ernsthaft. „Was denn sonst?“

„Hm“, brummte Lukas und zwinkerte mit einem Auge. „Vielleicht habe ich schon was für dich in Aussicht.“

„Eine Lokomotive?“ rief Jim aufgeregt.

Aber Lukas wollte noch nichts Näheres sagen, so sehr Jim auch bat und bettelte. „Wart ab, bis wir nach Lummerland kommen“, mehr war aus ihm nicht herauszubringen.

„Hast du übrigens schon einen Namen für die neue Insel, Jim?“ mischte sich schließlich der Kaiser ins Gespräch. „Wie wirst du sie taufen?“

Jim überlegte eine Weile, dann schlug er vor: „Wie wär’s mit Neu-Lummerland?“

Damit waren alle einverstanden, und so blieb es gleich dabei.

PUNG GING
Kaufladen
von
Frau Waas

SIEBENUNDZWANZIGSTES KAPITEL

in dem Verlobung gefeiert wird und dieses Buch mit einer freudigen Überraschung endet

Es war ein paar Tage später, an einem strahlenden Morgen, etwa um sieben Uhr, als Frau Waas aus der Tür ihres Kaufladens trat, den sie soeben geöffnet hatte. Herr Ärmel streckte den Kopf aus dem Fenster seines Hauses, um festzustellen, ob er heute seinen Schirm mitnehmen müßte oder nicht. Da sahen beide gleichzeitig das riesige, prunkvolle Schiff neben Lummerland im Meer liegen.

„Was ist denn das für ein sonderbares Schiff?" fragte Frau Waas. „Das vom Postboten ist doch viel kleiner. Außerdem hat es auch kein Posthorn am Bug, sondern ein vergoldetes Einhorn. Was kann das bedeuten?"

„Leider kann ich Ihnen keine Auskunft geben, meine Verehrteste", antwortete Herr Ärmel. „Sehen Sie doch nur, es hat eine ganze Insel im Schlepptau! Oh, ich ahne Schreckliches! Das sind vielleicht Inselräuber, die es auf Lummerland abgesehen haben."

„Meinen Sie?" fragte Frau Waas unsicher. „Ja, was machen wir denn da?"

Aber noch ehe Herr Ärmel antworten konnte, hörte man vom Schiff her einen Freudenschrei, und dann sprang Jim mit einem halsbrecherischen Satz über die Reling ans Land.

„Frau Waas!" schrie er.

„Jim!" rief Frau Waas.

Und dann stürzten sie sich in die Arme und begrüßten sich. Und das dauerte begreiflicherweise eine ganze Weile.

Inzwischen kamen auch Lukas und Li Si und der Kaiser an Land, und schließlich wurde sogar Emma vorsichtig vom Schiff heruntertransportiert und auf ihre alten Gleise gesetzt, auf denen in der Zwischenzeit Moos und Gras gewachsen war. Emma trug noch immer den großen goldenen Orden mit der blauen Schleife und stieß in einem fort kleine Freudenpfiffe aus.

Als Herr Ärmel, der ganz fassungslos vor Staunen dastand, endlich begriffen hatte, w e r da gekommen war, rannte er sofort zum Schloß zwischen den beiden Gipfeln hinauf und polterte aufgeregt gegen die Tür.

„Aber ja doch, ich komme ja schon! Was ist denn?" hörte man König Alfons den Viertel-vor-Zwölften, schlaftrunken und verwirrt im Innern brummen.

„Majestät!" rief Herr Ärmel atemlos, „entschuldigen Sie gnädigst, aber es ist von höchster Wichtigkeit! Lukas der Lokomotivführer ist eben angekommen und Jim Knopf und ein kleines Mädchen und ein alter Herr, der sehr vornehm aussieht, und ein Schiff ist da mit einer Insel im Netz . . ."

Aber weiter kam er nicht, denn in diesem Augenblick flog die Tür des Palastes auf, und der König stürzte heraus. Er hatte nur ein Nachthemd an und bemühte sich, im Laufen seinen Schlafrock aus rotem Samt überzuziehen. Seine Krone hatte er sich in aller Eile schon auf den Kopf gestülpt.

„Wo?" fragte er aufgeregt, denn er hatte seine Brille vergessen.

„Einen Augenblick, Majestät!" flüsterte Herr Ärmel. „So können Sie doch die Leute nicht empfangen!" Und er half dem König ordentlich in den Schlafrock hinein. Dann rannten sie zusammen zum Schiff hinunter, und vor lauter Eile verlor der König einen schottisch karierten Pantoffel, so daß er humpelnd unten ankam.

Nun, und dann gab es ein Begrüßen und Händeschütteln und Umarmen, das überhaupt kein Ende nehmen wollte. Lukas machte den Kaiser von China und König Alfons den Viertel-vor-Zwölften miteinander bekannt, und Jim stellte Li Si vor, und als endlich alle sich begrüßt und vorgestellt hatten, gingen sie in das Haus von Frau Waas zum Frühstücken. Es wurde natürlich so eng in der winzigen Küche, daß keiner sich mehr umdrehen konnte. Aber einer so glücklichen Gesellschaft, wie sie an diesem Morgen auf Lummerland beisammen war, machte das nur Vergnügen.

„Wo wart ihr denn überall?" rief Frau Waas, während sie den Kaffee in die Tassen goß. „Ich platze vor Neugierde. Was habt ihr alles erlebt? Wer ist Frau Mahlzahn? Ist sie nett? Warum ist sie nicht mitgekommen? Erzählt doch!"

„Ja, erzählen, erzählen!" riefen Herr Ärmel und König Alfons der Viertel-vor-Zwölfte.

„Nur Geduld!" wehrte Lukas schmunzelnd ab. „Das braucht seine Zeit, alles zu erzählen."

„Ja", sagte Jim, „wenn wir gefrühstückt haben, wollen wir euch erst mal die Insel zeigen, die wir mitgebracht haben."

Das Frühstück dauerte nicht lang, denn natürlich waren alle viel zu aufgeregt, um großen Hunger zu haben. Während sie zum Schiff hinübergingen, sagte Frau Waas leise zu Lukas:

„Ich habe das Gefühl, Jim ist in der Zwischenzeit viel erwachsener geworden."

„Schon möglich", meinte Lukas und paffte vor sich hin. „Er hat ja auch eine ganz schöne Menge Abenteuer erlebt."

Die neue Insel war inzwischen von den Matrosen mit Ankerketten und Stahltrossen so dicht neben Lummerland festgemacht worden, daß man mit einem Schritt hinüberspringen konnte. Natürlich hatten sie auch nicht vergessen, was Lukas ihnen aufgetragen hatte, nämlich an der Stelle, wo jetzt das kleine Eiland lag, vorher einige Äste von Korallenbäumen im Meer versenken, wie es der Drache angeraten hatte. In ein paar Jahren, wenn die Bäume bis an die Meeresoberfläche gewachsen waren, würde die neue Insel ebenso fest gegründet sein wie Lummerland.

Unter Jims Führung betrat die Gesellschaft den neuen Grund und

Boden und ging ein wenig darauf spazieren. Sehr viel Platz war natürlich nicht da, aber der wenige, der da war, war dafür besonders hübsch.

„Das ist die Lösung des Problems!" rief König Alfons der Viertel-vor-Zwölfte in einem fort. „Wer hätte aber auch an so etwas gedacht! Nun brauche ich mir keine Sorgen mehr zu machen! Zum erstenmal seit langer Zeit werde ich wieder in Frieden schlafen können."

Und als Jim verkündete, daß er die Insel Neu-Lummerland getauft habe, da kannte die Freude des Königs keine Grenzen mehr. Mit vor Stolz gerötetem Gesicht erklärte er: „Ich werde mich in Zukunft ‚König der Vereinigten Staaten von Lummerland und Neu-Lummerland' nennen!"

Während sie wieder in das Haus von Frau Waas zurückgingen, nahm König Alfons den Kaiser von China etwas beiseite und schlug ihm vor, eine Telefonleitung zwischen Ping, der Hauptstadt von China, und Lummerland zu legen. Der Kaiser fand diese Idee ausgezeichnet, weil sie dann auch später, so oft sie wollten, miteinander sprechen konnten. Er ging also zum Kapitän des Staatsschiffes und erteilte ihm den Auftrag, nach China zu fahren und bei der Rückkehr nach Lummerland unterwegs ein langes Telefonkabel durch das Meer zu legen. Das Schiff stach sofort in See, und der Kaiser ging in die Küche von Frau Waas, wo die anderen inzwischen um Jim und Lukas saßen und gespannt zuhörten, wie die beiden von ihren Abenteuern berichteten. Sie erzählten alles ganz ausführlich, von der nächtlichen Abreise auf der kalfaterten Emma angefangen bis zu ihrer Rückkehr.

Immer wenn es besonders gefährlich und aufregend zuging, dann wurde Frau Waas ganz blaß und murmelte nur:

„Ach du lieber Himmel!" oder „Du meine Güte!"

Solche Angst stand sie noch nachträglich um ihren kleinen Jim aus. Der einzige Trost war für sie, daß der Junge ja gesund und munter vor ihr saß und daß also alles am Ende gut ausgehen müsse.

Etwa eine Woche später kam das Schiff zurück, und die Matrosen hatten richtig das viele tausend Meilen lange Kabel unterwegs ins Meer versenkt. Das eine Ende war an dem diamantenbesetzten Telefon im Thronsaal des kaiserlichen Palastes angeschlossen und das andere wurde jetzt an dem goldenen Telefon von König Alfons dem Viertel-vor-Zwölften befestigt. Dann telefonierte der Kaiser zur Probe erst einmal mit Ping Pong, ob auch alles in China in Ordnung wäre. Ja, es war alles in Ordnung.

Man war übereingekommen, daß in vier Wochen die Verlobung der Prinzessin Li Si mit Jim Knopf gefeiert werden sollte. Und während der ganzen Zeit nähte und arbeitete Frau Waas abends an einer Überraschung für die beiden Kinder. Schneidern war ja ihre besondere Leidenschaft.

Der Kaiser und Li Si wohnten während dieser vier Wochen mit dem König zusammen in dem Schloß zwischen den beiden Gipfeln. Das war natürlich etwas eng, aber sie schränkten sich gerne ein, denn auf Lummerland war es einfach gar zu schön. Nicht einmal das Schlößchen aus himmelblauem Porzellan, das die kleine Prinzessin in den großen Ferien zu bewohnen pflegte, konnte sich mit dieser Insel vergleichen.

Eines Tages war es so weit, die vier Wochen waren um. Der Tag der Verlobung war gekommen. Als erstes bekamen die beiden Kinder die Überraschungen, die Frau Waas für sie vorbereitet hatte.

Für Jim hatte sie einen himmelblauen Lokomotivführeranzug geschneidert, genauso einen wie Lukas hatte, bloß kleiner. Und natürlich war auch eine richtige Schirmmütze dabei. Für die kleine Prinzessin hatte sie ein wunderschönes kleines Brautkleid genäht, mit einem Schleier und einer langen seidenen Schleppe. Natürlich zogen die beiden ihre neuen Sachen sofort an.

Dann schenkte Li Si Jim zur Verlobung eine Tabakspfeife, so eine wie Lukas hatte, bloß viel neuer und auch nicht so groß. Und Jim schenkte Li Si ein kleines, zierliches Rubbelbrett zum Wäschewaschen. Die kleine Prinzessin freute sich riesig, denn so etwas hatte sie natürlich bisher nie

Die Verlobung

in die Hand nehmen dürfen, wegen ihres hohen Standes, obwohl sie wie alle Chinesen für das Wäschewaschen begeistert war.

Und schließlich gaben sie sich einen Kuß, und König Alfons der Viertel-vor-Zwölfte erklärte im Namen der Vereinigten Staaten von Lummerland und Neu-Lummerland, daß sie nun verlobt seien. Die Untertanen warfen ihre Hüte in die Luft, und auch der Kaiser von China schrie mit allen zusammen aus Leibeskräften: „Das Brautpaar, es lebe hoch! hoch! hoch!"

Und die Matrosen auf dem kaiserlichen Staatsschiff entzündeten einen großen Böller, den sie eigens mitgebracht hatten, und schossen Salut und winkten und schrien Vivat, während Jim und Li Si sich bei den Händen nahmen und feierlich auf den beiden Inseln herumzogen.

Das Fest ging den ganzen Tag fort. Nachmittags rief Ping Pong an, um dem Verlobungspaar zu gratulieren. Alle waren vergnügt und ausgelassen. Nur Lukas schien noch auf irgend etwas zu warten.

Als es Abend geworden war und die Dunkelheit hereinbrach, wurden auf Lummerland und Neu-Lummerland Hunderte von Lampions aufgehängt. Und dann ging der Mond auf, und da das Meer an diesem Abend ganz still und glatt war, spiegelten sich all die bunten Lichter im Wasser. Ein unvergleichlicher Anblick, wie sich denken läßt.

Frau Waas hatte sich für diesen Anlaß ganz besondere Mühe gegeben und nicht nur Vanilleeis und Erdbeereis, sondern auch Schokoladeneis gemacht. Und jeder mußte zugeben, daß es das beste Eis war, das er je gegessen hatte. Sogar der Kapitän, der doch weit auf der Welt herumgekommen war. Und das wollte schon etwas heißen.

Jim war gerade ein wenig an den Strand gegangen, um von hier aus in aller Ruhe die Lichterpracht zu betrachten. Er stand ganz versunken in den märchenhaften Anblick, da fühlte er plötzlich eine Hand, die sich auf seine Schulter legte. Er drehte sich um. Es war Lukas, der ihm mit dem Finger winkte.

„Komm mal mit, Jim", raunte er geheimnisvoll.

„Was is'?" fragte Jim.

„Du wolltest doch immer eine Lokomotive haben, alter Junge. Den passenden Anzug hast du ja schon", antwortete Lukas schmunzelnd.

Jims Herz begann zu klopfen.

„Eine Lokomotive?" fragte er, und seine Augen wurden größer und größer. „Eine richtige Lokomotive?"

Lukas legte den Finger an die Lippen und zwinkerte Jim verheißungsvoll zu. Dann nahm er ihn an der Hand und führte ihn zu der kleinen Bahnstation, wo Emma stand und schnaufte.

„Hörst du was?" fragte er.

Jim lauschte. Er hörte nur das Schnaufen von Emma. Aber da – täuschte er sich nicht? Da war doch noch ein anderes, ganz leises kurzes Zischen zu hören? Und jetzt klang etwas wie ein leiser, hoher, kleiner Pfiff.

Jim blickte Lukas mit großen, fragenden Augen an. Lukas nickte lächelnd, führte ihn zu Emmas Kohlentender und ließ ihn hineinblicken.

Da saß eine ganz kleine Lokomotive und schaute Jim mit großen, dummen Babyaugen an. Sie schnaufte emsig vor sich hin und stieß winzigkleine Rauchwölkchen aus. Es schien übrigens eine sehr gute kleine Babylokomotive zu sein, denn sie versuchte schon sehr tapfer, sich auf ihren Räderchen zu halten und zu Jim hinzurollen, wobei sie allerdings immer wieder umfiel. Aber das beeinträchtigte ihre gute Laune durchaus nicht.

Jim streichelte die Kleine.

„Ist das Emmas Kind?“ fragte er leise.

Er war tief gerührt.

„Ja“, sagte Lukas, „ich wußte schon seit einer ganzen Weile, daß sie eines kriegen würde. Aber ich habe dir nichts davon gesagt, um dich zu überraschen.“

„Soll ich sie bekommen?“ fragte Jim ganz atemlos vor Glück.

„Wer denn sonst?“ antwortete Lukas und paffte. „Mußt sie eben gut pflegen. Sie wird bald größer werden. In ein paar Jahren ist sie so groß wie Emma. – Wie soll sie denn heißen?“

Jim nahm sie auf den Arm und streichelte sie. Nach einigem Nachdenken sagte er:

„Wie fändest du Molly?“

„Das ist ein guter Lokomotivenname“, antwortete Lukas nickend. „Aber leg sie jetzt wieder zurück. Vorläufig muß sie noch bei Emma bleiben.“

Jim setzte Molly wieder in den Tender und ging mit Lukas zu den anderen zurück und erzählte ihnen, was er bekommen hatte, und natürlich wollten alle die kleine Lokomotive sehen. Jim führte sie hin und zeigte sie ihnen, und sie wurde allerseits gebührend bewundert. Die kleine Molly merkte davon allerdings nichts, denn sie war inzwischen friedlich eingeschlafen und nuckelte vor sich hin.

Ein paar Tage später fuhren der Kaiser und die kleine Prinzessin nach China zurück, denn Li Si sollte natürlich vorerst noch bei ihrem Vater bleiben. Auch wollte die kleine Prinzessin gern wieder in eine Schule gehen – in eine richtige, natürliche, nicht in eine drachenhafte. Und so etwas gab es ja auf Lummerland nicht. Aber die beiden Kinder konnten sich so oft besuchen wie sie Lust hatten, denn das Staatsschiff segelte von nun an oft zwischen Lummerland und China hin und her. Außerdem durften sie natürlich auch das Telefon benützen, wenn König Alfons der Viertel-vor-Zwölfte es nicht gerade brauchte. Er brauchte es allerdings die meiste Zeit, weil er ja nun diplomatische Beziehungen zum Kaiser von China hatte.

Auf Lummerland kehrte das alte friedliche Leben wieder ein. Herr Ärmel ging mit seinem steifen Hut auf dem Kopf und dem Regenschirm unter dem Arm spazieren. Er war hauptsächlich Untertan und wurde regiert. Er war eben nur so da. Genau wie früher.

Lukas fuhr mit Emma über das kurvenreiche Gleis von einem Ende der Insel zum anderen. Und manchmal pfiffen sie zweistimmig, was sich sehr hübsch anhörte, besonders in den Tunnels, weil es da hallte.

Jim war natürlich meistens mit der Pflege seiner kleinen Molly beschäftigt und hatte kaum noch Zeit, Herrn Ärmel zu ärgern oder von einem der Gipfel herunterzurutschen. Er wurde eben langsam erwachsener.

An schönen Abenden aber sah man Jim und Lukas immer nebeneinander an der Landesgrenze sitzen. Die untergehende Sonne spiegelte sich im endlosen Ozean und baute mit ihrem Licht eine goldene, funkelnde Straße vom Horizont bis vor die Füße der beiden Lokomotivführer. Und ihre Blicke folgten dieser Straße, die in weite Fernen führte, in unbekannte Länder und Erdteile, niemand konnte sagen, wohin. Und dann sagte vielleicht der eine von ihnen:

„Weißt du noch, damals bei Herrn Tur Tur? Ich möchte wissen, wie es ihm jetzt geht.“

Und der andere antwortete:

„Erinnerst du dich noch, als wir durch die Region der ‚Schwarzen Felsen' fuhren und vor dem ‚Mund des Todes' alles verloren schien?"

Und sie waren sich einig darüber, daß sie beide bald wieder eine große Fahrt ins Ungewisse unternehmen würden. Es gab noch viele Rätsel, die sie erforschen mußten ... Und eines Tages wollten sie auch herausbekommen, woher die Seeräuber Jim Knopf geraubt hatten, als er noch ganz klein war. Aber dazu mußten die beiden Freunde die wilden Dreizehn, die ja noch immer die Meere unsicher machten, erst suchen und besiegen. Und das würde ganz bestimmt keine Kleinigkeit sein.

Und während sie Zukunftspläne schmiedeten, schauten sie auf das Meer hinaus, und die großen und kleinen Wellen rauschten dazu an den Landesgrenzen.

Dies ist das zweite große
Abenteuerbuch der beiden berühmten
Lokomotivführer, denen kein Weg
zu weit, kein Wasser zu tief und kein
Berg zu hoch ist, um ihr Ziel
zu erreichen.

INHALT

Dies ist das zweite große Abenteuerbuch der beiden berühmten Lokomotivführer, denen kein Weg zu weit, kein Wasser zu tief und kein Berg zu hoch ist, um ihr Ziel zu erreichen.